となりの彼女と夜ふかしごはん
〜腹ペコJDと
お疲れ
サラリーマンの
半同棲生活〜
Kazami Sawatari
猿渡かざみ
illust. クロがねや

海老と牡蠣のアヒージョ
「ん〜〜〜〜〜〜〜っ!!」
湯気立つ牡蠣を頬張った朝日さんが声にならない歓喜の叫びをあげた。

煮豚の山椒風味
もみくちゃにされても
食べることは忘れていないのだから、
さすがは腹ペコ女子大生
という感じだ。

文月
リンコ
柴田
ソウジ
菜森
ユウカ
鮫島
ミオ
佐倉
エビコ

筆塚
ヒロト
朝日
カンナ

「ベストを尽くせば、
伝わります……
伝わらないはずが、ありません……
筆塚さん、
忘れないでください……」
うわごとのように繰り返す朝日さんの頭が
すぐそこまで降りてくる。
ソファを立とうとした時には手遅れだった。
栗毛色の頭がふさりと
俺の膝の上に着地する。
要するに膝枕。
なんの冗談だ。
「忘れないでください筆塚さん……
静かな夜を往くのは
貴方だけではない、ですよ……」

Contents

デザイン／百足屋ユウコ＋アオキテツヤ（ムシカゴグラフィクス）

～腹ペコJDと
お疲れ
サラリーマンの
半同棲生活～

となりの彼女と夜ふかしごはん

Kazami Sawatari
猿渡かざみ

illust.
クロがねや

登場人物紹介

Tonari no Kanojo to Yofukashigohan Characters

人生お疲れサラリーマン

筆塚ヒロト

文具部門のマネージャー。
特技は酒のツマミ作り。

Fudezuka Hiroto

いつでもどこでも腹ペコJD

朝日カンナ

大学二年生。筆塚のお隣さん。
しぐさが小動物っぽい。

Asahi Kanna

ツンドラ型の後輩女子

文月リンコ

文具部門で働く正社員。
筆塚を先輩として認めていない。

Fuzuki Rinko

優しさリンゴ100個分の癒し系担当

菜森ユウカ

農産部門のマネージャー。
筆塚の先輩。機械オンチ。

Namori Yuuka

Samejima Mio

ウザさトルネード級の破壊神

鮫島ミオ

水産部門のマネージャー。
筆塚をライバル視している。

侵略"誤発注"娘!

佐倉エビコ

Sakura Ebiko

水産部門のアルバイト。
鮫島を慕う元気娘。

イヤミなインプラント野郎

柴田ソウジ

Shibata Soji

営業課長。ことあるごとに
筆塚に嫌がらせを仕掛ける。

瀬形

パート三人衆の一人。
ゲーム・おもちゃ売り場を担当。癒し系。

牛崎

畜産部門のマネージャー。
筆塚のかつての直属の先輩。

大典

パート三人衆の一人。
文具部門で働く。ゴシップ好き。

墨田

パート三人衆の一人。
文具部門の最古参でリーダー格。

プロローグ

ゆう　しょう［イウ］—［0］【優勝】
（名）スル
①競争・試合などで勝って第一位となること。「—者」
②すぐれたものが他に勝つこと。
③（うまい酒と肴《さかな》で）気分が高揚《こうよう》すること。

「要するに、ぼくたちサラリーマンはこのゲロマズビールといっしょってわけさ、筆塚《ふでづか》君」

なにが「要するに」なのか。

どうせいつものねちっこい説教だろうと聞き流していた。だからそこにどんな論理の飛躍《ひやく》があったのかは知らない。ともかく柴田《しばた》営業課長は会議机に置かれたソレを指して、無駄《むだ》に白い歯を輝《かがや》かせた。

ゲロマズビールこと我《われ》らがスーパーコトブキの自社製品「寿びいる《ことぶき》」。

正確にはビールではなく第三のビールというやつだ。パッケージに威風堂々《いふうどうどう》描《えが》かれた「寿《ことぶき》」の白文字が目印。350ml缶《かん》税込84円というお手頃価格にて提供。

なお味は、人事総務課長の岩船婆《いわふねばあ》さん曰《いわ》く、

『商品開発部って、犬でもなれるのね』

これには俺《おれ》もおおむね同意した。

ともあれ、柴田《しばた》課長の発言の意図が分からず「ハァ」と気の抜《ぬ》けた返事をした、その直後のことである。

「――というわけで筆塚《ふでづか》マネージャー、キミ、今度新しくできるジャロワナ支店に転勤してもらうことになったから」

「はっ？」

間の抜《ぬ》けた声が漏《も》れる。

ジャロ……なに？　少なくとも日本の地名でないことは確かだ。

いったいなんの冗談《じょうだん》なのかと柴田《しばた》課長の表情を窺《うかが》ってみる。胡散臭《うさんくさ》いくらい吊《つ》り上《あ》がった口角とは裏腹に目が笑っていない。

「やだなぁ筆塚《ふでづか》くん、勉強不足だね。ジャロワナだよジャロワナ、ほらロンガンの名産地」

まずロンガンが分からない。なんだ？　ウルトラ怪獣《かいじゅう》かなにかか？

「我らがコトブキが海外展開に積極的なことは君も知っての通りだけれど、本社の人事部に知り合いがいてね、どうしても一人若いのが欲《ほ》しいって言うんだ、急な話だよ」

いやぁ困った困った。そう言いながら、暗闇《くらやみ》でも浮《う》かび上《あ》がりそうなぐらい白い歯を剝《む》き出《だ》しにして笑う柴田《しばた》課長。すこぶる機嫌《きげん》が良さそうである。

ともかくこのままぼけえっとしていれば、訳の分からんうちに訳の分からん単語でラッピングされて訳の分からん場所まで飛ばされてしまうだろうという確信だけがあり、俺《おれ》はほとんど反射的に口を開いた。

「どうして俺《おれ》が」

あるいはそれは罠《わな》だったのかもしれない。

柴田《しばた》課長はそんな俺《おれ》の言葉を待ってましたと言わんばかりに口元を歪《ゆが》める。

「文具部門、キミがマネージャーになってからずいぶんと数字が悪いじゃないか」

「……左遷《させん》、ですか」

「あけすけに言えばそう！　だってキミんとこ昨対《さくたい》落としすぎ！　ぶっちゃけ尾本店《ウチ》のお荷物だもん！」

はっきり言いすぎだ、とは思いつつも俺《おれ》は口を閉《と》ざすしかない。

何故《なぜ》なら柴田《しばた》課長の言う通り、スーパーコトブキ尾本《おもと》支店文具部門は俺《おれ》がマネージャーを任されてからの1年、いっそ気持ちいいぐらいの右肩下《みぎかた》がりで売上を落とし続けている。反論する余地も資格もないのは、俺《おれ》が一番よく分かっていた。

「入社して1年足らずでマネージャーに昇格《しょうかく》した尾本《おもと》店期待のホープ……とはいえ、キミはまだまだ若すぎたってことかな。確か25歳《さい》だったよね、若い、若いね。でも、なんといっても若いというのはいいことさ！　若人《わこうど》は色んな場所で色んな経験を積んだ方がいい！　言語とか文化の違《ちが》いは、まぁ些末《さまつ》な問題だよ、ついでに向こうで嫁《よめ》探しもすれば一石二鳥だろう？　あそうそう、若いと言えばウチの息子《むすこ》なんだけど、今年で大学2年生になってね、アイツにもそろそろ海外旅行とかさせてあげるべきかな？　ほら、可愛《かわい》い子には旅をさせろって言うし、ボクもそれぐらいの歳《とし》にはカナダに――」

「そんな急に言われても困ります」

俺《おれ》は柴田《しばた》課長のマシンガンじみたトークを遮《さえぎ》って言った。

しかし彼《かれ》はべつだん気を悪くするでもなく、そんな俺《おれ》を鼻で笑う。

「はは、やだな筆塚《ふでづか》君、キミが困るとか関係ないんだって！　言ったでしょ？　ボクたちサラリーマンはこのゲロマズビールといっしょ！　お偉《えら》いさんの都合と気まぐれに振《ふ》り回《まわ》されて、あとは適当に捨てられるだけなの！」

「しかし……」

「ま、会社の利益になる人間なら話は別だけど」

柴田《しばた》課長はおもむろに席を立ち、「たとえば」と、白い壁《かべ》に貼《は》りつけられた1枚のチラシを指で叩《たた》いた。

そこにはでかでかと「スーパーコトブキ尾本《おもと》店　30周年大感謝祭！」と記してある。

「――今度の周年祭で、もしも文具部門が昨対《さくたい》を取れれば、筆塚《ふでづか》君のジャロワナ支店行きは考え直してあげようかな？」

「文具が昨対《さくたい》を!?　そんなの……！」

昨対《さくたい》を取る――その言葉の意味するところは売上昨年対比100％の突破《とっぱ》。すなわち昨年以上の売上を叩《たた》き出《だ》すということだ。そんなの今の文具部門には不可能に決まっている。

それはマネージャーである俺自身《おれじしん》がよく分かっているし、柴田《しばた》課長も承知のはずだ。

いや、分かっているからこそこんな無茶な条件を持ち出したのだろう。

つまりこれは、事実上の死刑宣告《しけいせんこく》であり――

「無理ならジャロワナで婚活《こんかつ》だね、そういえばジャロワナに嫁《とつ》ぐ男は婚礼《こんれい》の儀《ぎ》でハチの巣を担《かつ》ぎながら一昼夜踊《おど》り続けないといけないらしいよ、世界には色んな文化があるねぇ」

——俺《おれ》が辺境の地の夜をハチと踊《おど》り明《あ》かすことが決定した瞬間《しゅんかん》であった。

「ま、期待してるよ。それと本社から送られてきた試飲用の寿《ことぶき》びいるが事務所に山ほどあるんだけど、誰《だれ》も呑《の》みたがらないんだ。筆塚《ふでづか》君持って帰っていいよ。やけ酒は控《ひか》えめに」

柴田《しばた》課長はそれだけ言い残すと、ミュージカル映画もかくやの軽《かろ》やかな足取りでドアの方まで歩いていく。

そして彼《かれ》は、ドアノブに手をかけたところで思い出したようにこちらに振《ふ》り返《かえ》り、白い歯をきらりと輝《かがや》かせて。

「——あ、そうだそうだ、言い忘れてたけどボク、キミのこと嫌《きら》いなんだよね」

ばたん。

ドアが閉まる。会議室に俺《おれ》だけが取り残される。

立ち上がることもできず、いやにがたつくパイプ椅子《いす》に釘付《くぎづ》けになっていると、店内を流れる陽気なメロディが俺《おれ》の下へ届いた。


スーパーコトブキのテーマ♪　作詞・作曲　寿清十郎《ことぶきせいじゅうろう》

（前奏）
あなたと　わたしの　スーパーコトブキ

みんなの町の　スーパーコトブキ
笑《え》顔《がお》あふれる　おてつだい
お肉も　魚も　おやさいも
買ってつながる　おおきな輪
コトブキ　コトブキ　スーパーコトブ――

耐《た》えきれなくなって、俺《おれ》は咄嗟《とっさ》に自らの両耳を塞《ふさ》ぐ。

そして音楽をかき消すように「俺《おれ》は大丈夫《だいじょうぶ》」と3度繰《く》り返《かえ》した。

俺《おれ》は大丈夫《だいじょうぶ》、俺《おれ》は大丈夫《だいじょうぶ》、俺《おれ》は大丈夫《だいじょうぶ》……

寿

「筆塚《ふでづか》マネージャー、タイムカード切り忘れてますよ」

バックルームの暗い廊下《ろうか》を歩いていると、後ろから声をかけられた。

振《ふ》り返《かえ》ると、タイムレコーダー前にしゃんと立つ一人の若い女性の姿がある。

コトブキ指定のフォーマルな制服に袖《そで》を通し、背中の中ごろまで伸《の》びた艶《あで》やかな黒髪《くろかみ》を就業規則に従って後ろで結《ゆ》い上《あ》げ、サイドテールにした彼女《かのじょ》。

名前は文月《ふづき》リンコという。20歳《さい》、専門学校を卒業したばかりのフレッシュな新入社員だ。

ただし流した前髪《まえがみ》の下からは――心臓に悪い――まるで汚物《おぶつ》でも見るかのように冷ややかな眼差《まなざ》しがこちらへ向けられていた。

なまじ顔が整っている分、切れ味も半端《はんぱ》ではない。

「ああ、文月《ふづき》ちゃ……」

「文月《ふづき》さん、です。セクハラですよ」

作りかけた卑屈《ひくつ》な愛想《あいそ》笑《わら》いが途《と》中《ちゅう》で引きつって、妙《みょう》な形で固まってしまう。

念のため補足しておこう。彼女《かのじょ》の担当は文具――要するに俺《おれ》の直属の部下であり、後輩《こうはい》である。断じて「俺《おれ》への復讐《ふくしゅう》を誓《ちか》う者」などではない。ないと信じたい。

「……文月《ふづき》さん、ありがとう気遣《きづか》ってくれて、でももうタイムカードなら切ったんだ……1時間前に」

俺《おれ》はデータ上すでに退勤したことになっている。しかし現にここにいるし、これから仕事をするため事務所へ戻《もど》る最中だ。社会人の闇《やみ》である。

しかし文月《ふづき》さんはいかにも興味なさげに「そうですか」とだけ言って、タイムレコーダーに自らのカードをスキャンした。

「普段《ふだん》表に出てこないものだから気付きませんでした、内職お疲《つか》れ様《さま》です」

「ははは……」

……ああ、俺《おれ》は今ちゃんと笑えているだろうか。

小売業は笑顔《えがお》が命、笑顔《えがお》、笑顔《えがお》……

そんな風に、強張《こわば》る表情筋を無理やり笑顔《えがお》で固定させていると、ふと彼女《かのじょ》の抱《かか》えた紙束が目に留まった。見覚えがある。昇格《しょうかく》試験用に本社から配布される資料だ。

「……その、文月《ふづき》さん、この前の試験は残念だったね」

俺《おれ》が言うなり、今まさにその場を立ち去ろうとしていた文月《ふづき》さんがぴたりと動きを止めた。

この段になって「よもや失言だったか？」と思い至るが、もう遅《おそ》い。

「その、もし良かったら、俺《おれ》が勉強教えるけ……」

言い終えるのを待たず、文月《ふづき》さんが振《ふ》り返《かえ》る。

そして彼女《かのじょ》は、ぞっとするほど冷たい声音《こわね》で一言。

「――結構です。お先上がります。お疲《つか》れさまでした」

彼女《かのじょ》が身を翻《ひるがえ》すのに合わせてサイドテールがしなり、靴音《くつおと》がカツカツと廊下《ろうか》に響《ひび》き渡《わた》った。

薄暗闇《うすくらやみ》の中で揺《ゆ》れるサイドテールを見送ったのち、俺《おれ》は当初の予定通り事務所へ入る。さすがに21時も回れば人はまばらだ。

自らのデスクについて、軋《きし》む椅子《いす》に体重を預ける。

すると隣《となり》のデスクでノートパソコンとにらめっこをして「むむむ」と唸《うな》りをあげていた女性が助けを求めに来た。

「筆塚《ふでづか》く〜〜ん！　ごめん！　また週報の作り方教えて！　この〝えくせる〟が言うことを聞いてくれなくて……！」

彼女《かのじょ》は農産部門の菜森《なもり》マネージャー、通称《つうしょう》ナモちゃん。

長い髪《かみ》を後ろで編《あ》み込《こ》んでまとめた、線の細い華奢《きゃしゃ》な女性だ。歳《とし》は俺《おれ》と同じぐらいのはずだが、現代人にあるまじき絶望的な機械オンチで、よくこうして俺《おれ》に泣きついてくる。

いつもなら「ナモちゃんはしょうがないなぁ」と呆《あき》れ口調で言って、彼女《かのじょ》の資料作りを手伝う場面だ。しかし俺《おれ》は答えず、代わりに自らの両耳を塞《ふさ》いだ。

「……筆塚《ふでづか》くん？」

不審《ふしん》に思ったナモちゃんが俺《おれ》の顔を覗《のぞ》き込《こ》んでくる。

俺《おれ》はノートパソコンの真っ暗なディスプレイを見つめながら、口の中で何度も繰《く》り返《かえ》した。

「俺《おれ》は大丈夫《だいじょうぶ》、俺《おれ》は大丈夫《だいじょうぶ》、俺《おれ》は大丈夫《だいじょうぶ》、俺《おれ》は大丈夫《だいじょうぶ》……」

「……おっかねぇ、あたまおがすぐなったんでねがず……」

俺《おれ》の有様《ありさま》にドン引きしたナモちゃんが郷《くに》の言葉でなにか言っていたが、それを解読する余裕《よゆう》はなかった。

俺《おれ》は大丈夫《だいじょうぶ》……本当に大丈夫《だいじょうぶ》なのか？

もはや手遅《ておく》れなのではないか？　実はとっくの昔に詰《つ》んでいるのではないか？　そんな暗い考えが頭をよぎったが、かき消すように繰《く》り返《かえ》した。

俺《おれ》は大丈夫《だいじょうぶ》、俺《おれ》は大丈夫《だいじょうぶ》、俺《おれ》は大丈夫《だいじょうぶ》……
大丈夫《だいじょうぶ》であって、ほしい。

一品目

肉巻きアスパラの1本揚げ

家へ帰る途中《とちゅう》、３人組の大学生とすれ違《ちが》った。

きっと呑《の》み会の帰りなのだろう。彼《かれ》らは互《たが》いに肩《かた》を組み、冬の寒さを笑い飛ばしながら、千鳥足で夜の闇《やみ》へと消えていく。そんな彼《かれ》らの背中が何故《なぜ》だか心底羨《うらや》ましく思えた。

はて、どうしてそんな風に感じるのだろう？

少し考えてみて、すぐに分かった。彼《かれ》らは手ぶらなのだ。

彼《かれ》らには義務とか重圧とか責任とか世間体《せけんてい》とか、そういったつまらない重荷が一切《いっさい》ない。その自由な両手で喜びを表現し、青い悩《なや》みに頭を抱《かか》え、かけがえのない仲間たちと肩《かた》を組むことができる。

かたや俺《おれ》の両手は、レジ袋《ぶくろ》で塞《ふさ》がっていた。

破けないよう二重にしたレジ袋《ぶくろ》の中身は……言わずもがな、柴田《しばた》課長から押しつけられた大量のゲロマズビールである。白い溜息《ためいき》を吐《は》く。色んな意味で足取りが重かった。

……ともかく、今日はもう疲《つか》れた。さっさと酒を呑《の》んで寝《ね》たい。

そんなことを考えながら、たいして好きでもないボロアパートに帰りついた。

薄《うす》く雪の積もった外階段をさくさく上る。蛍光灯《けいこうとう》の切れかけた薄暗《うすぐら》い共用廊下《ろうか》へ入る。そして俺《おれ》は足を止めた。

何故《なぜ》か？　それはアパートの廊下《ろうか》にうずくまる一人の女性を発見したからだ。

時刻はすでに０時を回っている。一瞬《いっしゅん》、見て見ぬふりをしようかとも思ったが、彼女《かのじょ》の心細そうな横顔を見ると、そういうわけにもいかなくなった。

「……こんばんは」

俺《おれ》が声をかけると、彼女《かのじょ》は必要以上にびくんと肩《かた》を跳《は》ねさせる。

しかし俺《おれ》の顔を見上げるなり、少しだけ緊張《きんちょう》の糸を緩《ゆる》めた。

「こ、こんばんは」

蛍光《けいこう》灯に照らされる、いつも通りのリスみたいに小さな会釈《えしゃく》。

いつも通り──そう、俺《おれ》と彼女《かのじょ》は初対面ではない。彼女《かのじょ》は２０２号室、すなわち俺《おれ》の隣《となり》の部屋に住む女子大生だ。

一昨年《おととし》の春先、わざわざウチへ引《ひ》っ越《こ》しの挨拶《あいさつ》に来たので「今時珍《めずら》しい、律儀《りちぎ》な子だなぁ」と思ったのを覚えている。

それから廊下《ろうか》や階段で顔を合わせるたび、彼女《かのじょ》は決まって俺《おれ》を見上げてリスみたいな会釈《えしゃく》をした。女子大生にしてはいくぶんか小柄《こがら》で、加えてどこかそそっかしそうなところがいかにも小動物然としていたので印象に残っている。

マトモに言葉を交《か》わしたのは一度きりなので、名前がイマイチ思い出せないけど……

「……あの、一応聞きたいんだけどさ」

俺《おれ》はそれこそ巣穴から顔を覗《のぞ》かせる小動物を相手取るように、慎重《しんちょう》に言葉を選んだ。

「なにか困ってること、ある？」

「ご心配なさらず、もうハタチなので」

なんだかよく分からない台詞《せりふ》が返ってきた。ともかく、困ってはいるようだ。

彼女《かのじょ》は赤くなった鼻の頭をマフラーに埋《うず》め、同様に赤くなった手指をこねくり回している。

丸まったダッフルコートの背中が僅《わず》かに震《ふる》えていた。きっと相当長い時間外にいたのだろう。

「もしかして鍵《かぎ》なくした？」

「なくしてません」

「なくしたでしょ」

「……なくしました」

彼女《かのじょ》はばつが悪そうに目を伏《ふ》せる。どうして一度嘘《うそ》を吐《つ》いた？

「……正確には忘れてきました。その、居酒屋に……」

「合《あ》い鍵《かぎ》」

「部屋の中です」

「店まで取りに戻《もど》る」

「もう閉まりました」

「えーと、近くのカラオケないしネカフェに避難《ひなん》」

「そんな無防備なことできるわけないじゃないですかっ！　！？」

「ちょっ!?　しーっ！　し────っ!!」

俺《おれ》は咄嗟《とっさ》に人差し指を自らの口へあてがう。彼女《かのじょ》もまた慌《あわ》てて口元を押《お》さえ、あたりの様子を窺《うかが》った。しばらく待ってみたが住人の怒声《どせい》が飛んでくる気配はない。二人揃《そろ》って安堵《あんど》の溜息《ためいき》を吐《つ》いた。

「……深夜、寒空の下に飲み屋帰りの女子大生が一人でしゃがみ込んでる今の状況《じょうきょう》の方がよっぽど無防備だと思うけど。朝までそうしてるつもり？」

「……」

図星だったのかだんまりを決《き》め込《こ》まれる。十中八九ノープランなんだろう。

そんな彼女《かのじょ》の強情《ごうじょう》さとどこか抜《ぬ》けているところにふと既視感《きしかん》を覚える。なにかと思えば、そうだ、五つ歳《とし》の離《はな》れた妹に似ていた。だからこそ俺《おれ》も次のような台詞《せりふ》を発してしまったのだろう。

「よかったらウチくる？」

「警察呼びますよ」

「早いんだよ段階が、心配しなくても未成年に手出したりしない」

「未成年じゃありません、もうハタチです」

「手、出してほしいのかよ」

「っ……！」

かあっと、薄《うす》明かりの下でも分かるぐらい彼女《かのじょ》の頬《ほお》が朱《しゅ》に染まった。今日びこんな初心《うぶ》な女子大生もいないだろう。

ともあれ、俺《おれ》は彼女《かのじょ》の観察もそこそこに２０１号室の鍵《かぎ》を開けた。ずいぶん前から寒さでかじかむ指にレジ袋《ぶくろ》が食《く》い込《こ》んでいて、そろそろキツイ。

「別に嫌《いや》なら嫌《いや》でいいよ、ただ見過ごすだけってのは後味が悪いと思って一応提案しただけだから……でも、雪降り始めたぞ」

アパートの外を見やると、薄《うす》い灰色がかった空からちらちらと白い粉が舞《ま》い落ちてきている。東北の冬は厳しい。夜ともなれば気温はゆうに氷点下を下回る。下手すれば凍死《とうし》だ。それはさすがに寝覚《ねざ》めが悪いどころの騒《さわ》ぎではない。

さっきの提案だって本気で言ったわけではなかった。願わくば怒《おこ》った彼女《かのじょ》がここよりマシなどこかへ行ってくれることを願って言ったまでだ。

でも彼女《かのじょ》は頑《かたく》なに、ぎゅっと膝《ひざ》を抱《だ》いた。

「……お構いなく、私は大丈夫《だいじょうぶ》ですから」

私は大丈夫《だいじょうぶ》。どこかで聞いたようなフレーズだなと俺《おれ》は鼻で笑う。

なにが大丈夫《だいじょうぶ》なんだろうな、本当に。

「そ、じゃあ俺《おれ》は明日もあるから寝《ね》るよ、おやすみ」

小さな声で「……おやすみなさい」と返ってくる。そういうところが本当に律儀《りちぎ》だ。

意地悪もしてしまったし、お隣《となり》のよしみで毛布ぐらいは持ってきてあげようか。

そう思って部屋のドアを開けたのとほとんど同時。彼女《かのじょ》の頭上でちらついていた蛍光灯《けいこうとう》が強く明滅《めいめつ》した。さながらホラー映画のワンシーンかのようにチカチカッ！　と。

「ひっ⁉」

彼女《かのじょ》の肩《かた》がまたも過剰《かじょう》なくらいびくんと跳《は》ねる。きょろきょろと忙《せわ》しなく動く黒目がちな瞳《ひとみ》は、まるで天敵の襲来《しゅうらい》を察知した小動物のようだ。

そんな反応を見て俺《おれ》は一つピンときた。ついでに悪戯心《いたずらごころ》にも火が点《つ》いた。

「……そういえば大家さんから聞いたんだけど、このアパート、出るらしいから気をつけてな」

俺《おれ》が言うと、予想通り彼女《かのじょ》が弾《はじ》かれたようにこちらを見る。今までで一番の反応だ。

「で、出るってなにが……」

「さあ？　もし会えたら教えてくれ、改めておやすみ」

その言葉を最後にドアを閉めようとする。

すると背後からばたばたばたっ！　と慌《あわ》ただしい音が聞こえてきて、ドア越《ご》しに軽い衝撃《しょうげき》があった。見ると、ドアの隙間《すきま》から手が伸《の》びてきていて、必死でドアが閉じないように押《お》さえている。

そういえば妹もこの手の話が苦手だったっけなぁ。

ドアをこじ開けようとする赤くなった手指を見つめて、俺《おれ》はしみじみ思った。

寿

8畳《じょう》ワンルーム風呂《ふろ》トイレ別、それが俺《おれ》の住処《すみか》だ。

築年数ゆえの壁《かべ》の薄《うす》さが唯一《ゆいいつ》気がかりだが、どうせ独り身で当分結婚《けっこん》の予定もない。一人で暮らすには申し分ない広さだ——とは常々思っていたが、まさか女子大生を部屋へ上げることになるとは思わなかった。

「本当に申し訳ないと思ってるんです」

ゲロマズとはいえ酒は酒、冷やせばいくらかマシになるだろ。そう思って冷蔵庫へ黙々《もくもく》と寿《ことぶき》びいるの缶《かん》を詰《つ》め込《こ》んでいたところ、後ろの方から声がした。

振《ふ》り返《かえ》ると、彼女《かのじょ》は二人掛《が》けソファの上に正座という珍妙《ちんみょう》なスタイルでこちらをじっと見つめている。やはり警戒《けいかい》しているのか若干《じゃっかん》ぎこちない。

「なにが？」

「こんな夜更《よふ》けに、赤の他人の私を家に上げてくれたことについてです。感謝しています。今は大したものを持っていませんが、お礼は明日必ずします」

また大袈裟《おおげさ》な。悪漢に追われるお姫《ひめ》さままでも拾った気分だ。

「朝まで匿《かくま》うだけだよ」

「いえ、そこはきっちりしましょう、受けた恩はちゃんと返したいです」

「律儀《りちぎ》だなぁ」

言いながら、俺《おれ》はレジ袋《ぶくろ》の中から寿《ことぶき》びいるとは別のある物を取り出した。農産マネージャーのナモちゃんから勧《すす》められたアスパラガスだ。

俺《おれ》は根元の硬い部分を切り落としてこれをあらかじめ鍋《なべ》で沸《わ》かしておいたお湯へ投入する。

「まぁ、それで君の気が済むなら、特に断る理由もないけど」

軽く湯がいたアスパラを冷水に晒《さら》して、下拵《したごしら》えは完了だ。

「それで、ですね……お世話になっておいて、たいへんおこがましいのは承知の上なのですが、その……」

「心配しなくても、誓《ちか》って襲《おそ》ったりはしない。このアパートかなり壁《かべ》が薄《うす》いから少し大きな声をあげれば全部の部屋から住人が飛び出してくるよ」

俺《おれ》は薄切りの豚肉《ぶたにく》をアスパラにくるくる巻きながら言う。言いたいことを先回りされたせいか、彼女《かのじょ》は口をもごつかせて「……知ってます」とだけ答えた。

当然のことながら信頼《しんらい》されていない。そりゃあそうだ。お隣《となり》さんってだけで会話も2往復以上したことがない。ほとんど初対面のようなものなのだから。

「別に気にしないでいいよ、俺《おれ》も気にせずいつも通り過ごすから」

「……気にするに決まってるじゃないですか。男の人の部屋に上がるの、初めてなんですよ」

その不意打ちじみた台詞《せりふ》に俺《おれ》は思わず顔を上げる。彼女《かのじょ》は自分で言っておきながら恥《は》ずかしくなってしまったのか、あからさまに目を逸《そ》らしていた。

思えば、彼女《かのじょ》の容姿をまじまじと見るのは初めてだ。

ふわりと膨《ふく》らんだミディアムボブカットは女子大生らしく茶髪《ちゃぱつ》に染められているが、下品には感じない。むしろ彼女《かのじょ》の幼くも整った顔立ちにしっくりきていて、適度に大人っぽさを醸《かも》し出《だ》している。なるほど彼女《かのじょ》は美人だった。ともすれば少し童顔すぎるようなきらいがあるものの、そこがかえってアイドルのようにも見える。

——やばい。

俺《おれ》は意識をアスパラへ戻《もど》した。

俺《おれ》も気にせず、なんて嘘《うそ》だ。こんな深夜に女子大生と二人、意識するに決まっている。

雑念を振《ふ》り払《はら》うように、一心不乱にアスパラをくるくるやっていると、彼女《かのじょ》はおもむろに。

「朝日《あさひ》です」

「え？」

「名前です。私の名前、朝日《あさひ》カンナ、大学2年生です。部屋にまで上がっておいて、自己紹《しょう》介《かい》もなしというのはさすがに無作法かと思って、以前ご挨拶《あいさつ》させていただきましたが、改めて」

本当に律儀《りちぎ》な子だな。よっぽど育ちがいいのだろうか。

「俺《おれ》は筆塚《ふでづか》ヒロト、コトブキの社員で、文具部門のマネージャーをやってる」

「コトブキって、あのスーパーですか？」

その4文字に朝日《あさひ》さんが今日イチの食いつきを見せた。

「私よく買い物に行きますよ、食料品も日用品も」

「平素よりのご愛顧《あいこ》、誠《まこと》にありがとうございます」

「ちなみにマネージャーというのは？」

「平たく言えば売り場のリーダーみたいなもんかな」

「へぇ、じゃあ偉《えら》いんですね」

「職位だけはね、でもそんなにいいもんじゃないよ、イヤミな上司から詰《つ》められて、部下からはゴミを見るような目を向けられて、パートのおばちゃんからは信頼《しんらい》されてないし……」

「た、大変そうですね……」

彼女《かのじょ》、もとい朝日《あさひ》さんの顔が引きつった。いかんいかん、この話題になると暗くなりがちだ。

笑顔《えがお》笑顔《がお》、小売業は笑顔《えがお》が命……

「ジャロワナではせめて上司に恵《めぐ》まれることを願ってるよ、はは」

「ジャロワナ？」

「ああ知らないか、ジャロワナっていうのは……」

「ロンガンの産地がどうかしたんですか？」

「流行《はや》ってんの？」

俺《おれ》が無知なだけか？　結局なんなんだよ、ロンガンって。

……ま、なんにせよすぐにこの目でとれたてのロンガンが見られることだろう。

自嘲《じちょう》混じりにアスパラの豚肉《ぶたにく》巻きへ衣《ころも》をつける。小麦粉・卵・パン粉の順番だ。

「……あのすみません、さっきからなにをやっているんですか？」

言葉を交《か》わして少し緊張《きんちょう》がほぐれたのだろう。朝日《あさひ》さんはそこで初めて俺《おれ》がなにをしているのか興味を持ったらしい。ソファから下りてこちらの手元を覗《のぞ》きに来た。

なにって……

「晩メシ作ってるんだけど」

「――こんな夜中にですかっっ！！？？」

「ちょっ⁉　しーっ！　し――――っ‼」

パン粉まみれの人差し指を自らの口へあてがう俺《おれ》。慌《あわ》てて口元を押《お》さえる朝日《あさひ》さん。

危《あや》うく、さっき言った「少し大きな声をあげれば全部の部屋から住人が飛び出してくる」を実証する羽目になるところだ！

「朝日《あさひ》さん、声がでかい！」

「だ、だってもう０時を回ってるんですよ……⁉」

「それはこっちの台詞《せりふ》だ！」

「身体《からだ》に良くないです！」

まさか25にもなって他人から食生活について注意されるとは思わなかった。しかも自分より年下の女子大生から。

「……晩メシ抜《ぬ》く方がよっぽど身体《からだ》に悪いと思うけど」

「うっ……」

朝日《あさひ》さんが口を噤《つぐ》む。

気を使ってもらって悪いが、残業が当たり前の俺《おれ》にとってこんなのはいつものことだ。誰《だれ》しもが農林水産省の奨励《しょうれい》されている健康的な時間に食事を摂《と》れるわけではない。

朝日《あさひ》さんもすぐにそのことに気付いたのか、たちまちしおらしくなってしまった。

「……すみません、生活リズムは人それぞれですよね、差し出がましいことを……」

「いや、別にそこまでは言ってないんだけど……」

見るからにしょんぼりしている。強情《ごうじょう》なのか素直《すなお》なのか分からない子だ。

「……それにしても筆塚《ふでづか》さん自炊《じすい》するんですね、尊敬します。私は料理が苦手なもので」

「そんなに大したもんじゃないけどさ、昔まだ食品にいた頃《ころ》に先輩《せんぱい》から簡単なものを教えてもらったんだ」

「食品？　初めから文具部門にいたわけではないんですか？」

……しまった、これは失言だった。

「部門間での異動なんてよくあることだよ。それはそうと朝日《あさひ》さんも食べる？　コレ」

話題を変えようと思い、「コレ」と衣《ころも》をつけた肉巻きアスパラを指す。

「え？」

朝日《あさひ》さんは、まるで鳩《はと》が豆鉄砲《まめでっぽう》でも食らったような反応をして……

「い、いえいえいえっ！！？」

ぶんぶんと首を振《ふ》った。それこそ、ちぎれんばかりに。

「部屋に上げてもらったうえ、ごちそうまでしてもらうだなんてそんなそんなそんなそんな！」

「何回言うねん」

「あ、あのっ、誤解させてしまったのなら申し訳ありませんが、別に催促《さいそく》したわけじゃないんです！　ただ純粋《じゅんすい》に気になっただけなんです！　私、そんなに卑《いや》しい女ではないんですっ!!」

「俺《おれ》もまさかアスパラ勧《すす》めただけでこんなに遠慮《えんりょ》されるとは思ってなかったよ」

放っておけば懺悔《ざんげ》まで始めそうな勢いだ。汝《なんじ》、夜アスパラを食べるなかれ。そんな戒律《かいりつ》はもちろん聞いたことがない——なんて馬鹿なことを考えていたその時。

ドン!!

壁《かべ》が鳴った。俺《おれ》と朝日《あさひ》さんは同時にびくんと身体《からだ》を震《ふる》わせる。

０時30分に差《さ》し掛《か》かろうというこの時間、とうとう出てしまった。集合住宅におけるもっともポピュラーな抗議方法《こうぎほうほう》——要するに隣室《りんしつ》からの壁《かべ》ドンである。

先ほどまでとは打って変わって気まずい沈黙《ちんもく》の中、俺《おれ》たちは互《たが》いに顔を見合わせた。

「……朝日《あさひ》さんはアレだね、リアクションがでかいね」

かあああああっ、と朝日《あさひ》さんの顔面が見る見るうちに紅潮していく。

「と、ともかく私にはお構いなく……」

恥《は》ずかしさが限界に達してしまったらしい、朝日《あさひ》さんは顔を伏《ふ》せてしまった。表情がコロコロ変わって面白《おもしろ》い子だな。

「まぁ、ちょっと多めに作るから、気が変わったらどうぞ」

俺《おれ》はそれだけ言って、いよいよ調理の最終工程へと入る。

あらかじめフライパンで熱しておいた油へ衣《ころも》付きの肉巻きアスパラを投入——すなわち〝揚《あ》げ〟だ。

油がはねないよう慎重《しんちょう》に鍋《なべ》の中へと肉巻きアスパラを滑《すべ》り込《こ》ませる。すると彼《かれ》の登場を心待ちにしていたかのように、じゅわあああっ、と万雷《ばんらい》の拍手《はくしゅ》が出迎《でむか》えた。油の拍手《はくしゅ》だ。

無数の泡《あわ》がぷつぷつ弾《はじ》け、途端《とたん》に食欲をそそる香《こう》ばしい香りが立ち上ってくる。

続けざまに1本、更《さら》にもう1本と投入していく。拍手《はくしゅ》は次第《しだい》に大きくなり、今や割れんばかりだ。フロアの熱気も最高潮。菜箸《さいばし》一つでフロアを沸《わ》かす俺《おれ》は、さながらDJである。

そしてこの熱狂《ねっきょう》にあてられてしまった者がいる。言うまでもない、朝日《あさひ》さんだ。

「……」

口が半開きになっていることは指摘《してき》すまい。せめてもの情けだ。

無理もないだろう。平時でさえ食欲をそそる揚《あ》げ物《もの》。それが深夜ともなればもはや暴力。視覚、聴覚《ちょうかく》、嗅覚《きゅうかく》、その全てを食欲一色に染め上げる圧倒的《あっとうてき》暴力だ。

「……っ⁉」

俺《おれ》に見られていることに気付いて、なんとか我に返ったらしい。

頬《ほお》が赤らんでいるのはフライパンから立ち上る熱気のせいか、それとも羞恥《しゅうち》によるものか。

ともかく朝日《あさひ》さんは、

「わ、私向こうに行ってますね⁉」

そう言い残し、逃《に》げるようにソファへと戻《もど》っていった。

本当に素直《すなお》で強情《ごうじょう》な子だな、ますます妹にそっくりだ。

ともあれ俺《おれ》はキツネ色に揚《あ》がったそれを、順番に油から引《ひ》き揚《あ》げる。

キッチンペーパーで余分な油をとって、いい感じに皿へ盛りつけ、仕上げに櫛《くし》切りにしたレモンを添《そ》えれば完成だ。部屋の中央へ移動する。

「ちょっと失礼」

俺《おれ》は彼女《かのじょ》に一言断って、テーブルへ今日の夕飯を並べる。

名付けて「肉巻きアスパラの1本揚《あ》げ」。ナモちゃんイチオシの新鮮《しんせん》なグリーンアスパラを薄切《うすぎ》りの豚肉《ぶたにく》で巻き、衣《ころも》をつけてフライにしてみた。

アスパラの旬《しゅん》にはまだ早いが、さすがはナモちゃんの見立てと言ったところか。衣《ころも》から覗《のぞ》いた穂先《ほさき》はきゅっと締《し》まっていて、瑞々《みずみず》しい断面は新鮮《しんせん》そのものである。香《こう》ばしい揚《あ》げ物《もの》の香りも食欲をそそるじゃないか。

塩とソース、取り皿を用意して、ソファに腰《こし》をかければ準備は万端《ばんたん》だ。俺《おれ》は満を持して、隣《となり》に座《すわ》る彼女《かのじょ》へ定番の質問をする。

「レモンかけていい？」

「どうぞ……じゃなくて！　私は食べませんよっ⁉」

ノリツッコミだ。ちょっと感動してしまった。

それにしても、食べませんよ、か……

目は口ほどに物を言う、という諺《ことわざ》がある。果たして彼女《かのじょ》は気付いているのだろうか？　口ではそう言いつつも、視線がすっかり料理へ釘付《くぎづ》けになってしまっていることに。

なんだか彼女《かのじょ》の反応があまりに分かりやすすぎて楽しくなってきた。

「本当に食べない？　揚《あ》げたてが一番美味《うま》いんだけど」

「お、お気になさらず、真夜中にものを食べてはいけない決まりなので……」

「グレムリンかなにか？」

「それに夜中にものを食べると蛇《ジャ》が出るんですよ！」

「色々混ざっとる」

正しくは「夜中に口笛を吹《ふ》くと蛇《へび》が出る」だ。あと蛇《へび》のこと蛇《ジャ》って言うヤツ初めて見たよ。

しかし当人は深夜の揚《あ》げ物《もの》の魔力《まりょく》に抗《あらが》うのに必死で、これに気付く余裕《よゆう》はなさそうだ。具体的には両手で顔を覆《おお》って、せめて視覚だけでも遮断《しゃだん》しようとしている。だが悲しいかな。指の隙間《すきま》から覗《のぞ》いているのがバレバレだ。

――ところで俺《おれ》は常々考えていた。

一人で料理を作り、一人でそれを消費する、その行為《こうい》のむなしさについて。

料理とはいわば創作、クリエイティブな行為《こうい》だ。そしてクリエイターとはえてして対外的な評価を欲《ほっ》するものである。要するになにが言いたいのかというと――彼女《かのじょ》の反応を見て、どんな手を使ってでも彼女《かのじょ》に料理を食べさせたくなってきたのだ。

だけど無理やり彼女《かのじょ》の口へ料理を詰《つ》め込《こ》むような真似《まね》はしない。そんなことをしても意味がないし、そもそもちょっと犯罪チックだ。

理想は彼女《かのじょ》が自ら揚《あ》げ物《もの》の誘惑《ゆうわく》に屈《くっ》すること。彼女《かのじょ》に自ら「食べたい」と思わせること。北風と太陽で言えば太陽の戦法。すなわち俺《おれ》は――

「――はい、というわけで完成しました肉巻きアスパラの1本揚《あ》げ、冷めない内にいただいていこうと思います」

声に独特の抑揚《よくよう》をつけて、最近ハマっている料理系ユーチューバーの真似《まね》をした。

突然《とつぜん》の奇行《きこう》に朝日《あさひ》さんは眉《まゆ》をひそめているが、構わず続ける。

「えー、今回は青々とした佐賀県産アスパラガスに豚肉《ぶたにく》のスライスを巻き、衣《ころも》をつけてからっと揚《あ》げてみたわけなんですけども」

「……誰《だれ》に言ってるんですか？」

「メインはあくまでアスパラガスですからね、見てくださいこの瑞々《みずみず》しい切り口」

「だから誰《だれ》に……うグゥッ⁉」

朝日《あさひ》さんが女子にあるまじき声をあげて仰《の》け反《ぞ》った。

おや？　俺《おれ》はただ、料理を箸《はし》で持ち上げただけなんだけどな……

ちなみにこれは「はしあげ」といって、グルメものの撮影《さつえい》などでよく使われるテクニックだ。

全体に動きが出て食欲をそそる画《え》になる。お試《ため》しあれ。

「お客さま、いかがなさいましたか」

「お気遣《きづか》いなく、もうハタチなので……」

言ってることが支離滅裂《しりめつれつ》だ。

まぁでも本人がお気遣《きづか》いなくと言っているんだしここは遠慮《えんりょ》なく。まず初めは塩で……

「いただきまーす」

「あぁ……」

こんなに切なそうな「あぁ……」は初めて聞いた。

しかしそれは「サクリ」と、俺《おれ》の口の中で衣《ころも》の砕《くだ》ける軽い音が上書きしてしまう。サクサクサク、心地《ここち》の良《よ》いリズムが歯を伝って、脳の奥《おく》まで直接響《ひび》いてくる。そして至福の時間を惜《お》しむようにゆっくりとソレを飲み込《こ》んで、一声。

「――美味《うま》い！」

これは演技ではなく本心からの言葉だった。

隣《となり》から「ぺき」と意志のへし折れかける音が聞こえてくる。

手応えあり！　このまま駄目《だめ》押《お》しの食レポで完全に堕《お》としてみせる！

「いやー――、本当に美味《うま》いわこれ、俺《おれ》天才、揚《あ》げ方が完璧《かんぺき》。それになんといってもシャキシャキのアスパラが、いや甘《あま》みが、その、豚肉《ぶたにく》とね……」

「……？」

――残念、俺《おれ》に食レポの才能はなかったらしい。

全体的にもっさりとした要領を得ない食レポに、朝日《あさひ》さんはリスみたく首を傾《かし》げている。真冬だというのにたちまち顔面が熱くなった。

やめろ、そんなつぶらな瞳《ひとみ》で俺《おれ》を見るな……

俺《おれ》は彼女《かのじょ》の視線から逃《のが》れるようにソファを立つ。しかしこれは決して敗走ではない。ヘタクソ食レポのおかげで、最終兵器を使う決心ができたのだ。

俺《おれ》は冷蔵庫からソレを取り出してすぐにソファへ戻《もど》ってくる。これぞ俺《おれ》の最終兵器！

「なんです？　それ」

「でん、青色のヤツ」

「色を聞いたわけではないんですが……ビール？　ですか？」

ご明察。俺《おれ》の手には今、キンキンに冷えた缶《かん》ビールが握《にぎ》られている。

一応補足しておくが寿《ことぶき》びいるではない。あんなゲロマズビールを呑《の》んだらせっかくのツマミにまでケチがついてしまう。これは俺《おれ》があらかじめ冷やしておいたお気に入りの缶《かん》ビールだ。

「では、この缶《かん》ビールで今から優勝しようと思います」

「優勝……？」

朝日《あさひ》さんがいかにも怪訝《けげん》そうに眉《まゆ》をひそめて、その単語を反復する。

おやおや朝日《あさひ》さんは優勝をご存知でない？　それは不幸なことだ。

なら教えてやろう、優勝とはこういうことだ！

俺《おれ》は先ほどまでとは打って変わって、本能の赴《おもむ》くまま肉巻きアスパラにかじりついた。

ザクリ！　と衣《ころも》が弾《はじ》けて口の中へと旨味《うまみ》が溢《あふ》れ出《だ》す。これをすかさず、キンキンに冷えたビールで喉《のど》の奥《おく》まで流《なが》し込《こ》む！

黄金色《こがねいろ》に輝《かがや》く奇跡《きせき》の液体が、舌の上で瀑布《ばくふ》となって喉《のど》を流れ、胃に落ちていく。

喉《のど》の奥《おく》で細かな泡《あわ》がぱちぱち弾《だん》けるこの言いようのない幸福に、自然と喉《のど》が鳴った。ぐびり、ぐびり。染《し》みる、とはまさしくこのことを言うのだろう。

奇跡《きせき》の液体が喉《のど》から胃へ、胃から身体《からだ》へ、そして脳にまで染《し》みわたった時、俺《おれ》はようやく飲み口から離《はな》れ、「ぷはぁっ！」と大きく息を吐《は》いた。

この時の多幸感とくれば、いくら言葉を尽《つ》くしても説明できようはずがない。だからこそ俺《おれ》は夢見心地《ゆめみごこち》にその２文字を口にするのだ。

「優勝……」

日本語おかしくないですか――なんて野暮《やぼ》なツッコミは飛んでこない。代わりに、ごくりと唾《つば》を呑《の》む音が聞こえてきた。

彼女《かのじょ》も頭ではなく、身体《からだ》で理解してしまったのだ。

皆《みな》が寝静《ねしず》まった時間に、美味《うま》い肴《さかな》を美味《うま》い酒で流《なが》し込《こ》む行為《こうい》の、得も言われぬ幸福感・背徳感・優越感《ゆうえつ》――それはもはや「優勝」と表現するほかないことに――

クゥウ、と腹の虫が鳴いた。

「っ！！？」

朝日《あさひ》さんが慌《あわ》てて自らのお腹《なか》を押《お》さえる。

続いて顔を上げ、すかさず俺《おれ》の反応を窺《うかが》ってくるが、残念、バッチリ聞こえていた。

こちらを見つめる朝日《あさひ》さんは、リンゴもかくやというほどに赤面してしまっていて、黒目がちな瞳《ひとみ》には羞恥《しゅうち》のあまり涙《なみだ》さえ浮《う》かんでいる。

彼女《かのじょ》はしばし俺《おれ》と見つめ合ったのち、震《ふる》える声で言葉を紡《つむ》いだ。

「……すみません、あの、部屋に上げてもらった上にこんなことまで頼《たの》むのは……本当に図々《ずうずう》しいとは理解しているんですけども……もちろん後でお礼はするので……」

消え入りそうなほどか細い声に、耳を傾《かたむ》ける。

「……くちだけ……っても……いいですか」

「申し訳ございませんお客さま、お声が遠いようなのですがぁ」

朝日《あさひ》さんが耐《た》え難《がた》い羞恥《しゅうち》にプルプル震《ふる》える。

そして今度こそ、はっきりとその台詞《せりふ》を口にした。

「――ひとくちだけっ！　もらってもいいですかっ！」

堕《お》ちたな。

まごうことなき敗北宣言。朝日《あさひ》初段、投了《とうりょう》である。

ひょっとすると俺《おれ》にもユーチューバーの才能があるのではないだろうか？　なんて馬鹿なことを考えながらも、あらかじめ用意していた割り箸《わばし》を朝日《あさひ》さんへと差し出した。

「どーぞ」

彼女《かのじょ》はこれをおそるおそる受け取ると、肉巻きアスパラへ箸《はし》を伸《の》ばす。まだ揚《あ》げたてということもあり、軽く箸《はし》が触《ふ》れただけで衣《ころも》がサクリと音を立てた。

きっと今、彼女《かのじょ》の中には様々な感情が渦巻《うずま》いているのだろう。

期待と不安、興奮と背徳、それらの入り混じった彼女《かのじょ》の横顔は……ぶっちゃけ、エロかった。

なにを言っているんだお前はと思われるかもしれないが、本当なんだ。深夜に揚《あ》げ物《もの》を食べようとしただけでエロくなる女子大生がいるかと言われるかもしれないが、そこにいるんだ。

ほのかに朱《しゅ》に染まった頰《ほお》、潤《うる》んだ瞳《ひとみ》、荒《あら》くなった吐息《といき》。

見ているこっちまで謎《なぞ》の背徳感を覚え始めた頃《ころ》、朝日《あさひ》さんはいよいよ意を決して、肉巻きアスパラを口へと運んだ。

サクリ。

おそるおそる咀嚼《そしゃく》する。

サク、サク……

「うぅっ……！」

膨《ふく》らんだ涙袋《なみだぶくろ》が震え、目からぽろり、と一粒《ひとつぶ》の雫《しずく》がこぼれ落《お》ち、俺《おれ》は思わずぎょっとした。

な、涙《なみだ》⁉

「こんなに美味《おい》しいものは生まれて初めて食べました……」

「そんなに⁉」

想定していたリアクションを遥《はる》かに上回られて驚愕《きょうがく》の声をあげてしまった。

朝日《あさひ》さんは口元を隠《かく》して、こくこくと頷《うなず》く。そこはかとなくお嬢様《じょうさま》感漂《ただよ》う仕草だが、いかんせん涙目なもので、まるで俺が朝日《あさひ》さんを辱《はずかし》めてしまったかのような気持ちになってきた。

謎《なぞ》の罪悪感に苛《さいな》まれていると、朝日《あさひ》さんはようやく口の中のソレを嚥下《えんげ》して、震える声で語り始める。

「さくさくな衣と新鮮なアスパラガスの瑞々《みずみず》しくもしっかりとした食感が絶妙にマッチして歯に心地《ここち》よく、噛《か》めば噛《か》むほどアスパラガスの甘味《あまみ》が溢《あふ》れてきます……薄切《うすぎ》りにした豚肉《ぶたにく》もジューシーで、たいへん美味《おい》しいです……」

「めちゃくちゃ流暢《りゅうちょう》に語るね……」

そして異様に食レポが上手《うま》い。

誰《だれ》だ？　俺《おれ》にもユーチューバーの才能があるのでは、とか抜《ぬ》かしてたバカは……

「ごめんなさい郷里のお母さん、私は深夜知らない男の人の家に上《あ》がり込《こ》んだだけでなく、とんでもない過《あやま》ちまで犯《おか》してしまいました……」

「深夜の揚《あ》げ物《もの》ってそんなに大罪？」

あと実家があるであろう方角に手を合わせるのはやめてくれ。

——とはいえ、ここまでくるとなんだか罪悪感が湧《わ》いてくる。なにも知らない生娘《きむすめ》を卑劣《ひれつ》な手段で手籠《てご》めにしてしまったかのような、そういうたぐいの。

「ご、ごめん！　からかって悪かった！　ほら、好きなだけ食べていいから……」

鼻をすすりあげる彼女《かのじょ》を宥《なだ》め、せめてものお詫《わ》びにと料理を勧《すす》める。

朝日《あさひ》さんはこくりと小さく頷《うなず》き、肉巻きアスパラを（今度はソースで）一口。もぐもぐと咀《そ》嚼《しゃく》して——

「おいしいでずうう……っ！」

号泣《ごうきゅう》だ。濁《にご》った声で感想を述べながら、ボロボロと泣き出してしまった。

「ごめん!!　ホント――――にごめん！」

ここ数年で一番気合いの入った謝罪をした。女の子を泣かせた経験なんてそうあるものじゃないが、この状況《じょうきょう》がヤバいことだけは分かる！

「あ、朝日《あさひ》さんとりあえず落ち着いてっ!?　なんか飲む!?　冷蔵庫に炭酸水があるけど持ってこようか!?」

「い、いえ、自分で取りに行きます……！　お気遣《きづか》いありがとうございます……！」

今まさにソファから立ち上がろうとする俺《おれ》を制して、朝日《あさひ》さんがぱたぱたと冷蔵庫の方へと駆《か》けていく。

一人ソファに取り残された俺《おれ》は――沈《しず》んでいた。

「やっちまった……」

まさか面白半分《おもしろはんぶん》で料理を食べさせて、女の子を泣かせてしまうとは……もしかしてこれなんらかの罪に問われたりするんじゃないだろうか？　何罪？　夜食教唆《きょうさ》罪？

いや、そんなバカげた罪状がつく前に、この状況《じょうきょう》が誰《だれ》かに見られれば一発アウトだよ。というかまず、ほとんど初対面の女の子泣かせた方が大問題だわ。

「うう……」

完全に思考が負のスパイラルに巻き取られていた。頭を抱《かか》えて唸《うな》るほかない。

そんな時、背後からカシュッと音がした。

きっと朝日《あさひ》さんが炭酸水の栓《せん》を開けたのだろう。願わくば、それで落ち着いてくれればいいが……

「……カシュ？」

違和感《いわかん》。

今のは明らかに缶《かん》飲料を開栓《かいせん》した音だ。しかし俺《おれ》が買っておいた炭酸水はペットボトルだったはずで……まさか。

「朝日《あさひ》さん⁉」

嫌《いや》な予感がして、俺《おれ》は咄嗟《とっさ》に振《ふ》り返《かえ》る。

――そのまさかであった。

炭酸水ではない。寿《ことぶき》びいるだ。

冷蔵庫の前で、朝日《あさひ》さんがぐびぐびと喉《のど》を鳴らしながら、寿《ことぶき》びいるを呷《あお》っているのだ。

「あああぁっ⁉」

止めに入ろうとソファから立ち上がるが、時すでに遅《おそ》し。

朝日《あさひ》さんは「ぷはぁっ」と大きく息を吐《は》き出《だ》し、どこかとろんとした目で一言。

「これが……優勝……」

優勝、しちゃったよ……

寿

「……朝日《あさひ》さん、お腹《なか》空いてたの？」

「ええ？」

俺《おれ》が尋《たず》ねると、朝日《あさひ》さんはふにゃっとした声で聞き返してきた。

ちらと横目をやれば、ソファの隣《となり》に腰《こし》かけた彼女《かのじょ》は片手に寿《ことぶき》びいるを握《にぎ》りしめ、もう一方の手でツマミに箸《はし》をつけている。呑兵《のんべ》衛《え》二刀流だ。

「いや、よく食べるなぁと思って……」

「そんなことないれふよぉ」

なにがおかしいのか、朝日《あさひ》さんが緩《ゆる》みきった表情でにへらっと笑う。いや、思えばさっきからずっと笑っているような気もする。ともかく呂律《ろれつ》は確実に回っていなかった。

肉巻きアスパラをサクサクかじり、それを寿《ことぶき》びいるで流《なが》し込《こ》む彼女《かのじょ》の横顔は幸せそのものだ。

さっきまでのお堅《かた》い彼女《かのじょ》はどこへ？

……というか身体《からだ》が近い！　距離《きょり》感《かん》がおかしい！

お互《たが》いの肩《かた》が触《ふ》れ合《あ》うたびにそれとなくソファの隅《すみ》へ隅《すみ》へと逃《に》げていたが、いよいよ逃《に》げ場《ば》もなくなった。

「筆塚《ふでづか》さぁん」

おもむろに甘《あま》ったるい声で名前を呼ばれて心臓が跳《は》ねる。

「な、なに⁉」

「さっきから、全然食べてないじゃないれふかぁ」

こんな状況《じょうきょう》で食べられるか！　とは言えないので愛想《あいそ》笑《わら》いで誤魔化《ごまか》す。

「あ、はは……いや、そろそろお腹《なか》もいっぱ」

「──あ──ん」

全部言い終える前に口先へ肉巻きアスパラが突《つ》き出《だ》された。

冗談《じょうだん》だろ。

「ちょっ……！　朝日《あさひ》さん⁉　さすがにそれは……」

「冗談《じょうだん》れすよぉ」

またもこちらが言い終えるより早く、朝日《あさひ》さんはえへへ、とだらしなく笑って、肉巻きアスパラを自らの口へと運んだ。

いかにも楽しそうな彼女《かのじょ》の横顔を見て、俺《おれ》は呆《ほう》けたように目を丸くすることしかできない。

数分前までの彼女《かのじょ》なら冗談《じょうだん》でもこんなことはしなかっただろう。というかそもそも冗談《じょうだん》を言うようなタイプではなかった。

これはもう疑いようがない。朝日《あさひ》さんは缶《かん》ビール1本でべろんべろんに酔《よ》っぱらっている。

「というか朝日《あさひ》さん、居酒屋帰りって言ってなかったっけ？」

「そうれふよぉ」

「……お店ではなにか飲まなかったの？」

缶《かん》ビール1本を飲み干さない内にこの有様《ありさま》だ。とてもじゃないが、こんなふにゃふにゃの状態で家までたどり着けるとは思えない。なにより廊下《ろうか》で会った時の朝日《あさひ》さんからは酒気を感じなかった。

「そうですねぇ、友だちと、行ったんですけど、ずっと、お茶飲んでましたぁ。ごはんもほとんど食べてないれふ、もうおなかすいちゃって」

「お茶？　居酒屋で？」

「――というか聞いてくださいよぉ！」

「聞く！　聞くから声抑《おさ》えて！　またドンってくるから！」

酔《よ》っ払《ぱら》いはボリュームを調節する機能がぶっ壊《こわ》れているのでこういう時に怖《こわ》い！

朝日《あさひ》さんは特に悪びれる様子もない。どころか意味もなく「えへへ」と笑い、猫《ねこ》なで声《ごえ》で、

「心配ありませんよぉ、私、ハタチですもん」

その発言で、俺《おれ》は即座《そくざ》に警戒《けいかい》レベルを最大まで引き上げた。

突然《とつぜん》大声をあげる、怒《おこ》りっぽくなる、そして何度も同じ発言を繰《く》り返《かえ》す。

これは「爽快期《そうかいき》」「ほろ酔《よ》い期」の先にある典型的な「酩酊初期《めいていしょき》」の症状《しょうじょう》！

ちなみにこれが更《さら》に進むと「酩酊期《めいていき》」へと移行し、吐《は》き気《け》を催《もよお》し始める。それだけは誰《だれ》も幸せにならない——とか思ったそばから朝日《あさひ》さんが缶《かん》ビールに口をつけている！

「そっ、それよりさ⁉　さっき言ってた聞いてほしいことってなに⁉」

「あ、そう、そうなんですよ！」

朝日《あさひ》さんがいかにも「怒《おこ》ってます」風の表情を作って、持っていた缶《かん》の底をテーブルへ叩《たた》きつける。でもいかんせん怒《いか》り顔を作るのに慣れていないらしく、あまり怖《こわ》くはない。むしろわざとらしく膨《ふく》らませた頬《ほお》はリスのようで可愛《かわい》らしくさえある。

そしてリス朝日《あさひ》さんは眉間《みけん》にギュッと皺《しわ》を寄せ、言う。

「私、今日生まれて初めて友だちと合同コンパに行ってきたんです！」

「……おめでとう？」

「んーん‼」

朝日《あさひ》さんが力強くかぶりを振《ふ》る。どうやら望んでいた反応ではなかったらしい。

とりあえずうまく会話を続けつつ、彼女《かのじょ》の酔《よ》いを醒《さ》ましていかなければ……

「えーと……意外だね、そういうの行かないタイプかと思ってた」

「合コンだと知ってたら行きませんでしたよ！」

「……ああ、そういうこと」

おおかた合コンということは伏《ふ》せて、人数合わせにでも呼ばれたのだろう。

この子、美人だから男どもは相当盛り上がっただろうな。

「ひどくないですか!? 私、今日が誕生日だったんですよ!? それに友だちから食事に誘《さそ》われるなんて初めてだったから、私、本当に期待してたのに……」

なるほど、やたらハタチを強調するからなにかと思っていたら、今日が誕生日だったのか。

「誕生日おめでとう」

「ありがとうございます!」

「で、合コンは楽しくなかったか?」

「楽しむ以前の問題です! 初対面の男の人の前で、お酒なんて呑《の》めません!」

ツッコミ待ち?

イマイチ判断しかねて固まっていると、朝日《あさひ》さんは呑《の》み会のことを思い出しているのだろうか、青ざめた顔で自らの肩《かた》を抱《だ》いた。

「あんな恐《おそ》ろしい場所、私には一生馴《な》染《じ》める気がしません……知っていますか!? 合コン! 声の大きな殿方《とのがた》が妙《みょう》な歌を歌いながら、飲酒を迫《せま》ってくるんです……! 一気飲みの強要は犯罪なのに……」

「保健の教科書に載《の》せたい台詞《せりふ》だ」

そして食品時代の上司に音読させたい。

ああ、ゲロを吐《は》きながら「明日早番なんです勘弁《かんべん》してください」と訴《うった》えても、お構いなしに空が白むまで飲み屋街を連れ回されたあの日々のトラウマが蘇《よみがえ》ってきた……

閑話休題《かんわきゅうだい》。朝日《あさひ》さんは頬《ほお》を赤らめて、伏《ふ》し目《め》がちに言う。

「……あと、その、卑猥《ひわい》なゲームを強要されました」

「⁉　それはシャレにならんだろ⁉」

場合によっては警察沙汰《ざた》だ。いったい、なにを……

「お○ん○ん侍《ざむらい》ゲームというのですが……」

「そう……」

「なんで急に興味を失うんですか⁉」

自分でもびっくりするぐらい一瞬《いっしゅん》でクールダウンしてしまった。

朝日《あさひ》さんは「あんな卑猥《ひわい》な単語を初対面の婦女子に言わせるなんて！　初対面の婦女子に！」と憤《いきどお》っているが、さすがにお○ん○ん侍《ざむらい》での立件は難しいと思う。

いや、もちろん合コンの場でお○ん○ん侍《ざむらい》ゲームをやるノリも最悪だなとは思うけど、それ以前にこの子を合コンに誘《さそ》ったの、明らかに人選ミスだと思う。

「それから私、耐《た》えられなくなって、結局お酒も呑《の》まないで途中《とちゅう》で抜《ぬ》けてきたのはいいんですが、いかんせん慌《あわ》てて出てきてしまったせいで……」

「鍵《かぎ》、忘れてきちゃったわけだ」

「えへへ」

「えへへじゃないよ」

「兎《うさぎ》のバニちゃんキーホルダーがぶら下がった、とても可愛《かわい》らしい鍵《かぎ》なんれふ」

「そこまで聞いてないよ」

ダメだ、完全に酔《よ》っぱらっている。「笑う」と「怒《おこ》る」以外の表現が全部アルコールとともに気化してしまったらしい。

それとさっきから頻繁《ひんぱん》に足を組みかえるせいで、しきりにスカートから白くて柔《やわ》らかそうな太ももが覗《のぞ》いている。これはかなり目のやりどころに困った。

心配しなくても、誓《ちか》って襲《おそ》ったりはしない。

数十分前の自分の発言が脳内でリフレインする。

……いや、いや、襲《おそ》うわけないだろう。相手はほぼ初対面の女子大生だ。いくら酒に酔《よ》っていて、思ったよりもずっと胸が大きくて、赤らんだ顔ではにかむのが可愛《かわい》くて、甘《あま》えた声で語り掛《か》けてきていたとしても……

「そ、それ美味《おい》しい？」

俺《おれ》は自らのよこしまな考えを振《ふ》り払《はら》うように尋《たず》ねた。彼女《かのじょ》はとろんとした目を、手元の寿《ことぶき》びいるの缶《かん》へ落とす。

「……ええ、ええ！　ビール、初めて飲みましたが、美味《おい》しいですね！　私これ好きです！　爽快《そうかい》感溢《あふ》れる喉越《のどご》しに、深みある芳醇《ほうじゅん》な麦の味わい、そして鼻腔《びこう》を抜《ぬ》ける大地の香り！」

酔《よ》っぱらっていても異様に食レポが上手《うま》かった。

しかし忘れるなかれ、さっき彼女《かのじょ》が口にしたのは社内の人間ですらゲロマズビールと揶揄《やゆ》するような代物《しろもの》だ。俺《おれ》ももちろん呑《の》んだことはあるが、「大地の香り」というよりは雨上がりのグラウンドの香りがした。要するに、不味《まず》かった。

でも彼女《かのじょ》の食レポを聞いていたら、もしや……という気がしてくる。

「……どうせタダだ」

俺《おれ》は自らに言い聞かせるように言って、ソファを立つ。そして冷蔵庫から1本の寿《ことぶき》びいるを取り出して再びソファへ戻《もど》ってきた。

「……」

アルミ缶《かん》に印字された「寿《ことぶき》」の文字を見ると、口内にグラウンド風味が蘇《よみがえ》ってきて嫌《いや》な汗《あせ》が浮《う》いたが、覚悟《かくご》を決めた。

プルタブを起こして、ヤケクソ気味に呷《あお》る。すると……

「呑《の》める……おお！　呑《の》める呑《の》める！　美味《うま》くはないけど呑《の》める⁉　すげぇ！」

「引っかかる言い方ですね……」

朝日《あさひ》さんがじとーっと視線を送ってきていたが、俺《おれ》は気にせずもう一度寿《ことぶき》びいるを呷《あお》る。

美味《うま》くはないが、少なくともゲロマズでもない。むしろあの破壊《はかい》的価格からすれば、第三のビールの革命とも思えた。弊社《へいしや》はちゃんと企業《きぎよう》努力を続けていたのだ！

いっそ感動すら覚えていると、ふと、俺《おれ》の横顔を見つめる朝日《あさひ》さんの視線が別種のものに変わっていることに気付いた。

寿《ことぶき》びいるを呑《の》む俺《おれ》を見て、なんだか嬉《うれ》しそうにニマニマしているのだ。

「な、なに朝日《あさひ》さん？」

「誰《だれ》かとお酒を呑《の》むのって楽しいですねぇ、筆塚《ふでづか》さん」

上目遣《うわめづか》いに言う朝日《あさひ》さん。やけに艶《つや》っぽい声音《こわね》に、なんだかイヤな予感がする。

「朝日《あさひ》さん、酔《よ》ってるね？」

「酔《よ》っているのかも、しれません。これがお酒に酔《よ》うってことなんですかね、ふわふわして、とても気持ちがいいです。……筆塚《ふでづか》さんは、いつもこうして一人でお酒を呑《の》んでいるんですか？」

「まぁ、基本的にはそうかな……」

「一緒《いつしよ》にお酒を呑《の》む相手は、いらっしゃらないんですか？」

なんだなんだ、すごい踏《ふ》み込《こ》んでくるぞ。

というか近い！　物理的にも段々こちらに近付いてきている！

「そっ、そうだね……こんな時間じゃ呑《の》み屋もやってないし、それにこういう仕事だから、土日祝日は基本的に出勤で、なかなか人と呑《の》みには行けないよね」

小売業の宿命だ。おかげで学生時代の同期ともすっかり疎遠《そえん》になってしまった。

同期入社の友人は遠く離《はな》れた支店にいるため呑《の》みに誘《さそ》うこともできないし、社内にはそもそも歳《とし》の近い人間自体が少ないわけで……。

「だからいつも仕事終わりにツマミを作って一人で呑《の》んでるよ」

「なるほど、では思う存分私に愚痴《ぐち》を吐《は》き出《だ》してください」

「なんでよ」

思いっきり素の反応をしてしまった。本当になんで？

「古来より呑《の》み会では、お酒を酌《く》み交《か》わしながら愚痴《ぐち》を吐《は》き出《だ》すものだと聞きました。筆塚《ふでづか》さんも大分溜《た》まってらっしゃるようですし、この際私に吐《は》き出《だ》しちゃってください。せめてものお礼です」

なるほど、言い回しが妙《みょう》にエロいけど理屈《りくつ》は分かった。分かったうえで、

「……別に溜《た》まってない」

「そんなはずはありません」

「朝日《あさひ》さん、やっぱり酔《よ》ってるって」

「どんとこい！」

その台詞《せりふ》、酔《よ》ってなかったら絶対に出てこないヤツじゃん。

ともあれ酔《よ》っぱらっていてもその強情《ごうじょう》さは健在なようで、朝日《あさひ》さんはまっすぐとこちらを見つめたまま、俺《おれ》が愚痴《ぐち》を吐《は》き出《だ》すのを待ち続けている。

普段《ふだん》ならほとんど初対面の、しかも年下の女子大生に仕事の愚痴《ぐち》を吐《は》き出《だ》すなんて、そんな情けない真似《まね》はしないだろう。仕事仲間にだって滅多《めった》にそんな話はしない。

しかし今日の俺《おれ》はけっこう、打ちのめされていた。それに疲《つか》れた身体《からだ》へ缶《かん》ビールを1本半入れたことで、それなりに気分も高揚《こうよう》していた。

「爽快期《そうかいき》」が身体《からだ》に及《およ》ぼす影響《えいきょう》は判断能力の鈍化《どんか》……だからこそ、うっかり口も滑《すべ》ってしまう。

「今日、課長から次のフェアで結果を出さなきゃジャロワナに飛ばすって言われたよ」

「ロンガンの名産地の？」

「ジャロワナにはロンガン以外ないのか？」

できればそれ以外の魅力《みりょく》も教えてほしいのだが。

「まぁともかく、1か月後の周年祭で昨年以上の売上を立てられなきゃ、俺《おれ》は晴れてジャロワナ支店配属さ」

「それは……厳しいんですか？」

「絶望的」

もはや厳しいとか難しいとか、そういう次元の話ではない。不可能なのだ。

「課長さんは、筆塚《ふでづか》さんにやる気を出してもらうためにわざと厳しいことを言っているわけでは……」

　朝日《あさひ》さんのあまりにも楽観的な物言いに、俺《おれ》は思わず噴《ふ》き出《だ》してしまった。

「ないない、スポ根じゃあるまいし、課長は純粋《じゅんすい》に俺《おれ》のことが嫌《きら》いなだけだよ。……いや、違《ちが》うな、課長だけじゃない、皆《みな》から嫌《きら》われてるんだよ、俺《おれ》」

　ああ、もしかしたら俺《おれ》も酔《よ》っているのかもしれない。

　一度自虐《じぎゃく》的な言葉を口にしたら、ダムに小さな穴が空いたようにとめどなく薄暗《うすぐら》い感情が溢《あふ》れてきて言葉が止まらない。再び寿《ことぶき》びいるを呷《あお》る。「ほろ酔《よ》い期」が身体《からだ》に及《およ》ぼす影響《えいきょう》は、抑制《よくせい》の喪失《そうしつ》だ。

「……さっき俺《おれ》が昔は食品にいたって話したの、覚えてる？」

「ええ、覚えていますが……」

「俺《おれ》、初めは畜産《ちくさん》部門に配属されたんだ」

　畜産《ちくさん》部門とは、乳製品や肉、卵などのいわゆる畜産物《ちくさんぶつ》を扱《あつか》う部門である。これに「水産部門」「農産部門」を合わせて、総じて「食品」と呼ぶ。

　もはや遠い昔のことのようにも思えるが、俺《おれ》はあの時、確かにそこにいたのだ。

「入社したての頃《ころ》は、それこそやる気全開って感じだったなぁ。なんせコトブキじゃ食品への配属は出世コースって言われてたからさ。今よりずっと忙《いそが》しかったけど、食品の皆《みんな》は新入社員の俺《おれ》にも優《やさ》しかったし、働くのが楽しかった。そんな風に働いてたら昇格《しょうかく》試験もトントン拍《びょう》子《し》に受かっちゃって、入社2年目で同期の誰《だれ》よりも早くマネージャー職だ。先輩《せんぱい》からは若手のホープなんていじられたりもしたなぁ……でも、楽しかったのはそこまでだよ」

——筆塚《ふでづか》君、君、来月から文具のマネージャーね。

岩船《いわふね》人事総務課長の淡々《たんたん》とした声音《こわね》が、1年近く経《た》った今でも耳朶《じだ》にへばりついたままだ。

部門間での異動なんてよくあることだよ。

これはさっき俺《おれ》が朝日《あさひ》さんに言った台詞《せりふ》であり、同時に、あの頃《ころ》の俺《おれ》が言われ続けた台詞《せりふ》でもある。

そう、こんなのコトブキではよくあることだ。

ようやく仕事を覚え始めた若手社員がなんの前触《まえぶ》れもなく他部門に飛ばされ、右も左も分からない状態でマネージャーを任されることなんて。

その人事にいったいどういう意図があったのかは分からない。俺《おれ》みたいな一介《いっかい》の社員には知る由《よし》もない。柴田《しばた》課長の言う通り「お偉《えら》いさんの都合と気まぐれに振《ふ》り回《まわ》された」だけという可能性もおおいにあるが——どのみち俺《おれ》には関係なかった。

缶《かん》の底でちゃぽちゃぽと音を立てるソレを飲み干す。ビールの最後の一口はいつも鉛《なまり》のような味がした、とはいったい誰《だれ》の言葉だったか。確かにその通りだと思った。

「——文具のマネージャーになってからはもうホントに色々と上手《うま》くいかなくなってさ、商品数は多すぎてぜんぜん覚えられないし、2年間必死こいて覚えた食品の知識はなんの役にも立たない、オマケに部下からはメチャクチャ嫌《きら》われてるしさぁ」

まぁ、彼女《かのじょ》らの気持ちも分からないではない。

なんせ文具の前マネージャーは、たいへん優秀《ゆうしゅう》な〝女性〟だったのだ。

文具部門の従業員はそのほとんどが女性、完全な女社会である。彼女《かのじょ》らを取りまとめる敏腕《びんわん》マネージャーの後釜《あとがま》がこんな若造では、さぞや不満であろう。

まぁ要するに、なにもかも噛《か》み合《あ》っていないのだ。

「……食品に戻《もど》りてえな」

ぽろりと口からこぼれ出たそれが、嘘偽《うそいつわ》りのない本音であった。

食品に戻《もど》りたい。仕事が楽しかったあの頃《ころ》に戻《もど》りたい。

それが、今までほとんど誰《だれ》にも吐《は》き出《だ》したことがない、俺《おれ》の愚痴《ぐち》だ。

「……ごめん、俺《おれ》も酔《よ》ってるかもしれない」

我に返って、途端《とたん》に罪悪感だか情けなさだかよく分からない感情で胸がしめつけられた。

だから愚痴《ぐち》を吐《は》き出《だ》すのは嫌《きら》いなんだ。まったく、俺《おれ》もどうにかしている。朝日《あさひ》さんだって、こんな話を聞かされても仕方ないだろうに……

そう思って、彼女《かのじょ》の方を見やると――

「えっ？」

俺《おれ》は素《す》っ頓狂《とんきょう》な声をあげ、フリーズしてしまった。

何故《なぜ》か？　それは——彼女《かのじょ》が缶《かん》をほとんど垂直に立てて、それはもう威勢《いせい》よく、残りのビールをごきゅごきゅと飲み干していたからだ。

ちょっと目を離《はな》した隙《すき》に⁉

「ちょっ！　朝日《あさひ》さん⁉」

慌《あわ》てて止めに入ろうとしたのだが、遅《おそ》かった。彼女《かのじょ》は「ぷはぁっ」と息を吐《は》いて、空になった缶《かん》の底をテーブルに叩《たた》きつける。そしてとろんとした目で俺《おれ》を見据《みす》えて言った。

「かわいそうです！」

「えっ？　……あ、ああ、さっきの話のこと？　ありがとう、気持ちは嬉《うれ》しいけど、でもちょっと呑《の》みすぎ……」

「——違《ちが》います！　かわいそうなのは筆塚《ふでづか》さんじゃありません！」

「はっ？」

またもマヌケな声が漏《も》れる。よく見ると朝日《あさひ》さんは怒《いか》りの形相だった。これには俺《おれ》も困惑《こんわく》するしかない。

「……えっ、もしかして俺《おれ》が責められてる？　なんで……？」

「それ！　そういうところですよ‼　被害者《ひがいしゃ》意識の塊《かたまり》！　そんな人の下で働く部下の皆《みな》さんがかわいそうすぎます！」

「なっ……⁉」

あまりにもな物言いにカチンときた。

ちなみに酩酊《めいてい》初期の影響《えいきよう》の一つには「怒《おこ》りっぽくなる」というのがある。朝日《あさひ》さんも俺《おれ》も、それなりに酒が回っていたらしい。

「そ、そりゃ被害者《ひがいしゃ》意識にもなるだろ！　こんな八方塞《はつぽうふさ》がりな状況《じょうきょう》でいったいどうしろと⁉」

「知りませんよ！　それを考えるのが管理職の仕事でしょう⁉」

「出たよ！　もう３万回は言われたねその台詞《せりふ》！」

「３万回言いたくもなるでしょうね！　未《いま》だに古巣を引きずっているような人には！」

「ぐっ……！」

「そもそも今ある手札でいかに戦うかを考えるのがプロじゃないんですか⁉」

「ぐぅぅっ……！」

まだ社会人にもなっていないくせに上司みたいなことを！

というか愚痴《ぐち》を吐《は》き出《だ》せと言われたから話したのに、どうして初対面の女子大生に説教をされている⁉　なにがこの子の癪《しゃく》に障《さわ》ったんだ！

とにかく落ち着け、熱くなるな俺《おれ》……。

「……そうだな、君の言う通りかもしれない。参考になった。もうちょっと頑張《がんば》ってみるよ」

「それはいいことです！」

こちらの狙《ねら》い通り、彼女《かのじょ》はいかにも満足げにふんすと鼻を鳴らした。ひとまず胸を撫《な》で下《お》ろす。

ああ、俺《おれ》はこんな夜更《よふ》けにいったいなにをやっているんだ……

「いいですかぁ、筆塚《ふでづか》さん！　あなたはプロなんです。ベストを……ベストを尽《つ》くすしかないんです、私たちは、正しいとか、正しくないとか……そういうことは関係なく。そういうことになって……」

「あ、朝日《あさひ》さん？　ちょっと……」

ソファに寄りかかった朝日《あさひ》さんの身体《からだ》が、ずるずるとこちらへ傾《かたむ》いてくる。

近い近い近い。

「ベストを尽《つ》くせば、伝わります……伝わらないはずが、ありません……筆塚《ふでづか》さん、忘れないでください……」

「ちょっとちょっとちょっと……うわっ！」

うわごとのように繰《く》り返《かえ》す朝日《あさひ》さんの頭がすぐそこまで降りてくる。ソファを立とうとした時には手遅《ておく》れだった。

栗毛《くりげ》色の頭がふさりと俺《おれ》の膝《ひざ》の上に着地する。要するに膝枕《ひざまくら》。なんの冗談《じょうだん》だ。

「忘れないでください筆塚《ふでづか》さん……静かな夜を往《ゆ》くのは貴方《あなた》だけではない、ですよ……」

朝日《あさひ》さんは俺《おれ》の膝《ひざ》の上で最後にそれだけ言い残すと、ぷつんと、最後の糸が切れてしまったかのように脱力《だつりょく》する。どうやら活動限界らしい。

ほどなくしてすうすうと、小さな寝息《ねいき》が聞こえ始めた。

「……なんのこっちゃ」

静かな夜を往《ゆ》くのは貴方《あなた》だけではない――

どこぞのマイナー偉人《いじん》の名言かなにかか？　大学生って好きだよな、文脈を無視したその手の名言の引用。少なくとも俺《おれ》は聞いたことがないが……いや、もうどうでもいいか。

俺《おれ》はゆっくりと膝《ひざ》の上の彼女《かのじょ》を見下ろす。

なんと無防備な寝顔《ねがお》だろうか。まるで赤《あか》ん坊《ぼう》のようである。

しかしいくら赤子のようとはいえ、彼女《かのじょ》は立派なハタチの女子大生だ。

シャンプーの甘《あま》い香りがする。酒気を帯びた熱い吐息《といき》が太腿《ふともも》にかかる。ソファに横たわる彼《かの》女《じょ》の身体《からだ》は女性的な起伏《きふく》に富んでおり、特に胸なんかはＦ……いやＧカップもありそうな……

――咄嗟《とっさ》に耳を塞《ふさ》いで「俺《おれ》は大丈夫《だいじょうぶ》」と三度唱えた。

俺《おれ》は大丈夫《だいじょうぶ》、俺《おれ》は大丈夫《だいじょうぶ》、俺《おれ》は大丈夫《だいじょうぶ》……嚙《か》み締《し》めるように繰《く》り返《かえ》すと急速に酔《よ》いが醒《さ》め、飛びかけた理性が戻《もど》ってくる。

それから俺《おれ》は彼女《かのじょ》を膝《ひざ》の上から下ろして、音を立てないように静かにソファを立った。時計を見れば深夜の２時を過ぎている。

……今日は本当に疲《つか》れた。ここ最近で一番疲《つか》れた。

俺《おれ》はげっそりしてソファに横たわった彼女《かのじょ》を見下ろす。彼女《かのじょ》は相変わらず隙《すき》だらけな寝顔《ねがお》を晒《さら》したまま口元を「にゃむにゃむ」やっていた。

さて今日でハタチになったという輝《かがや》かしき新成人の彼女《かのじょ》には、この言葉を送ろう。

「酒は呑《の》んでも呑《の》まれるな」

俺《おれ》は彼女《かのじょ》に毛布をかけてやると、一応ゴミ袋《ぶくろ》と炭酸水のボトルを近くに置いてやった。洗い物は……起きてからやろう。なんといっても明日も仕事だ。

ぱちんと部屋の照明を落としてベッドに潜《もぐ》り込《こ》む。

自分の部屋から他人の寝息《ねいき》が聞こえてくるという状況《じょうきょう》がなんだかひどく懐《なつ》かしく、その夜は自分が学生だった頃《ころ》の夢を見た。

夢の中の俺《おれ》は将来について語っていたような気が、しなくもない。

二品目

海老と牡蠣のアヒージョ

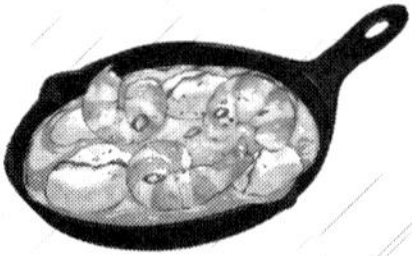

けたたましく鳴《な》り響《ひび》くアラームの音で、俺《おれ》は緩《ゆる》やかに覚醒《かくせい》した。

冬眠《とうみん》から覚めた熊のごとく低く唸《うな》って、のっそりと寝返《ねがえ》りを打つ。

……身体《からだ》がだるい。瞼《まぶた》が重い。

よっぽど疲労《ひろう》が蓄積《ちくせき》していたのだろう、まだ酒が残っているのを感じる。

ひとまず頭の中に直接響《ひび》いてくるようなこの電子音を止めなければ。そう思って、音が聞こえるおおよその方向を手探《てさぐ》りすると……手のひらになにか柔《やわ》らかい感触《かんしょく》があった。

「ん……？」

……なんだこれ？

吸いつくような指ざわりの一方、押《お》せば返す弾力《だんりょく》がある。そしてなんだか温かい。

それは思わず触《さわ》り続けたくなってしまうような心地《ここち》よさがあるが……心地《ここち》よさとは裏腹に、急速に意識が覚醒《かくせい》を始めた。

……待て。なんだこの柔《やわ》らかいもの……

俺《おれ》は嫌《いや》な予感を覚えながら、ゆっくりと重い瞼《まぶた》を開く。

「はっ？」

——目と鼻の先に、はっとするぐらい美しい女性の顔があった。

初めは夢かと思ったのだが、違《ちが》う。

何故《なぜ》なら俺《おれ》の鼻先をくすぐる彼女《かのじょ》の寝息《ねいき》は確かな熱を帯びており、そして俺《おれ》の右手は、そん

な彼女《かのじょ》の頬《ほお》に添《そ》えられているわけで……

「うおあっ！！？」

――俺《おれ》のベッドで知らない女が寝《ね》ている⁉

状況《じょうきょう》を理解した瞬間《しゅんかん》、俺《おれ》は野太い悲鳴をあげてベッドから跳《は》ね起《お》きた。

彼女《かのじょ》はよっぽど深い眠《ねむ》りにあるらしく、こちらの悲鳴にも口をにゃむにゃむやるだけで、起きる気配は一切《いっさい》ない。

か、彼女《かのじょ》は……

「朝日《あさひ》さん……？」

その幸せそうな寝顔《ねがお》を見て、ようやく昨晩の出来事を思い出した。

そうだ、俺《おれ》は昨夜、隣《となり》に住む女子大生をやむなく部屋に上げたんだった。でも、彼女《かのじょ》はソファに寝《ね》かせたはずじゃ……

「まさか……」

俺《おれ》の頭に最悪の予感がよぎり、色々と確認《かくにん》する。

パッと見た感じは、俺《おれ》にも朝日《あさひ》さんにも特に異状はない。そもそも記憶《きおく》を飛ばすほど酔《よ》っぱらってはいなかったはずだ。

では一体どういうことか――と部屋の中に視線を巡《めぐ》らせたところ、ソファとベッドとちょうど合間の床《ゆか》に、毛布が落ちているのを発見した。昨日、俺《おれ》が朝日《あさひ》さんにかけてあげたものだ。

この状況《じょうきょう》から察するに寝惚《ねぼ》けた朝日《あさひ》さんが自らベッドへ潜《もぐ》り込《こ》んできたのだろう。なんとも心臓に悪い寝起《ねお》きドッキリであった。

「……おかげで眠気《ねむけ》が覚めたよ」

俺《おれ》は一つ大きな溜息《ためいき》を吐《つ》いて、枕元《まくらもと》で震《ふる》えるスマホを拾い上げた。そしてディスプレイに表示された時刻を見ると……

「うわっ！！？」

再び悲鳴をあげてしまう。

マズイ寝《ね》すぎた！　昼礼に遅刻《ちこく》する‼

「ヤバいヤバいヤバいって！」

俺《おれ》は朝日《あさひ》さんを跨《また》いでベッドから飛び降り、慌《あわ》ててシャワールームへと駆《か》け込《こ》む。シャワーを浴び、スーツに着替《きか》えて、歯を磨《みが》き、ヒゲを剃《そ》る。これらの行程をいつもの3倍のスピードで終わらせて洗面所から戻《もど》ってくる。

しかし依然《いぜん》として時間的余裕《よゆう》はない。洗い物をする時間も、モーニングコーヒーを飲む時間も、そして当然、ベッドで気持ち良さそうに寝息《ねいき》を立てる彼女《かのじょ》を起こす時間も――

「あとで返して！」

どうせ聞こえていないのだろうが、ともかく俺《おれ》はそう言ってテーブルの上に合《あ》い鍵《かぎ》を投げ、部屋を飛び出した。

「デカい溜息《ためいき》だな、筆塚《ふでづか》」

いつも通りの昼礼が終わり、自分のデスクでぐったりしていると、ふいに声がかけられた。

この、うんざりするぐらい爽《さわ》やかな声は……

「……センパイ、俺《おれ》、今溜息吐《ためいきつ》いてました？」

「吐《つ》いてたよ、業務用冷蔵庫ぐらいでっかいヤツ、一生分の幸運を逃《に》がしたんじゃないか」

向かいのデスクに座《すわ》った彼《かれ》は、ハハハと嘘《うそ》みたいな爽《さわ》やかさで笑った。

初めての人が見れば俳優かなにかが紛《まぎ》れ込《こ》んだのではないかと思うほどの二枚目ぶりだが——彼《かれ》は畜産《ちくさん》マネージャーの牛崎《うしざき》センパイ。かつて俺《おれ》が畜産《ちくさん》部門にいた頃《ころ》の直属の先輩《せんぱい》である。

人望も厚く、俺《おれ》が文具部門へ移る前はずいぶんと世話を焼いてくれた兄貴分のような存在だ。

「どうした？　なにか悩《なや》み事か？」

そしてこのように、他部門へ移った今も俺《おれ》を気にかけてくれる。

その気持ちは素直《すなお》に嬉《うれ》しいが、さすがに「いやぁ昨晩家に連《つ》れ込《こ》んだ女子大生を酔《よ》っぱらわせちゃって」なんて言えるはずもなく、まして「課長から昨対《さくたい》を取れなきゃ海外の支店に異動って言われちゃいましたよハハハ」とも言えるはずがない。

「今年の周年祭、どうしようかと思いまして」

結局、無難に答えた。牛崎《うしざき》センパイは相変わらず爽《さわ》やかに笑う。

「どうしたどうした、泣き言なんて筆塚《ふでづか》らしくないぞ、入社したてのお前はもっとキラキラしてたんだけどなぁ」

「恥《は》ずかしいんで忘れてください」

「気持ちは分からないでもないけどさ。で？　筆塚《ふでづか》マネージャー、周年祭に向けての意気込《いきご》みをお聞かせ願いたい」

「……文具部門の売上昨年対比100％以上達成」

「それはまた、厳しいな」

先輩《せんぱい》の笑顔《えがお》が目に見えて引きつった。

彼《かれ》はマメな性格だ。俺《おれ》が入社するよりも前からずっと、自分の部門だけでなく他部門の売上数値も逐一《ちくいち》会社のデータベースからチェックしているらしい。

だからこそ今の文具部門では、それが難しい目標であることも十二分に理解しているのだろう。

なんなら「そんな無茶な目標を口にするということは、きっと課長から詰《つ》められたんだろうな」というところまでお見通しなのかもしれない。センパイは察しもいい。

「まあ、俺《おれ》たちサラリーマンはたとえそれがどんな結果になってもベストを尽《つ》くすしかないんだよ」

ベストを尽《つ》くすしかない。

聞き覚えのある台詞《せりふ》に、俺《おれ》は思わず目を見張ってしまった。

「どうした筆塚《ふでづか》？」

「……いや、最近、それと全く同じような台詞《せりふ》を言われて」

「えっ、マジか、先輩《せんぱい》っぽく良《い》いこと言ったつもりだったのにお手つきかよ」

もっと捻《ひね》ったアドバイスをするべきだったな、とセンパイが冗談《じょうだん》っぽく言った。

「でもま、同じことを別の誰《だれ》かからも指摘《してき》されるのは、行き詰《づ》まってる証拠《しょうこ》だよ。ベストを尽《つ》くすっていうのはやれることをとりあえず全部やってみることだ。事務所でパソコンとにらめっこも大事な仕事だけど、たまには売り場に出てみたらいいんじゃないか？」

「でも、この作業はマネージャー権限を持ってる俺《おれ》にしかできなくて……」

「近道っていうのはたいてい行き止まりにぶつかるもんだよ、筆塚《ふでづか》」

牛崎《うしざき》センパイがデスクから身を乗り出して、ばしばしと俺《おれ》の肩《かた》を叩《たた》いてくる。痛いぐらいの力強さは、妙《みょう》に温かみを感じさせた。

「急がば回れ、先輩《せんぱい》からのありがたい助言だ、じゃあな」

やっぱり冗談《じょうだん》みたいに爽《さわ》やかな笑顔《えがお》を残して、センパイは事務所を後にした。叩《たた》かれた肩《かた》がまだヒリヒリしている。

「……やれることを全部やる、か」

センパイの言葉を反芻《はんすう》する。

数字は気まぐれなように見えて正直だ。なんの理由もなく上下するものでないのは、俺自身《おれじしん》痛いほど分かっている。どのみち、俺《おれ》がここでいつも通りパソコンとにらめっこをしていても、結果は変わらないのだ。

まぁ、俺《おれ》一人が売り場に出たところでなにか変わるとも思えないが、駄目《だめ》で元々。

「行くか」

俺《おれ》はぱたんとノートパソコンを折り畳《たた》んで、デスクを離《はな》れた。

思えばこんな早い時間から売り場へ出るのは久しぶりだ。少し練習しておこう。
笑顔《えがお》、笑顔《えがお》、小売業は笑顔《えがお》が命。発声はしっかりと、いらっしゃいませ、ありがとうございます、かしこまりました、少々お待ちください……

さて、ここで遅《おく》ればせながら我らがスーパーコトブキ尾本《おもと》店について説明しよう。

まずコトブキとは全国各地に展開する大手総合スーパーであり、たぶん、その存在を知らない者はいない。

食料品や日用品もちろん、衣料品に家具家電などなんでもござれ。生活に必要なものはたいてい全てがここで揃《そろ》ってしまう。「くらしによりそう」のキャッチコピーに偽《いつわ》りはない。

そんな中、全4階層からなる尾本《おもと》店はいわゆる「大型店」に属し、ファミリー層を始めとした幅広《はばひろ》い層から支持されている。週末は人でごった返して、ある種テーマパークの様相を呈《てい》してくるぐらいだ。

これは3階の文具売り場も例外ではない。

レジ前には絶えず長蛇《ちょうだ》の列が波打ち、このバケモノじみた大蛇《だいじゃ》を相手に熟練のパートさんたちが切った張ったの大立ち回り。それが俺《おれ》の記憶《きおく》の中の文具売り場だったはずだが……

「……なにこれ」

実際に売り場を前にして、あれだけ練習した笑顔《えがお》が消えた。

今、小売業で決してあってはならないことが目の前で起こっている。

――文具レジに従業員がいない。

客数に対して従業員数が足りないとかそういうレベルの話ではない。いないのだ。一人も。もぬけの殻《から》だ。

しかもよく見ると、レジ前で腰《こし》の曲がったおばあさんが困ったように右往左往していて……

ヤバい！

「――も、申し訳ございませんお客さまっ！　お待たせいたしました！」

俺《おれ》は慌《あわ》てて、おばあさんの下へ駆《か》け寄《よ》る。

しばらく売り場を離《はな》れていたとはいえ、この状況《じょうきょう》がヤバいことぐらい分かる！

「ああ、店員さん？　ごめんなさいね、ちょっとお尋《たず》ねしたいことがあるんだけど……」

「はい！　はい！　なんなりと！」

「このボールペンの替《か》え芯《しん》はどこにあるのかしら」

おばあさんがしわがれた手を差し出して、1本のボールペンを渡《わた》してくる。

見慣れないボールペンだが問題はない。確か中の芯《しん》に型番が刻印されていたはず……くそっ、芯《しん》が細い上に文字が透明《とうめい》だから見づらい……

「ごめんなさいねお兄さん、最近目が霞《かす》んで小さい文字が読めないのよ」

「い、いえ、お気になさらず！　ではご案内いたしま……」

そこまで言いかけてから、彼女《かのじょ》の杖《つえ》にはたと気付く。足の悪いお年寄りを無駄《むだ》に歩かせるわけにはいかない。

「持ってきます！　同じ色を1本でよろしいですか!?」

「そう、悪いわねぇ、じゃあせっかくだから2本お願いしてもいいかしら」

「かしこまりました！　少々お待ちください！」

俺《おれ》は捲《まく》し立てるように言って、慌《あわ》ててボールペン売り場へと駆《か》け込《こ》んだ。

あのおばあさんが優《やさ》しくて助かったが、レジ前でお客さまを待たせるなんて人によってはクレームものだ！　一刻も早く商品を見つけなくては！

ええと、替《か》え芯《しん》、替《か》え芯《しん》、替《か》え芯《しん》……！

メーカーの違《ちが》いを始めとしてペン先の太さを指し示すミリ数、更《さら》に単色・多色用など……あ、どうしてボールペンの替《か》え芯《しん》っていうのはこんなにも種類があるんだ⁉

一見すれば全て同じに見えるが、ここで型を間違《まちが》えれば今度こそクレームものだ！

替《か》え芯《しん》、替《か》え芯《しん》、替《か》え芯《しん》……

「あれ、ない……⁉」

「──マネージャー、ソレ貸して」

「えっ」

背後から声がしたかと思えば、こちらが答えるよりも早くボールペンをひったくられる。

驚《おどろ》いて振《ふ》り返《かえ》ると、そこにはコトブキの制服に身を包んだ一人の女性が佇《たたず》んでいた。

すらりとした体型に高い鼻、俺《おれ》とほとんど背丈《せたけ》が変わらないぐらい長身の彼女《かのじょ》は、パートの墨田《すみだ》さんという。もう10年以上ここに勤めており、実質売り場での最古参である。年齢《ねんれい》は誰《だれ》も知らない。

墨田《すみだ》さんは切れ長の眼《め》でボールペンを見つめたまま、ぶっきらぼうに言った。

「──これ去年の限定モデル、とっくに在庫死んでるわよ」

「えっ、じゃあもしかしてもうないんですか⁉」

「値下げしたのが向こうにまだ3本ぐらい残ってたはず、レジ前にいる年配のお客さまよね？」

「お客さまは2本必要って……！」

「在庫が3本きりって知ったらとりあえず全部買いたくなるのが人情でしょ。取りに戻《もど》ったら二度手間。代わるわよ」

なるほど、と相槌《あいづち》を打つ暇《ひま》もなかった。

墨田《すみだ》さんは決して走らず、しかし素早《すばや》く、離《はな》れた棚《たな》からボールペンの替《か》え芯《しん》を回収してレジ前のおばあさんへ歩み寄っていく。一切無駄《いっさいむだ》のない、洗練された動きであった。

思わずその手際《てぎわ》の良さに感心していると……

「すみません、お尋《たず》ねしたいのですが」

近くから声。見ると、すぐ傍《そば》にブレザー姿の女子中学生の姿がある。

「はっ、はい、いかがなさいました？」

「バレンタインカードが欲《ほ》しいんですけど、どこにありますか？」

バレンタインカード……確かポストカードの棚《たな》にあったはずだ。

「ご案内します！」

「どうも」

ぺこりと頷《うなず》いて女子中学生が後ろからついてくる。

今度こそはとまっすぐ目的地へ向かった。季節もののポストカードが置かれる場所は毎回決まっている。決まっているはずなのだが……

「あれ……⁉」

ない。またしてもない。

そこには値下げされた売れ残りのクリスマスカードがまばらに陳列《ちんれつ》されているだけだ。

「……ありませんか？」

女子中学生が不安げに尋《たず》ねてくる。

何故《なぜ》ない？　まさかまだ入荷《にゅうか》されていないのか？　いや、ありえない。今は1月下旬《げじゅん》。時期的にもとっくにバレンタインカードは入荷《にゅうか》されているはずだ。もしや棚《たな》が変わって……

「──バレンタインカードなら1階の特設コーナーで展開してますよ」

答えたのは俺《おれ》ではない。

いったいいつからそこにいたのだろう。墨田《すみだ》さんとは打って変わって小柄《こがら》な中年女性、パートの大典《おおのり》さんが俺《おれ》の隣《となり》でにこにことスマイルを浮《う》かべていた。

「エスカレーターで下りてすぐ正面です」

「ああ、あそこですか、わざわざありがとうございます」

女子中学生は大典《おおのり》さんにぺこりと頭を下げて、文具売り場を後にした。

そんな彼女《かのじょ》の後ろ姿を見送ると、大典《おおのり》さんは営業スマイルを止め、すとんと無表情になる。

気まずい。

「あの、すいません大典《おおのり》さん助かりまし……」

「今年はバレンタインカードの入荷《にゅうか》数が特に少なかったので、チョコレートやラッピング用品などとまとめて1階の催事《さいじ》スペースで展開しますと、以前マネージャーに報告させていただいたはずですけど」

「うっ……」

早口で捲《ま》くし立《た》てられて呻《うめ》く。

そうだ、軽いパニック状態ですっかり頭から抜《ぬ》け落《お》ちてしまっていたが、確かに以前そういった会話をした記憶《きおく》がある。

大典《おおのり》さんはちらりと俺《おれ》を一瞥《いちべつ》して、これ見よがしに嘆息《たんそく》した。

「ではわたくし品出しに戻《もど》りますので」

「あ、はい……」

遠ざかっていく大典《おおのり》さんの背中を、俺《おれ》はただ突《つ》っ立《た》って見つめるだけしかできない。

なにが「あ、はい」だ。仮にも売り場のリーダーがなんだこの体《てい》たらくは！

「俺《おれ》は売り場の案内一つマトモにできないのか……？」

まさか……まさかここまで自分がポンコツだとは思っていなかった！

なにが「俺《おれ》一人が売り場に出たところでなにか変わるとも思えないが」だ！　むしろ足を引っ張っているじゃないか！

凄《すさ》まじい自己嫌悪《けんお》の最中、しかしあたりを見渡《みわた》して一つ気付けたことがある。

売り場に従業員はいる。いるにはいるが、墨田《すみだ》さんは接客、大典《おおのり》さんは品出し、他のパートさんも然《しか》りと、全員がレジ外での対応に追われている。レジが無人になるはずだ!

以前はこんなことなかったはずだが、どうして……

そう思って売り場を見渡《みわた》していると、ふとあるものが目に留まった。

「……うん?」

離《はな》れた商品棚《しょうひんだな》の陰《かげ》から、おそるおそるこちらの様子を窺《うかが》う女性の姿がある。

初めは見間違《みまち》いだと思ったのだが、間違《まちが》いない。確実に俺《おれ》を見ている。

あれは……

「朝日《あさひ》さん……?」

そこにいるはずのない彼女《かのじょ》の名前が口をついて出たところで、後ろからちょいちょいとズボンを引かれた。なにかと思えば小学生くらいの男の子がこちらを見上げている。

「すみません、ちょっとさがしてるものがあるんですけど」

この売り場問い合わせ多いな⁉

いや、でも今度こそ名誉挽回《めいよばんかい》のチャンスだ!

ひとまずあの朝日《あさひ》さんっぽい人は置いておくこととして、俺《おれ》はその場にしゃがみ込む。お客さまと目線の高さを合わせるのは基本中の基本だ。もちろんスマイルも忘れない。

「こんにちは、なにを探してるのかな？」

「えっとねえ」

少年は少し恥《は》ずかしげに、たどたどしい口調で……

「――餓鬼《オリエント・デビル》２　ＨＤリマスター版　スペシャルデラックスエディションをさがしてるんですけど」

俺《おれ》の完璧《かんぺき》なスマイルが引きつった。

なんて？

「……すみません、もう一度よろしいですか」

「餓鬼《オリエント・デビル》２　ＨＤリマスター版　スペシャルデラックスエディションをさがしてるんですけど」

「えっと……」

背中を冷《ひ》や汗《あせ》が伝った。

オリエン……なに？　え、文具の新商品かなにか？

いや待て待て待て！　そんなわけないだろ！　考えろ考えろ考えろ！

「餓鬼《オリエント・デビル》２　ＨＤリマスター版　スペシャルデラックスエディション、ないんですか？」

舌足らずなのにそこだけ流暢《りゅうちょう》!!

考えろ考えろ考えろ！　脳を回転させろ！

少なくとも文具売り場の商品ではない。聞いた感じから察するにおそらくはゲームソフト、もしくはＤＶＤか⁉　ならここは一旦《いったん》待ってもらって、ゲーム売り場の担当者へ問い合わせを……！

「――餓鬼《オリエント・デビル》2なら、まだ在庫あるよぉ」

頭上から、妙《みよう》に間延びした声が聞こえた。

俺《おれ》と少年は同時に声のした方を見上げる。そこには招《まね》き猫《ねこ》みたく人懐《ひとなつ》っこい笑《え》みでこちらを見下ろす、恰幅《かつぷく》の良《い》い中年女性の姿があった。

ゲーム売り場のパート、瀬形《せがた》さんだ。

「おばさんがちゃんと坊《ぼう》やのぶんも取っておくから、お父さんかお母さんを呼んできてねぇ」

「ありがとうおばちゃん！」

少年が元気いっぱいにお礼を言って、ぱたぱたと靴《くつ》を鳴らしながら走り去っていく。

俺《おれ》はその場にしゃがみ込んだまま、ただ彼《かれ》の小さくなっていく後ろ姿を見つめることしかできなかった。

まさかの3連敗である――

――なんて風に数を数えられていた内はまだ余裕《よゆう》があった。

それからの俺《おれ》を襲《おそ》ったのは問い合わせに次ぐ問い合わせ、右も左も分からなくなるような問い合わせの嵐《あらし》である。

しかもそのほとんどの応対で手こずり、パートさんたちに助けてもらったというのだからもう目も当てられない。まるで新入社員時代に戻《もど》った気分だ。

そんなこんなでレジに売り場に駆《か》け回《まわ》っていたら、あっという間に時間が過ぎ去って、客足も落ち着き、いよいよ墨田《すみだ》さんと大典《おおのり》さんの退勤時間となってしまったわけで……

「――今日は本当にすみませんでした！」

バックルームへ戻《もど》ろうとする墨田《すみだ》さんと大典《おおのり》さんを追いかけていって、俺《おれ》は深々と頭を下げた。

突然《とつぜん》の謝罪に二人は少し面食らったようだったが、やや間があってから、墨田《すみだ》さんは鼻で笑った。

「別に気にしなくていいわよ、いつものことだから、じゃあお疲《つか》れさまでした」

さらりと言って、二人はバックルームへと消えていく。

いつものことだから――その皮肉は、どんな言葉よりも重く響《ひび》いた。

俺《おれ》は彼女《かのじょ》らを見送ってから、おぼつかない足取りでレジへと戻《もど》る。閉店まで時間があるが、心身ともに限界に近かった。

まさか、売り場がこんなことになっているとは知らなかった。ただの土曜日にこんな有様《ありさま》では、周年祭に昨対《さくたい》を取るどころの話ではない。売り場を回すので手一杯《ていっぱい》だ。

しっかりしろ俺《おれ》、まだお客さまは残っているんだ。これ以上失態を重ねちゃいけない。俺《おれ》は大丈夫《だいじょうぶ》、俺《おれ》は大丈夫《だいじょうぶ》、俺《おれ》は大丈夫《だいじょうぶ》……

「お疲《つか》れのようですねぇ、筆塚《ふでづか》マネージャー」

頭の中で繰《く》り返《かえ》し唱えていると、声がかけられた。

見ると、すぐ隣《となり》にはレジ内でなんらかの作業をするゲーム売り場担当・瀬形《せがた》さんの姿がある。

彼女《かのじょ》は……すごい。もはや満足に営業スマイルすら作れなくなった俺《おれ》とは対称的《たいしょうてき》に、未《いま》だ猫《ねこ》みたく人懐《ひとなつ》っこい笑《え》みを浮《う》かべたまま仕事をしている。素直《すなお》に尊敬した。

そんな彼女《かのじょ》だからこそ、俺《おれ》も口が軽くなってしまう。

「瀬形《せがた》さん……文具のマネージャーがこういうことを聞くのは恥《は》ずかしいと承知の上で、一つ聞きたいことがあるんですけど……」

「なんでも聞いていいよぉ」

「この売り場って、以前からこんなに忙《いそが》しかったですっけ……？」

「ホントに恥《は》ずかしいこと聞くねぇ」

瀬形《せがた》さんがけらけら笑い、俺《おれ》は早くもソレを口にしたことを後悔《こうかい》する。

——今更《いまさら》だが文具売り場とゲーム売り場は隣接《りんせつ》しており、レジも共同である。だからこそゲーム売り場唯一《ゆいいつ》の担当である瀬形《せがた》さんは文具部門の面々とたいへん仲が良く、内情にも詳《くわ》しい。それを鑑《かんが》みての質問であったが、そもそもマネージャーが自分の売り場の近況《きんきょう》を知らないなんて恥《はじ》以外のなにものでもないのだ。

「あはは、冗談《じょうだん》、冗談《じょうだん》だってぇ、そんな悲しそうな顔しなくてもいいじゃんさぁ。そうだねぇ……先月バイトの子が二人辞《や》めたけど、それは知ってるよねぇ？」

「……はい、面談もしました」

仮にも売り場の責任者なので、そういう話は一番に俺《おれ》のところへ来る。

2年ほどここに勤めた女子大生が大学卒業に伴《ともな》って辞《や》め、もう一人、入って2か月ちょっとの女子高生も辞《や》めた。理由は「家庭の事情」以上は教えてくれなかったが、とにかく辞《や》めた。

「あと、先々月能登《のと》さんも育休入ったでしょ？」

それも覚えている。墨田《すみだ》さんに次ぐベテランパートの一人、能登《のと》さんが育児休暇《きゅうか》に入ったのだ。

「つまり文具は一気に人が三人も抜《ぬ》けちゃって、それから補充《ほじゅう》もないわけじゃんね？　だから最近輪をかけて忙《いそが》しくなっちゃってさぁ。墨田《すみだ》さんが現場の指揮をとって、大典《おおのり》さんがそのカバー、そして今日は休みだけど文月《ふづき》ちゃんが頑張《がんば》ってくれてる。そのおかげでなんとか回ってる感じかなぁ」

「そうだったんですか……」

ぽつりと呟《つぶや》いて驚愕《きょうがく》した。他でもない、自らの口から自然と漏《も》れ出た言葉に対してだ。

俺《おれ》は今なんと……？　「そうだったんですか」だと？

知らなかったわけないじゃないか。俺《おれ》は知っていたはずなのだ。バイトが二人辞《や》めて、ベテランのパートさんが一人育休に入ったことも全部。

それなのに、口から出たのはさっきの発言……それはつまり俺《おれ》がそもそも文具という売り場に対して本気ではなかったことの証明。どこか他人事《ひとごと》として処理していたことの証明だ。

――被害者《ひがいしゃ》意識の塊《かたまり》！　そんな人の下で働く部下の皆《みな》さんがかわいそうすぎます！

昨夜朝日《あさひ》さんに言われた言葉が脳裏《のうり》に蘇《よみがえ》ってくる。

あの時は「大学生がなにを」と思っていたが……今考えてみればその通りだ。今日1日、売り場で働いてみてイヤというほど思い知らされた。

俺《おれ》は、一番に売り場のことを考えなければならないはずの俺《おれ》は、俺《おれ》の下で働いている人たちのことをなにも知らなかった。知ろうともしなかったのだ。

「……俺《おれ》、マネージャー向いてないのかな」

「向いてないのかもねぇ」

瀬形《せがた》さんがいつも通りのんびりした口調で答えた。

「そもそも向いてるとか向いてないとか、そういうこと考えるのがすでに間違《まちが》ってるもん。一度なっちゃったからには、ベストを尽《つ》くすしかないからねぇ」

ベストを尽《つ》くすこと。またこの単語が出てきた。

朝日《あさひ》さんから始まり、牛崎《うしざき》センパイ、そして瀬形《せがた》さんだ。

同じことを別の誰《だれ》かからも指摘《してき》されるのは行き詰《づ》まってる証拠《しょうこ》だとセンパイは言ったが、ここまでくれば疑う余地もないだろう。

おっしゃる通り、まったくもっておっしゃる通りだ。

そして三度目にしてようやく、その言葉の本当の意味を呑《の》み込《こ》めた気がする。

「……向いてるとか向いてないとか関係なく、やるしかないんだよな……」

そうだ。ウジウジ言っていたって仕方がない。

今の俺《おれ》は平の社員でも、畜産《ちくさん》部門の担当でもない。

――文具売り場マネージャーの筆塚《ふでづか》ヒロトだ。

「……売り場の改善をしなくちゃいけない」

実際に口にしてみると目が覚めたような、頭にかかった靄《もや》が晴れたような心地《ここち》になった。

周年祭だの昨対《さくたい》だの、そんなのはもう関係がない。

今、この瞬間《しゅんかん》からやる。

俺《おれ》は文具売り場のマネージャーだ。たとえジャロワナ支店へ飛ばされることになったとしても、正式な辞令が出るその日までベストを尽《つ》くすのが俺《おれ》の仕事だ。

「おっ、なーんかやる気になってきたみたいだねぇ、筆塚《ふでづか》マネージャー」

瀬形《せがた》さんがどこか嬉《うれ》しそうに俺《おれ》を茶化した。

「で、具体的にはなにをするのさ」

「文具売り場が抱《かか》える問題を解決します、今のままじゃいつか限界が来る」

「じゃあ、この売り場が抱《かか》える問題とはなんでしょう？」

この売り場が抱《かか》える問題点——俺《おれ》は指折り数えてみる。

「まずレジにお客さま客を並ばせすぎです、なのにレジには従業員がいない、問い合わせも異常に多いし、クレームも多い。加えて言うなら品出しも遅《おそ》く、売り場も荒《あ》れていますね」

「して、その心は？」

その心は……

文具売り場の惨状《さんじょう》、その根本的な原因とはなにか。俺《おれ》は少し考えて思い当たった。

困ったように売り場を彷徨《さまよ》い、最終的には助けを求めるように店員へ声をかけるお客さまたちの姿を……

「……客導線が乱れているせいです」

「おぉ、社員さんっぽい言い方だねぇ」

そう言って瀬形《せがた》さんが笑った。相変わらずこちらを茶化すような間延びした口調だが、正解だったらしい。

——客導線とは、すなわち「買い物をするお客さまの通る道」のことを指す。

この客導線が整った売り場はお客さま一人当たりの滞在《たいざい》時間が増え、商品の一つ一つを見てもらえるので良《い》い売り場とされる。では反対にこれが乱れた状態とはどういうことか？

それはすなわち「お客さまが目当ての商品を見つけられず、同じ場所の行ったり来たりを繰《く》り返《かえ》している状態のこと」を指すのだ。

「そのせいで問い合わせが激増して、従業員がその対応に時間を割《さ》かれすぎている……だから品出しとかレジ打ちとか商品整理とか、そういう諸々《もろもろ》の作業が滞《とどこお》ってるんだ……でも、なんで……」

一般《いっぱん》に客導線の乱れは「分かりづらい売り場」で発生する。

文具はただでさえ品数も多いし、元から問い合わせは多い傾向《けいこう》にあった。実際に俺自身《おれじしん》も今日1日翻弄《ほんろう》されてしまったが……しかし、それにしたってあの問い合わせの数は尋常《じんじょう》じゃない。なにか他に原因があるはずだ。一体なにが……

思考を巡《めぐ》らせ、今日1日のことを思い出す。そういえば今日はやけに天井《てんじょう》を見上げているお客さまが多かった気がする。

ちょうど、こんな風に……

「……あれ？」

違和感《いわかん》。些細《ささい》な違和感《いわかん》を覚えて、目を凝《こ》らす。

視線の先にあるのは、天井《てんじょう》からぶら下がる、いわゆる吊《つ》り看板。そこには「ボールペン」

「ポストカード」「OA用品」など、売り場の位置を示す表記がされているのだが……

「ああっ⁉」

俺《おれ》は思わず声をあげ、棚《たな》の商品と吊《つ》り看板の表記を交互《こうご》に見比べる。

ええとボールペンの棚《たな》がここで、ポストカードの棚《たな》が……

「売り場がズレてる⁉」

気付いたらあとは早かった。

もしやと思い、レジを飛び出して文具売り場の各所に設置された案内板を確かめる。

――そりゃあ目当ての商品も見つからないはずだ！

あれも、これも、それも！　案内板、吊《つ》り看板、実際の棚《たな》――その全てが少しずつズレているのだから！

売り場は生きている、とは食品時代のセンパイのありがたいお言葉である。

時間の流れとともに商品は入《い》れ替《か》わる。それこそ生き物のように刻一刻と姿を変えていく。

きっとあの案内板も吊《つ》り看板も、相当前から差《さ》し替《か》えられずそのままで放置されていたのだろう。これじゃあ導線も乱れるはずだ。どうして今まで誰《だれ》も気付かなかったのか……

「……いや、違《ちが》う」

俺《おれ》はすぐに思い直して、自分を戒《いまし》めた。

どうして誰《だれ》も気付かなかったんだ、じゃない。むしろ実際に売り場で働くパートさんたちは、こんなこととっくに気付いていていたはずだ。

これは俺《おれ》の落ち度、売り場の責任者である俺《おれ》が真っ先に気付いていて、改善すべきことだったんだ。でも、まさかこんな簡単なことに今まで気付かなかっただなんて……

「今日は本当に学びが多いな……」

自嘲《じちょう》混じりに言いながらレジへと戻《もど》る。

自らの不徳の致《いた》すところには恥《は》じ入《い》るばかりだが……おかげで光明が見えた。

要は、吊《つ》り看板を正しい配置に入《い》れ替《か》え、案内板を新しいものに差《さ》し替《か》えればいいのだ。そうすれば少なからず客導線の乱れは解消され、従業員の負担が減る。

明日にでも作業に移らなければ……そう思った矢先のことだった。

「はい、これで完成っと」

俺《おれ》がレジに戻《もど》るのと同時、先ほどからレジで一人なんらかの作業をしていた瀬形《せがた》さんが、それを終えたらしい。その表情は達成感で満《み》ち溢《あふ》れている。

「瀬形《せがた》さん、なに作ってたんですか？」

「ふ、ふ、ふ、よくぞ聞いてくれましたぁ」

瀬形《せがた》さんは少しだけ勿体《もったい》ぶってから……

「じゃじゃーん！」

いかにも楽しげにそれを見せびらかしてきて、俺《おれ》は思わず目を見開いた。

「うまっ⁉」

瀬形《せがた》さんの見せびらかしてきたソレは、瀬形《せがた》さんがさっきまで熱心に描《えが》いていたソレは、異様にクオリティの高い1枚のイラストだったのだ。

濡《ぬ》れたように輝《かがや》く長大な刀を構えた、一人の武士。

その躍動《やくどう》感、存在感たるや芸術的素養のない俺《おれ》でも分かる。

メチャクチャに上手《うま》い⁉

「せ、瀬《せ》形さん、それは……？」

「これは大人気ゲーム　餓鬼《オリエント・デビル》　シリーズの主人公の〝羅刹《らせつ》〟と呼ばれる浪人《ろうにん》で、餓鬼《がき》三十六人衆の一人なんだけど、あっ、餓鬼《がき》三十六人衆っていうのは分かってると思うけど元ネタの正《しょう》法念処経《ぼうねんじょきょう》をモチーフにした三十六人の侍《さむらい》のことで、これがまたものすっごく強くて、主人公の羅刹《らせつ》はこの餓鬼《がき》三十六人衆の一人〝熾燃《しねん》〟に主君を殺されてるわけね。それで、餓鬼《がき》三十六人衆への復讐《ふくしゅう》を誓《ちか》った羅刹《らせつ》は、たった一人孤独《こどく》な戦いに身を投じ、憎悪《ぞうお》で身を焦《こ》がしながら満たされることのない血で血を争う闘争《とうそう》を――」

「ごめんなさい、そこまでは聞いてないです」

いつものの《ママ》んびりした口調が嘘《うそ》みたく早口になったものだからびっくりしてしまった。

というか「餓鬼《オリエント・デビル》　シリーズ」って昼間あの子どもが探してたゲームだよな？　こえーよ最近の小学生。そんな殺伐《さつばつ》としたゲーム、プレイするのかよ。

「えーと、つまり瀬形《せがた》さんの描《か》いたソレは、ゲームのキャラクターと？」

「……そうだよぉ」

瀬形《せがた》さんは不満そうに言った。途中《とちゅう》で話を遮《さえぎ》られたのが不服だったらしい。

ちなみにだが、瀬形《せがた》さんは（女性にこういうことを言うのも失礼だけど）けっこう丸っこい体型をしていて、いつも目を糸のように細めて人懐《ひとなつ》っこく微笑《ほほえ》んでいるので、ある種マスコットキャラクター的な愛らしさがある。不満げに唇《くちびる》を尖《とが》らせても、余計ゆるキャラっぽさが強調されるだけであった。

それはともかく。

「それ、どうするんですか？」

「？　どうするって、売り場に飾《かざ》るんだよぉ？　販促用《はんそくよう》だもん」

瀬形《せがた》さんが至極《しごく》当たり前のように言うので、俺《おれ》は驚《おどろ》いてしまう。

「本社から販促用《はんそくよう》のＰＯＰが配信されてますよね？」

「だってアレ、イマイチ迫力《はくりょく》ないしさぁ、それなら自分で作っちゃおうかと思って」

「売り場の宣伝のためだけに？　そんなクオリティの高いイラストを!?」

「そんなに褒《ほ》めてもなにも出ないよぉ」

瀬形《せがた》さんがなんかテレテレしてるけど、そこじゃない！

「そんなことをしても一銭の得にもならないのに、どうして……」

言ってからこれは失言だったと激しく後悔《こうかい》した。でも事実だ。社員である俺《おれ》や文月《ふづき》さんならともかく、パートの瀬形《せがた》さんがどれだけ努力してゲーム売り場に貢献《こうけん》しようと、彼女《かのじょ》の給料は上がらないし、当然出世もない。

それなのに、どうして……

「……筆塚《ふでづか》マネージャー、ちょっとこっち来てみなよぉ」

「えっ？」

「いいからいいから」

有無《うむ》を言わさず瀬形《せがた》さんに手を引かれる。

レジから離《はな》れて一体どこへ連れていかれるのかと思えば、そこは瀬形《せがた》さん担当のゲーム売り場であった。

どうして俺《おれ》をここに？　なんて疑問に思ったのも束《つか》の間《ま》。俺《おれ》はすぐにそれを発見して、再び驚愕《きょうがく》することとなった。

「これは……!?」

売り場の入り口に1本の塔《とう》がそびえたっていた。

厳密にはゲームの空き箱を幾重《いくえ》にも積み重ねて作られた、巨大《きょだい》なタワーである。

「どう？　どう？　結構目立つでしょぉ」

瀬形《せがた》さんが俺《おれ》の隣《となり》で手本のようなドヤ顔を作っている。

俺《おれ》はゲーム売り場についても詳《くわ》しくはないが、こんな大規模な販促物《はんそくぶつ》を本社が送ってくるはずがないことだけは分かる。つまりこれは瀬形《せがた》さんの手作りなのだ。

いや、それだけではない。よく見ると売り場のところどころに、やけにクオリティが高く、いかにもお客さまの目を引きそうなイラストが散りばめられている。全てが当然のように手描《てが》きのものだ。

まさか瀬形《せがた》さんはこれを全部、自分で……？

「……私さぁ、子どものころからずっと身体《からだ》が弱くて、なかなか外で友だちと遊んだりできなかったんだよねぇ」

彼女《かのじょ》は、彼女自身《かのじょじしん》が作り上げた売り場を眺《なが》めながら、ゆっくりと語り出した。

「あのころは家にこもってずっとゲームばっかりしてたなぁ。でもウチはそんなに裕福《ゆうふく》じゃなかったから、ゲームソフトなんて滅多《めった》に買ってもらえるもんじゃなくてさぁ。だから、両親にゲームショップへ連れていってもらえる時は、嬉《うれ》しくてたまらなくってねぇ」

瀬形《せがた》さんの目は、ここではないどこか遠くを見ている。

彼女《かのじょ》はきっと目の前のゲーム売り場を通して、あのころの夢を見ているのだ。

「興味がない人からすればきっとただ商品が並べてあるだけに見えるんだろうけど、私には宝の山に映ったなぁ……山ほどあるお宝の中から、たった一つだけ持って帰れるの。だから時間を忘れるぐらいパッケージとにらめっこをして……今思い返すと、ゲームをやってる時よりも、あの時間の方が楽しかったかも。だから私はあの頃《ころ》の私が感じたワクワクを一人でも多くの人に感じてほしい、のかなぁ」

「……それが、瀬形《せがた》さんが売り場作りを頑張《がんば》る理由ですか」

「うん、たぶんそんな感じぃ」

瀬形《せがた》さんは自分で言っておいて恥《は》ずかしくなったのか、僅《わず》かに頬《ほお》を赤く染めながら言った。

そんな彼女《かのじょ》を見返して俺《おれ》は……重ねていた。心底楽しそうに語る彼女《かのじょ》と、かつての自分を。

まだ「コトブキ」へ入社したばかりの頃《ころ》、右も左も分からずに売り場を駆《か》けずり回《まわ》り、お客さまから怒《ど》鳴《な》られ、上司から怒《ど》鳴《な》られ――でも、最も近くでお客さまの笑顔《えがお》を受け取ることができていた、あの頃《ころ》の自分を――

「瀬形《せがた》さん！」

突然《とつぜん》名前を呼びかけられて、瀬形《せがた》さんがびくんと肩《かた》を跳《は》ねさせた。

「びっくりしたぁ……どしたの筆塚《ふでづか》マネージャー？」

「買います！」

「……なにを？」

「ゲームです！」

俺《おれ》が食い気味に答えると、瀬形《せがた》さんは面食らったように目をぱちくりさせた。

どうして俺《おれ》が突然《とつぜん》ゲームを買うなどと言い出したのか。

文具売り場のマネージャーとして、ゲームの問い合わせにも対応できるように知識をつけるため、そのためにもまずゲームそのものに興味を持つため……後付けの理由ならいくらでもあるが、本当は違《ちが》う。

俺《おれ》はただ一人の〝客〟として瀬形《せがた》さんの作った売り場に胸を打たれてしまったのだ。

「買います！」

俺《おれ》がもう一度繰《く》り返《かえ》すと、瀬形《せがた》さんは若干《じゃっかん》引き気味に、でもどこか嬉《うれ》しそうに「……お買い上げありがとうございます、とりあえずお客さんがいなくなってからねぇ」と間延びした口調で言った。


思えばゲームを買うなんて学生のとき以来だ。

元からさほどその手の遊戯《ゆうぎ》にのめり込《こ》むタイプではなかった。だから「社会人になるとゲームをやらなくなる」という通説の通り、引《ひ》っ越《こ》しの際にまとめて実家へ送ってしまって、それきりになっていたわけだが……

「まさかこの歳《とし》になってハードからゲーム一式買うことになるとはなぁ」

俺《おれ》ははちきれんばかりに膨《ふく》らんだレジ袋《ぶくろ》を提《さ》げ、人がまばらになった売り場をよたよた歩いた。XLサイズのレジ袋《ぶくろ》なんて初めて使ったぞ。

文具・ゲーム売り場のメ作業と並行《へいこう》して、俺《おれ》は瀬形《せがた》さんから勧《すす》められるがままゲーム機本体と「餓　鬼　2《オリエント・デビル》」のソフトを購入《こうにゅう》したわけだが……最近のゲーム機はどうやら高い。色んな意味で大きな買い物となってしまった。

今日の夕飯は少し質素にしよう……なんて考えつつ、よたよたと生鮮《せいせん》売り場を進んでいく。

ちなみにだがスーパーコトブキ尾本《おもと》店は、基本的に22時閉店である。

しかし例外的に1階食品フロアに限り23時閉店なのだ。

これは俺《おれ》にとってたいへんありがたい話で、何故《なぜ》かといえば仕事が終わった後、帰りしなこのように食料品（あとは簡単な日用品）を買い足すことができる。

というわけで半額になった刺身《さしみ》、もしくは寿司《すし》でもないものかと、水産売り場をうろついていた時のことである。

「――筆塚《ふでづか》アっ!!」

さすがに寂《さび》しくなった冷蔵ショーケースを眺《なが》めていると突然《とつぜん》、背後から爆弾《ばくだん》のような声で名前を呼びかけられた。しかし俺《おれ》は驚《おどろ》かない。この売り場に来るたびにこれなんだ、いい加減慣れたわ。

「……鮫島《さめじま》、売り場でデカい声出すな、まだお客さまが残ってるだろ」

俺《おれ》は呆《あき》れ混じりの溜息《ためいき》を吐《つ》いて、声がした方へ振《ふ》り返《かえ》る。

水産部門の青いエプロンを身にまとった彼女《かのじょ》は、俺《おれ》の背後で仁王《におう》立《だ》ちになり、その名前通り鮫《さめ》のようなギザ歯を剥《む》き出《だ》しにして「キシシ」と笑っていた。

——彼女《かのじょ》は水産部門の鮫島《さめじま》マネージャー。

高校時代の部活でのリングネームはシャーク鮫島《さめじま》……と、本人が以前自慢《じまん》げに語っていたのを聞いて、俺《おれ》は「安直な」とは思いつつも、その一方で「なるほど」と納得《なっとく》したものだ。

身長約175cmの俺《おれ》を見下ろすほどの長身、大の男を怯《ひる》ませるほどの鋭《するど》い目つき、そしてなんでもかんでも噛《か》み砕《くだ》いてしまうような豪胆《ごうたん》な性格。シャークの名前は伊達《だて》じゃない。

ちなみに彼女《かのじょ》は高校卒業後すぐにコトブキで働き始めたので俺《おれ》より二つ年下だが、先輩《せんぱい》だ。ただ彼女《かのじょ》に敬語を使うことはきっと一生ないだろう。食品時代、彼女《かのじょ》には散々振《ふ》り回《まわ》されたからな。

鮫島《さめじま》はなにがおかしいのかけらけら笑いながら、俺《おれ》の背中をばしばしと叩《たた》く。力加減を調節するなんらかの機能が壊《こわ》れているとしか思えない。痛すぎる。

「細かいこと気にすんなよ筆塚《ふでづか》ァっ！　オレとお前の仲だろ⁉」

「俺《おれ》とお前の仲は関係ないんだよ！　勤務時間中だろ！」

「ワハハハハ！」

笑うな！　なんも面白《おもしろ》いこと言ってねえよ！

相変わらずデカい女だ。声も、身長も、……あと胸も。

下手な男友だちよりもずっと距離《きょり》が近いくせに、身体《からだ》はしっかりすぎるほど女なので扱《あつか》いに困る。近い、近いんだよ。

「おっ⁉　筆塚《ふでづか》！　お前これＰＦ４じゃん⁉　買ったのかよ⁉」

「ちょっ……！　勝手に開けるな！　客！　今の俺《おれ》も客だぞ！」

まさか小売業に従事している身でこんなセリフを吐《は》くハメになるとは思わなかったが、今回ばかりは俺《おれ》が正しい！　お客さまの買い物袋《ぶくろ》を改めるな！

「おぉっ、しかもこれ餓　鬼《オリエント・デビル》２じゃん！　オレも気になってたんだよなーコレ！」

「ルール無用かよ」

「貸してくれ！」

「ふざけんな、未開封《みかいふう》のゲームソフト貸すわけないだろ」

「いや、私はＰＦ４持ってないからゲーム機本体も貸してくれ！」

「もう賊《ぞく》じゃん」

「ダメかー」

「ダメに決まってんだろ」

本気でしょんぼりしているようなのがにわかに信じがたい。

逆になんでいけると思ったんだ。脳味噌《のうみそ》まで鮫《さめ》サイズなのかお前は。

「じゃあ分かったよ、今度お前んちに遊びに行くから、それで我慢《がまん》するよ……」

「イヤだが」

「なんでだよ⁉　妥協《だきょう》しただろ⁉」

「先にメチャクチャな要求を断らせて、妥協《だきょう》するフリをして後に本命の要求を持ってきただけだろ！　もうお前の手の内は読めてるんだよ！」

鮫頭《さめ》のくせにドア・イン・ザ・フェイステクニックなんか使うなこざかしい！

浅知恵《あさぢえ》が看破されたのがよっぽどショックだったのか、鮫島《さめじま》は「ううう……！」と唸《うな》ったのち、思いついたかのように……

「分かった！　この牡蠣《かき》を売ってやろう！　しかも半額にもしてやる！　だから家に遊びに行かせろ！」

どこから目線だよ！　こっちはお客さまだぞ⁉

「いや、ていうかお前それ、元から安くなってたヤツ……！」

「しゃらくせえっ！」

「とうとう普通《ふつう》に客に悪態を吐《つ》いたな‼　研修からやり直せ！」

なんて抵抗《ていこう》もむなしく、半ば無理やり買い物カゴへパック詰《づ》めされた牡蠣《かき》を突《つ》っ込《こ》まれる。

あぁ……チクショウ！　やり口が押《お》し売《う》り強盗《ごうとう》だ……！

「ふぅ、手こずらせやがって」

「店員の台詞《せりふ》じゃねえ……」

「細かいこと言うな！　というわけで今度酒持って遊びに行くからな～」

「はぁ……分かったよ」

結局、今回もまたこちらが折れるハメになった。

「さっすが筆塚《ふでづか》！　オレが惚《ほ》れた男なだけあるな」

「言ってろ」

この冗談《じょうだん》も耳にタコができるぐらい聞いた。俺《おれ》が食品にいた頃《ころ》からずっとこの調子だ。これぱっかりは慣れたくない。

それにしても……

「……なぁ鮫島《さめじま》、なんかメチャクチャ売れ残ってないか？　牡蠣《かき》」

今気付いたのだが、冷蔵ショーケースにはずらりと加熱用牡蠣《かき》のパックが並んでおり、その全てに半額シールが貼《は》られている。

明らかにこの時間帯に並んでいていい量じゃない。というか、そもそもの入荷《にゅうか》数が多いような……まさか。

「発注ミス、やらかしたか？」

「……オレじゃねえよ」

鮫島《さめじま》は苦虫を噛《か》み潰《つぶ》したような表情で言った。分かりやすい。あからさまに不機嫌《ふきげん》そうな面持《おもも》ちだ。発注ミスは本当らしい――とここまで考えたところで、

「ウッス！　鮫島《さめじま》センパイ！　中の掃除《そうじ》終わったっす！」

鮫島《さめじま》とはまた別種の、たとえるならよく吠《ほ》える小型犬のような声が俺《おれ》の耳をつんざいた。

今度はなんだと振《ふ》り返《かえ》ってみれば……鮫島《さめじま》のすぐ後ろに、水産部門の青いエプロンを身にまとった小柄《こがら》な女の子が立っている。本当に小さい、鮫島《さめじま》と並ぶと一目瞭然《いちもくりょうぜん》だ。親と子ほどの身長差がある。

そしてその幼さの残る顔立ちから察するに……アルバイトの高校生だろうか。

彼女《かのじょ》はすぐに俺《おれ》に気付いて、ぴしっと頭を下げてくる。

「お疲《つか》れ様《さま》っす！　自分、アルバイトの佐倉《さくら》エビコっす！　よろしくおねがいします！」

「あ、ああ、お疲《つか》れ……」

佐倉《さくら》エビコという名前はどうかと思うが……とりあえず従業員なら挨拶《あいさつ》をしておこう、そう思った矢先、それは起こった。

鮫島《さめじま》が振《ふ》り向《む》きざま彼女《かのじょ》を押《お》し倒《たお》し、そして流れるような動きで技《わざ》を極《き》めたのだ。

「……えっ？」

あまりにも意味不明な展開すぎて、俺《おれ》はたちまちフリーズしてしまった。

今、小売業で決してあってはならないことが目の前で起こっている。

――アルバイトの女の子が、売り場のど真ん中で、鬼《おに》の形相をした鮫島《さめじま》に逆エビ固めを極《き》められている!!

「エビコテメエぇっ‼　また発注の桁《けた》ミスっただろ⁉　何度目だコラァっ！」

「すんませんすんませんすんません！　おっ、折れる折れる折れるぅっ！」

「オラちゃんと見ろこの半額シールが貼《は》られた牡蠣《かき》の山をよォ‼」

「さ、鮫島《さめじま》センパイっ！　この体勢だと見えないっす‼　ギブギブギブギブ！」

エビコちゃんの悲鳴に交じり、メキメキメキっ、と骨の軋《きし》むような音が聞こえてきて、我に返った。

なにしてんの⁉

「おっ、おいおいおいおい鮫島《さめじま》⁉　売り場でプロレス技極《わざき》めんな‼」

お客さまへのご迷惑《めいわく》とかパワハラとか、そういう段階すら完全にすっ飛ばしている！

俺《おれ》は慌《あわ》てて鮫島《さめじま》を羽《は》交《が》い絞《じ》めにして、無理やり彼女《かのじょ》から引《ひ》き剝《は》がす。エビコちゃんはそれこそ死にかけのエビのようにぐったりと床《ゆか》に横たわっていた。

「おいっ離《はな》せ筆塚《ふでづか》っ！　今日という今日は許さねぇっ！」

「発注ミスぐらいで部下を殺そうとするな！　分かった！　牡蠣《かき》もう1パック買ってくから！　な⁉」

「チッ……命拾いしたなエビコ！　筆塚《ふでづか》に感謝しろよ！」

「あ、あざっす鮫島《さめじま》センパイ、筆塚《ふでづか》センパイ……」

エビコちゃんが死にそうな声で言った。

食品は体力勝負なためか、昔からやけに体育会系の気質がある。その中でも特に水産部門の担当は職人気質というかなんというか……端的《たんてき》に言って「爆発《ばくはつ》しやすい」傾向《けいこう》にある。鮫島《さめじま》なんかはその最たる例だ。

だが、だからといって今のご時世にこんなバイオレンス……ヘタをしなくても大問題だ！

ＳＮＳとかで拡散されたら一発だよ！

ここは早々に退散するに限る……！

俺《おれ》は鮫島《さめじま》を解放し、牡蠣《かき》のパックをもう一つ買い物カゴへ放《ほう》り込《こ》むと、そそくさとレジへ逃《に》げようとする。

「筆塚《ふでづか》ァっ!!」

「だから売り場で大声出すな！　なんだよ!?」

呼び止められて振《ふ》り返《かえ》ると――鮫島《さめじま》が笑っていた。

それこそ獲物《えもの》を狙《ねら》う1匹《ぴき》の鮫《さめ》のように、鋭《するど》い牙《きば》を剝《む》き出《だ》しにして、挑発《ちょうはつ》的に、挑戦《ちょうせん》的に笑いながら言った。

「筆塚《ふでづか》っ！　次の周年祭も負けねえぜ！」

……鮫島《さめじま》はどうしてか、初めて出会った時からずっと俺《おれ》をライバル視している節がある。

俺《おれ》が文具部門へ移り、かつての情熱を失った今となっても変わらず。

いつもなら適当に「次は譲《ゆず》るよ」などと受け流す場面だ。食品の、しかも他でもない彼女《かのじょ》が率いる水産部門に勝つなんて、冗談《じょうだん》でも言える気がしなかった。

でも、今日に限っては違《ちが》う。

「——いいや、次は勝つよ鮫島《さめじま》」

瀬形《せがた》さんのおかげだ。

彼女《かのじょ》の想《おも》いに触《ふ》れたおかげで、俺《おれ》はほんの少しだけ初心を思い出すことができた。たとえ無理だと分かっていても、そんな風に強がりを言う余裕《よゆう》があった。

これを受けて鮫島《さめじま》は今日一番嬉《うれ》しそうに叫《さけ》ぶ。

「さすがオレの惚《ほ》れた男！　楽しみにしてるぜ筆塚《ふでづか》ァっ！」

だからうるさいって。

寿

今日は本当にいろんなことがあったなぁと、たいして好きでもないボロアパートを前にしてしみじみ思う。夜は更《ふ》け、腕時計《うでどけい》の針は今にもてっぺんを跨《また》ごうとしていた。

「疲《つか》れた……」

軒先《のきさき》で肩《かた》の雪を軽く払《はら》っていたら、どっと疲《つか》れが押《お》し寄《よ》せてきた。

無理もない。今日という一日はあまりにも長すぎた。だからこそ、あぁ、ようやく帰ってこられた。

昨夜は色々とハプニングがあってずいぶんと賑《にぎ》やかな晩酌《ばんしゃく》になってしまったが、今日こそは一人、静かな夜を過ごせることだろう。ようやく俺《おれ》の長い1日が終わるのだ。

……そういえば朝日《あさひ》さんは無事鍵《かぎ》を回収できたんだろうか。

なんて考えながら鍵《かぎ》を回して、ドアを開け放つ。すると、部屋の中から漏《も》れ出た照明の明かりが俺《おれ》を優《やさ》しく包《つつ》み込《こ》み……待て、明かり？

「はっ？」

俺《おれ》は一瞬《いっしゅん》で冷静になって、すぐに部屋の中を覗《のぞ》き込《こ》んだ。

電気が点《つ》いている？　まさか……泥棒《どろぼう》？

そう思って玄関《げんかん》から部屋が荒《あ》らされていないかを確かめてみたが、そんな様子はまるでなく──むしろ記憶《きおく》よりもずっと綺麗《きれい》に片付いていたものだから、俺《おれ》は一層困惑《こんわく》してしまった。

ゴミが1か所にまとめられている。微《かす》かにミント系の芳香剤《ほうこうざい》の香りがする。フローリングの床《ゆか》が照明を反射して輝《かがや》いている……これはワックスがかけられているのか？　なんで？　どういうこと？

意味が分からず玄関《げんかん》で立ち呆《ほう》けていると……この異様な光景の中で、ひときわ異様な彼女《かのじょ》を発見してしまった。

キッチンで一人、頭からほかほかと蒸気を立ち上らせながら、鼻歌交じりに洗い物をする女子大生の姿を……

「えっ？」

思わず声が漏《も》れる。

するとと彼女《かのじょ》はようやく俺《おれ》の帰宅に気付いたらしく、ゆっくりとこちらを振《ふ》り向《む》いて、

「えっ？」

いや、なんで朝日《あさひ》さんまで驚《おどろ》いてるんだよ。

朝日《あさひ》さんはしばらくそのままの体勢で固まっていたが、やがて見る見る内に頰《ほお》を赤らめていった。身体《からだ》を小刻みに震《ふる》わせ、「あ」だの「う」だの意味のない声を発している。

「……なにやってるの朝日《あさひ》さん？」

「あの、私……その……」

朝日《あさひ》さんはしどろもどろ、これ以上ないぐらい挙動不審《ふしん》に目を泳がせて、やがて縋《すが》りつくように食器用洗剤《せんざい》を握《にぎ》りしめた。そして虫の羽音のようにかぼそい声で、ぼそりと。

「せ、洗剤《せんざい》……切れてたので、買っておきましたっ……」

「……どうも？」

こんな時、どういう反応をしていいのか分からず、ぺこりと会釈《えしゃく》をした。彼女《かのじょ》もまた顔面を真っ赤に染め上げたまま、ぎこちなく会釈《えしゃく》をする。……なんだこれ。

どうやら俺《おれ》の1日はまだ終わっていなかったらしい。

「えーと……今日は1日なにしてたの？」

気まずさに耐《た》えかねて、俺《おれ》は料理をしながら、彼女《かのじょ》へ問いかけた。

ちなみに朝日《あさひ》さんはというと、昨晩に引き続きソファの上に正座という珍妙《ちんみょう》なスタイルでかしこまっている。こちらに背を向けているのが余計シュールだ。

「……その、今日は大学が休みだったんですけど、恥《は》ずかしながらお昼頃《ごろ》に目を覚ましまして」

「はぁ」

「初対面の男の人の部屋に上《あ》がり込《こ》んだ挙句、お酒まで呑《の》んでしまった自らの愚行《ぐこう》を恥《は》じ、自己嫌悪《けんお》に陥《おちい》って……」

だんだんと声が小さくなっていく。

真面目な彼女《かのじょ》が一夜明けてシラフに戻《もど》り、昨晩の失態の数々（相当酔《よ》っていたようだったからどこまで覚えてるのかは知らないが）を思い出してのたうち回る場面が容易に想像できる……

「それと、目が覚めたらベッドにいたのですが……すみません、ベッドまで貸していただいて……」

「ど、どういたしまして……」

本当は酔っ払った彼女が勝手に潜《もぐ》り込《こ》んできたのだが……そういうことにしておいた方が幸せだろう、お互いに。

「そ、それから？」

「テーブルの上に、この部屋の合《あ》い鍵《かぎ》を見つけまして」

俺《おれ》が今朝、彼女《かのじょ》を起こす余裕《よゆう》がなかったため、やむを得ず置いておいたものだ。ここまではいい。

「それから慌《あわ》てて部屋を出ようとしたのですが……テーブルの上に、洗ってないお皿を見つけまして」

「うん、昨日食べた肉巻きアスパラの皿ね」

これもまた朝時間がなくて「帰ってきてから洗おう」とほったらかしにしてしまったものだ。

……と、ここで朝日《あさひ》さんがこちらに振《ふ》り返《かえ》る。その表情は真剣《しんけん》そのものだ。

「それで、深夜にお邪魔《じやま》した挙句に料理をご馳走《ちそう》になっておいて、皿の一つも洗わないのは如何《いかが》なものかと思い！　皿を洗おうとしたのですが！」

「ですが？」

「……食器用洗剤《せんざい》が切れておりまして」

「それでわざわざ買いに行ってきたの？　洗剤《せんざい》を？　水で流して軽くスポンジでこするだけでも良かったのに……」

「そういうわけにもいきません！　衛生的ではありませんし、次に筆塚《ふでづか》さんが洗い物をする時に困ります」

相変わらず律儀《りちぎ》な子だ。

「ご安心ください、ちゃんと同じメーカーのものを探しました。あとは柔軟剤《じゅうなんざい》や芳香剤《ほうこうざい》、シャンプーリンスに洗顔料など、切れかけていた日用品も同じメーカーのものを探して買い足しておきましたので」

ちょっとそれは律儀《りちぎ》の度を越《こ》している気がするが……

「……もしかして別メーカーのものへの買《か》い替《か》えを検討していましたか？」

「いや、そんなにコロコロ買《か》い替《か》えるタイプじゃないからありがたい限りなんだけど……」

ありがたい、本当にありがたいんだけども、ちょっと怖《こわ》い。

なんというか、生きづらそうな子だな……

「……それから？」

「部屋へ戻《もど》ってきて、日用品を補充《ほじゅう》し、ひとしきり掃除《そうじ》をさせていただきました。ご安心を、プライベートな部分には極力触《ふ》れていません。それから……すみません、お風呂掃除《ふろそうじ》のついでにシャワーをお借りしました」

「それぐらい全然いいよ、というかそこまでやってもらうと逆にこっちが申し訳ないな……」

俺《おれ》はにんにくをみじん切りにしながら言う。

あとはこれをスキレット（小さな鋳鉄《ちゅうてつ》製のフライパンだ）へ投入して、塩、オリーブオイル、輪切りの唐辛子《とうがらし》を少々、中火で加熱し……ん？　風呂掃除《ふろそうじ》？

「──朝日《あさひ》さん風呂掃除《ふろそうじ》したの⁉」

「えっ、だっ、ダメでしたか⁉」

「ダメに決まって……！」

……いや、言われてみればどっちだ？　ダメ？　だよな多分？

だって風呂場《ふろば》だぞ？　一人暮らしの男の風呂場《ふろば》だ。

別にやましいことをしているわけではないけど、多分ダメだろ！　ほぼ初対面の女子大生に風呂掃除《ふろそうじ》をさせるなんて！

しかも軽く流しかけたけど、朝日《あさひ》さん俺《おれ》の家でシャワー浴びとる！　それもいいのか⁉

「わ、私実家にいた頃《ころ》はたまにお風呂掃除《ふろそうじ》を手伝ってましたけど……？」

困惑《こんわく》する俺《おれ》とは裏腹に、朝日《あさひ》さんがなにやらズレたことを言っていた。

……まぁ、本人がいいなら別にいいか。なんにせよ助かったのは事実だ。

「ありがとう朝日《あさひ》さん、助かったよ。買ってもらった分のお金は渡《わた》すから」

「いえいえいえ！　そんな受け取れません！　一宿一飯のお礼ですから！」

「いや、そうは言っても結構な金額になったでしょ、俺《おれ》はそれほどお金に困ってないし……」

「お気になさらず！　本当に大丈夫《だいじょうぶ》ですから！　私もうハタチですし！」

ぶんぶんぶん、と激しくかぶりを振《ふ》る朝日《あさひ》さん。最後の謎《なぞ》ハタチ理論はともかく、金銭のたぐいは絶対に受け取らないぞという強い意志を感じる。しかし……

「……？」

ここで違和感《いわかん》を覚えた。

……怪《あや》しい。

彼女《かのじょ》の律儀《りちぎ》さはすでに十分承知の上だが、この遠慮《えんりょ》の仕方はあまりに過剰《かじょう》すぎやしないだろうか？

怪《あや》しいと言えば、掃除《そうじ》や日用品の買い足しにしてもそうだ。いくら一宿一飯の恩とはいえ、あまりにサービスが過剰《かじょう》すぎる。それもこんな夜更《よふ》けまで？

極《きわ》めつきはシャワー、よくよく考えてみたら、うんざりするほど生真面目《きまじめ》な彼女《かのじょ》がどうしてわざわざ俺《おれ》の部屋でシャワーを借りた？　彼女《かのじょ》の部屋はすぐ隣《となり》なのに……

「わ、私の顔になにかついてますか？」

朝日《あさひ》さんが白々しく唇《くちびる》を尖《とが》らせ、視線を泳がせた。

今日びそんな台詞《せりふ》を口にする女子大生がいるはずもなく、疑惑《ぎわく》は確信へと変わる。

……まさか。

「朝日《あさひ》さん、一つ聞きたいことがあるんだけど」

「な、なんですかぁ」

「……今日、ちゃんと居酒屋へ鍵《かぎ》取りに行ったよね？」

ぴたり、と凍《こお》りついたかのように朝日《あさひ》さんが動きを止めた。

おい、冗談《じょうだん》だろ。

「は、はは……え？」

「……」

「えっ？　嘘《うそ》だよね？　朝日《あさひ》さん」

「……」

「朝日《あさひ》さん!?　もしかして掃除《そうじ》に夢中になって鍵《かぎ》取りに行くの忘れて、また部屋に帰れないとかじゃ……！」

「そっ、そんなわけないじゃないですかっ！！？」

朝日《あさひ》さんが食い気味に声を張り上げて、ソファを立った。

その顔面は熱した鉄もかくやというほどに赤熱してしまっている。

「そんな馬鹿な、ははっ、ハタチにもなってそんな間の抜《ぬ》けた人、いるわけないじゃないですか！　間抜《まぬ》けも間抜《まぬ》け、稀代《きたい》の大間抜《おおまぬ》けですよ！　まったく……！」

「いや、だって朝日《あさひ》さん……」

「違《ちが》いますぅ！　私はただ、礼儀《れいぎ》として筆塚《ふでづか》さんには直接お礼を言わないとなーと思っただけですぅ！　そして目的は果たせたので帰ります！　昨晩はありがとうございました！」

朝日《あさひ》さんは肩《かた》をいからせ、玄関《げんかん》に向かってずんずんと歩いていく。

そして彼女《かのじょ》は、こちらへ振《ふ》り返《かえ》って……

「では、おやすみなさいっ！」

怒鳴《どな》るように言って、ドアの外の暗闇《くらやみ》へと吸《す》い込《こ》まれていった。

「……」

さっきまでのことが嘘《うそ》のような静寂《せいじゃく》の中、取り残された俺《おれ》はドアを見つめていた。

そしてドアとのにらめっこを続けること数十秒。ゆっくりとドアを開け放つ。すると、アパートの廊下《ろうか》、切れかけた蛍光灯《けいこう》の下にしゃがみ込《こ》む一人の女子大生と目が合った。

なんで1回嘘吐《うそつ》いたんだ、とか色々言いたいことはあるけれど、まず……

「……とりあえず中入ったら？」

寿

「私は稀代《きたい》の大間抜《おおまぬ》けです……」

テレビの前で四《よ》つん這《ば》いになった朝日《あさひ》さんがぼそりと呟《つぶや》くのが聞こえた。

あえては否定しない。こう言っちゃあなんだが実際その通りだと思う。

「夜更《よふ》けまで掃除《そうじ》して、シャワーを浴びるために自分の部屋に戻ろうとしてようやく鍵《かぎ》を取りにいくのを忘れたことに気がつくなんて、なかなかあることじゃないよ」

「返す言葉もありません……」

朝日《あさひ》さんがしゅんとして言った。

こんなに正しい「本末転倒《ほんまつてんとう》」の用例、そう見られるもんじゃない。

俺《おれ》はスキレットの中で煮立《にた》つオリーブオイルの香りを嗅《か》ぎながら、ちらと彼女《かのじょ》の様子を窺《うかが》った。彼女《かのじょ》は「私は、本当に、昔から……」などとぶつぶつ言いながら、PF4の配線をテレビに繋《つな》いでいる。

落《お》ち込《こ》む彼女《かのじょ》を不憫《ふびん》に思い、俺《おれ》が料理をしている間にPF4のセッティングをしておくよう頼《たの》んだのだ。

これで少しは申し訳なさが紛《まぎ》れるかと思ったのだが、あまり効果はなかったらしい。彼女《かのじょ》がテレビの前で四《よ》つん這《ば》いになってもぞもぞぶつぶつやるさまを眺《なが》めている内に、料理ができてしまった。

「朝日《あさひ》さん、ちょっと危ないから動かないでね」

俺《おれ》はスキレットの持ち手部分をミトンで掴《つか》んで、テーブルへ運ぶ。

この瞬間《しゅんかん》はいつも緊張《きんちょう》するが、同時に最も期待の高まる瞬間でもあった。逸《はや》る気持ちを抑《おさ》え、慎重《しんちょう》にテーブルへ着地させる。立ち上る湯気が鼻先をくすぐった。

——本日の優勝ごはんは「海老《えび》と牡蠣《かき》のアヒージョ」。

アヒージョ、なんてオシャレな名前をしているが、要するに「オリーブオイル煮《に》」である。微妙《びみょう》に塩加減が難しいことを除けばきわめて簡単に作れるうえ、具材はイカやタコ、マッシュルームに砂肝《すなぎも》などでも代用可能と、たいへんお手軽なツマミだ。

しかし決して手抜《てぬ》きではない。シンプルゆえに「本能」に訴《うった》える料理だ。

「こ、これは……！」

朝日《あさひ》さんはそれを見るなり、どんよりと曇《くも》った表情を一転して晴《は》れ渡《わた》らせた。

まず、小さなスキレットの中でふつふつと沸騰《ふっとう》するオリーブオイルの芳《かんば》しい香りが、湯気に乗って鼻孔《びこう》を刺激《しげき》する。すっと胸のすくような、それでいて食欲を掻《か》き立《た》てるような、上品な香りだ。

そして期待に胸を膨《ふく》らませながらスキレットの中を覗《のぞ》き込《こ》むと——そこには、エメラルドグリーンに透《す》き通《とお》った、オリーブオイルの海が泡立《あわだ》っている。はちきれんばかりの牡蠣《かき》と、ぷりぷりの海老《えび》を泳がせながら……

朝日《あさひ》さんがごくりと唾《つば》を呑《の》む。

「これは間違《まちが》いなく致死量《ちしりょう》のオリーブオイル……！」

「死なないよ」

「死にますよっ‼」

朝日《あさひ》さんが声を荒《あら》らげた。その表情は鬼気迫《ききせま》っている。

「こんな夜更《よふ》けに、こんな美味《おい》しそうな……いえっ！　こんなに油っこいものを食べてしまったら全身のいたるところから吹《ふ》き出物《でもの》が発生して、死にます！」

「感性が往年のホラーマンガなんだよな」

発想が怖《こわ》すぎる。想像しうる嫌《いや》な死に方ランキングを更新《こうしん》しかねない。

でもまぁ、心配ご無用。

「オリーブオイルはニキビどころか美肌《びはだ》に効果があるんだよ」

「……いや、騙《だま》されませんからね、だって油ですよ？　しかもこんなにひたひたで」

「ホントだよ、人によってはそのまま飲むし、肌《はだ》に直接塗《ぬ》ったりするタイプのオリーブオイルもあるんだから。あとは便秘予防にアンチエイジング、ダイエットにも効果があります」

「ダイエット……？　油でダイエットが……？　こんな美味《おい》しそうなものでダイエット……」

朝日《あさひ》さんが噛《か》み締《し》めるようにその単語を繰《く》り返《かえ》した。やっぱり年頃《としごろ》の女の子だ。

ちなみに俺《おれ》がオリーブオイルに詳《くわ》しいのはダイエットや美容に興味があったから——というわけではもちろんなく、純粋《じゅんすい》に昔取《と》り扱《あつか》っていた商品だからである。

さて今回使用させていただきましたのはコトブキのＰＢ《プライベート・ブランド》商品「ピュアオイル」。

スペイン産のオリーブを100％使用した、たいへん使い勝手の良いオイルとなっております。

1階食品フロアにて販売《はんばい》中。

「い、いえっ！　オリーブオイルが美容と健康にいいのは分かりましたが、とはいえ油は油です！　こんな時間にこれだけ油っこいものを食べることが身体《からだ》にいいだなんて、そんな……」

朝日《あさひ》さんは澄《す》ました口調で言いながら——その視線をちらちらとスキレットへ送っていた。

本当に分かりやすい子だな。オリーブオイルの泡《あわ》が弾《はじ》けるたびに彼女《かのじょ》の意志の揺《ゆ》れる様子が、手に取るように分かる。

そしてその分かりやすい反応はちくちくと俺《おれ》の悪戯心《いたずらごころ》を刺激《しげき》した。

「まず、牡蠣《かき》には亜鉛《あえん》が豊富に含《ふく》まれていて美肌《びはだ》・美髪《びはつ》に効果がある。おまけに低カロリー低糖質な食材だ」

「低カロリー、低糖質……⁉」

「そして海老《えび》は高タンパク低脂質《ししつ》の、ダイエットに最適な食材なわけで」

「ダイエットに最適……⁉」

「唐辛子《とうがらし》には言わずもがな、脂肪燃焼《しぼうねんしょう》効率を上げるカプサイシンが含《ふく》まれてる。つまり、この牡蠣《かき》と海老《えび》のアヒージョは美容と健康に良く、かつダイエットに向いたヘルシーな料理というわけだ」

「ヘルシー……っ⁉」

食品時代に培《つちか》った商品知識を披露《ひろう》すると朝日《あさひ》さんは雷《かみなり》に打たれたような衝撃《しょうげき》を受けていた。

「こんな油で煮《に》た料理がヘルシー……!?　こんなにひたひたで、てかてかなのに……！」

彼女《かのじょ》の黒目がちな瞳《ひとみ》が、オリーブオイルのてかりを反射してきらきらと輝《かがや》いている。

口が半開きだ。すでに半分堕《お》ちかけている。

「これで優勝なんかしたら、たまらないだろうなぁ」

そんな彼女《かのじょ》の隣《となり》で、俺《おれ》は寿《ことぶき》びいるのプルタブを起こし、開栓《かいせん》する。かしゅっと音が立って、指先に少し飛沫《ひまつ》がかかった。音に反応して振《ふ》り向《む》いた朝日《あさひ》さんの表情は、泣き出すのを堪《こら》えているようにも見えた。

「でっ、ですがっ……！　こんな夜更《よふ》けに男の人とお酒を呑《の》むなんて、一度ならず二度までも、夜中にごはんを食べたら、蛇《ジャ》が出て、私はもうハタチで……？　いや、うぅっ……」

頭を抱《かか》えて、ああでもないこうでもないと呟《つぶや》く朝日《あさひ》さん。

一度「優勝」の魔力《まりょく》に魅《み》せられてしまったせいか、すでに陥落《かんらく》寸前だ。あと一押しで彼女《かのじょ》は確実に優勝堕《お》ちしてしまうことだろう。

だけど……

「ま、食べたけりゃ好きに食べなよ」

俺《おれ》もそれ以上の深追いはしなかった。

朝日《あさひ》さんはというと、俺《おれ》があっさり引き下がったことにむしろ拍子《ひょうし》抜《ぬ》けしている様子だったが、そりゃそうだろう。

おそらくこの魔性《ましょう》・アヒージョを一口でも食べれば最後、朝日《あさひ》さんは優勝の誘惑《ゆうわく》から逃《のが》れられない。要するに、ビールを我慢《がまん》することはできなくなる。

本人が覚えているかは知らないが、昨晩の酒に酔《よ》った朝日《あさひ》さんの痴態《ちたい》（そう表現するほかない）は俺《おれ》の責任でもある。さすがの俺《おれ》にも罪悪感はあるのだ。

これ以上彼女《かのじょ》の黒歴史を増やしてやることもないだろう。

「……い、いえっ！　でしたら結構です……もうハタチなので……」

朝日《あさひ》さんは、どこか悲しげな表情でぽそぽそと言う。後半にいくにつれて声が小さくなっていって、最後の方なんかほとんど聞き取れなかった。

そんな露骨《ろこつ》に悲しそうな顔をするぐらい食べたかったのか……？

でもまぁこれで良《い》い。彼女《かのじょ》は美味《おい》しそうに食べるから、作った料理を食べてもらえないのは少し残念だけれど……

「じゃあ、いただきます」

俺《おれ》は手を合わせ、熱々のアヒージョをフォークでつついた。

牡蠣《かき》……うん、美味《うま》い美味《うま》い。当たり前に美味《うま》い。海老《えび》もいい感じだ。水産のエビコちゃんのことを思い出したらなんだか無性《むしょう》に海老《えび》が食べたくなってきて、思いつきで入れてみたのだが……全然アリ。塩加減もバッチリ。これはビールが進む。

満を持して、よく冷えたビールで口の中を洗い流す。火傷《やけど》しそうなぐらいに熱々のアヒージ

ヨと、頭の奥《おく》が痛くなるぐらいキンキンに冷えたビール。この緩急《かんきゅう》がたまらない。

自然と息が漏《も》れる。これならいくらでも呑《の》めてしまいそうな……

「……朝日《あさひ》さん」

「……」

「朝日《あさひ》さん？」

「……えっ？　あっ、はい、なんでしょう？」

「そんなに見られてると、呑《の》みづらいんだけど……」

さっきから、横顔に熱い視線を注がれ続けている。あと近い。段々と前のめりになってきていることも指摘《してき》されてから初めて気付いたのか、朝日《あさひ》さんは素早《すばや》く身を引いた。

例によって、その表情は羞恥《しゅうち》に赤く染まっている。

「あ、あの、これは……あはは、そっ、そんなことよりゲーム！　初期設定まで終わらせておきましたよ⁉」

「あ、うんありがとう……」

誤魔化《ごまか》すように笑って、朝日《あさひ》さんがコントローラーを押しつけてくる。画面には「餓鬼《オリエント・デビル》2」のタイトルロゴが表示されていた。

別に今日ゲームをやるつもりはなかったんだけど、でもまぁ朝日《あさひ》さんがせっかくここまでやってくれたんだ。さわりぐらいやってみるか。

酒を呑《の》みながらゲームをするなんて、それこそ学生時代に戻《もど》ったようである。

「おぉー……最近のゲームってグラフィックすげぇな、もう実写と見分けつかないじゃん」

「……ホントですねぇ、陳腐《ちんぷ》な表現ですが映画みたいです。自分の思い通りに動かせる映画だと思うと夢が膨《ふく》らみますね」

「その表現いいね、なんかモチベーション上がってきた。あ、この侍《さむらい》が俺《おれ》かな？　似てねぇ」

「でも目元のあたりはちょっと似てますよ」

「マジで？　じゃあ俺《おれ》もヒゲ生やしたらこんなイケメンになれるかな？」

「……そもそもヒゲを生やした男性が女性の目にどう映るのか、というのがありまして……」

「え？　嘘《うそ》？　ヒゲ、かっこよくない？」

「少なくとも筆塚《ふでづか》さんは生やさない方がいいと思います」

「そうなんだ、まぁこちとら客商売だから生やしたくても生やせないけど……あっ」

「ぎゃあっ⁉」

「あれ？　俺《おれ》首刎《は》ねられた？　冒険終了《ぼうけんしゅうりょう》？」

「ぐっ、グロすぎますっ‼」

「今の小学生はこんなゲームやるのか……」

「うぅ、夢に出そう……ってあれ？　この首を刎《は》ねた方が主人公じゃないですか？」

「……ホントだ動かせる。なんださっきの俺《おれ》に似てねぇヤツ、敵かよ」

「まぁいいじゃないですか、こっちの彼《かれ》はヒゲ生えてませんし」

「ヒゲ嫌《ぎら》いなの？」

とまぁそんな感じに、朝日《あさひ》さんと他愛もない話をしながらゲームを進めていく。時たま料理をつついて、酒を呷《あお》ったりしながら。

明日も仕事だというのにこんな時間まで夜更《よふ》かしをして、俺《おれ》はいったいなにをやっているんだ？　とは思いつつもその一方で、なんだか本当に学生時代に戻《もど》ったかのようなこの状況《じょうきょう》を楽しんでいる自分がいることに気付いた。

でもま、稀代《きたい》の大間抜《おおまぬ》けといえどさすがに三度鍵《かぎ》を忘れたりはしないだろう。要するにこういう時間も今夜で最後だ。

明日からは以前と同じように深夜くたくたになって帰宅して、一人でツマミを作って一人で酒を呑《の》む生活が戻《もど》ってくるのかと思うとちょっとげんなりした。

俺《おれ》もいい歳《とし》だし、そろそろ本腰《ほんごし》入れて彼女《かのじょ》とか作るべきか……

「――筆塚《ふでづか》さんは、彼女《かのじょ》とかいないんですか？」

「あっ」

ゲームの中の俺《おれ》が袈裟《けさ》懸《が》けに斬《き》られて死んだ。

真っ赤に染まっていく画面を呆然《ぼうぜん》と見つめ、少し間を開けてから、ゆっくりと朝日《あさひ》さんの顔を見返す。朝日《あさひ》さんと目が合った。

「……？」

無言で見つめ返す俺《おれ》に対して、朝日《あさひ》さんはきょとんとしている。

しかししばらくすると、自分の発言が俺《おれ》にどういう印象を与《あた》えたのか思い至ったらしく「あっ！」と声をあげて、たちまち頬《ほお》を赤らめた。

「ちっ、違《ちが》うんです！　そういうつもりじゃなくて、ただ、もし彼女《かのじょ》さんがいるとしたらこの状況《じょうきょう》はよろしくないんじゃないかと思った次第《しだい》で！　別に他意はありませんので!!」

「……いや、分かってるよ」

彼女《かのじょ》の発言に他意がないことなんて分かっている。

俺《おれ》ももう25歳《さい》だ、そんな発言一つにドギマギするほど思春期ではない。

ただ、今の状況《じょうきょう》は考えてほしい。深夜に女子大生と二人同じ部屋で、同じソファに座《すわ》り、しかも俺《おれ》は酒を呑《の》んでいるのだ。そんなの動揺《どうよう》するに決まってる。

俺《おれ》は気を取り直してゲームオーバー画面から「コンティニュー」を選択《せんたく》し、ゲームへ意識を戻《もど》す。

「心配しなくても今は付き合ってる人はいないよ、仕事柄《がら》どうしても出会いがね……」

前にも言ったが、ただでさえ誰《だれ》かと休みの合わせづらい職種だ。加えて今の職場は年齢《ねんれい》・既婚《きこん》率ともに高く、職場内恋愛《れんあい》は期待できない。

じゃあ見合いなり婚活《こんかつ》なり出会い系アプリなり方法はいくらでもあるじゃないか、そう言われると、「そこまでするのは面倒《めんどう》くさいなぁ、まだ20代も半ばだし大丈夫《だいじょうぶ》でしょ」なんて余裕《よゆう》をふかしてる自分がいることに気付く。結局、ただの恋愛無精《れんあいぶしょう》なのだ。

「そうですか、それは良かったです……あっいや！　この言い方は失礼ですよね⁉　えーと、ふ、不幸中の幸い……じゃなくて！　筆塚《ふでづか》さんは不幸ではなくて！」

「いや、言い方は大丈夫《だいじょうぶ》だから、彼女《かのじょ》がいないのは事実だから」

あんまり言葉を尽《つ》くしてフォローされると、今まで気にしないようにしていたのにかえって悲しくなってくる……

「それこそ朝日《あさひ》さんにはいないの？　カレシ」

「わ、私ですか？」

自分から話を振《ふ》ったくせに、自分が話を振《ふ》られるとは思っていなかったらしい。そういうところが実に朝日《あさひ》さんらしい。なにやらうんうんと唸《うな》っている。

今現在、カレシカノジョがいるかという質問に悩《なや》む要素なんてないと思うのだが……

朝日《あさひ》さんはしばし熟考したのち、実に苦しそうに口を開いた。

「……これはたとえ話なんですけど、筆塚《ふでづか》さん的に、ハタチになるまで一切《いっさい》異性との交際経験のない女性というのは、どう映りますか……？」

「うーん……」

全然たとえ話になってない。ただ自分の恋愛遍歴《れんあいへんれき》を暴露《ばくろ》しただけだ。

でもまぁ、少々失礼な言い方になるが、朝日《あさひ》さんはなんとなくそっちの方面に潔癖《けっぺき》な印象があったので、彼女《かのじょ》も年相応にそういうことを気にしたりするんだなぁと分かって少しだけ親近感が湧《わ》いた。

「個人的な意見だけど、それぐらい普通《ふつう》だと思うよ」

「ほ、本当ですか？　同年代の子たちは皆《みな》、そういうのは経験済みだったので、てっきり私が普《ふ》通《つう》じゃないのかと……」

もはやたとえ話という前提すら忘れて話を進めている。

しかし、彼女《かのじょ》もどうやら真剣《しんけん》に悩《なや》んでいるようなので、そこにツッコむような野暮《やぼ》な真似《まね》はしない。ゲームを進めながらではあるが、年長者らしく真面目に答えた。

「朝日《あさひ》さんは事あるごとに自分がハタチってことを強調するけど、たぶん変な義務感を感じてるんじゃないかな」

「義務感……？」

「うん、ハタチ、成人、つまり大人とはこうあらなねばならない、みたいな」

「……そうかもしれません」

彼女《かのじょ》は自らを省《かえり》みるかのように静かに言った。

責任感の強い彼女《かのじょ》のことだ。きっと彼女《かのじょ》の中には誰《だれ》よりも強い「理想の大人像」があり、それに従おうと自分の中でルールを作って背伸《せの》びをしたり意地を張ったりしているのだろう。

それはきっと正しく、褒《ほ》められるべき行為《こうい》だと思う。でも……

「――年齢《ねんれい》なんて、結局はただの数字だよ」

朝日《あさひ》さんがはっと息を呑《の》んだ。

柄《がら》にもなく真面目なことを言ってしまったのが恥《は》ずかしくなってきて、俺《おれ》はゲーム画面から目を離《はな》さずに続ける。

「俺《おれ》も今の会社に就職してからやっと分かったんだけど、俺《おれ》の親父《おやじ》ぐらいの年齢《ねんれい》なのに子どもみたいな人もいれば、逆に俺《おれ》よりも年下でしっかりした子もいる。例えばウチの新入社員とか、それこそ朝日《あさひ》さんとか」

「……そんなことありません。私なんてまだまだ社会を知らない子どもですよ」

「いや、正直俺《おれ》も昨日まではそう思ってたんだけどね。でも結局今日は朝日《あさひ》さんのアドバイスの通りになったわけだし、身に染《し》みたよ」

「……私、なにか言いましたっけ？」

朝日《あさひ》さんが首を傾《かし》げた。どうやらそのへんの記憶《きおく》は飛んでいるらしい。ならあえては掘《ほ》り返《かえ》すまい。

「あぁごめん脱線《だっせん》した。ええと、要するに人っていうのはもっと厚みのあるものだよ。それぞれに今までの人生での歩幅《ほはば》があって、経験の密度があって、色んな物が積み重なってるわけで、年齢《ねんれい》とか役割とか異性との交際経験の有無《うむ》とか――そういう簡単に言葉にできる、いわゆる表面的なものは、朝日《あさひ》さん個人の価値とはあんまり関係のないことだと思う。だから少なくとも俺《おれ》は気にしないよ」

そんな言葉で締《し》めくくった。

疲労《ひろう》からいつもより酒が回っているせいか、それとも眠気《ねむけ》のせいか、あるいはその両方か、迂遠《うえん》に語った割には「人は中身が大事」なんて無難な結論に落ち着いてしまった。

うわ、冷静に考えたらめちゃくちゃ普通《ふつう》のことを偉《えら》そうに語ってしまって、恥《は》ずかしくなってきた……ゲーム、ゲームに集中しなければ……

「──でも、周りはそんな風に見てはくれません」

ぴたりと手を止める。

画面にはあえなく野武士に斬《き》り捨《す》てられた俺《おれ》の分身が横たわっている。

ゆっくりと振《ふ》り向《む》くと、朝日《あさひ》さんはまっすぐこちらを見据《みす》えていた。今までに見たことがないくらい真剣《しんけん》な表情で言葉を紡《つむ》いでいた。

「……私個人の厚みなんて彼《かれ》らには関係ありませんよ。年齢《ねんれい》とか性別とか肩書《かたが》きとか──そういうありきたりで、つまらなくて、表面的なところでしか私を見てくれません」

「朝日《あさひ》さん……？」

突然《とつぜん》の感情の発露《はつろ》に、俺《おれ》は戸惑《とまど》いを隠《かく》せなかった。

いったいさっきまでのやり取りのどこが彼女《かのじょ》の琴線《きんせん》に触《ふ》れたのかは分からない。分からないが、彼女《かのじょ》の言葉には確かな質量があった。

「個人の努力、経験、思想……認識《にんしき》されないものは初めからないのと同じです……結局、表に出るものがその人の価値の全てなんですよ、筆塚《ふでづか》さんなら分かるでしょう……？」

「……」

彼女《かのじょ》の痛切な訴《うった》えに俺《おれ》は口を噤《つぐ》み、そして恥《は》じた。

……本当に、彼女《かのじょ》と話していると驚《おどろ》かされることばかりだ。

俺《おれ》は自分で「年齢《ねんれい》なんて関係ない」と言っておきながら、まだ心のどこかで彼女《かのじょ》を侮《あなど》っていたのだろう。

「相手はまだ社会に出ていない女子大生なのだから、ここは先輩《せんぱい》として一つアドバイスをしよう」なんて思い上がりを抱《いだ》くほどには……

でも、俺《おれ》はたった今その認識《にんしき》を改めた。

彼女《かのじょ》は大人であり、そして一人の人間だ。

「──確かに朝日《あさひ》さんの言う通り、社会じゃそんなところまで見てもらえないっていうのは、まぎれもない事実だ」

きっぱりと言いきった。

もう綺麗《きれい》ごとは言わないし、隠《かく》しごともしない。

それは彼女《かのじょ》が想像する「理想の大人」とはかけ離《はな》れているかもしれないが、同時に彼女《かのじょ》に対する最大限の礼儀《れいぎ》だ。

俺《おれ》は半分以上残っていた寿《ことぶき》びいるを一息で飲み干して言う。

「年齢《ねんれい》？　性別？　肩書《かたが》き？　——いやメチャクチャ気にされるわ！　てかアイツらそれしか興味ねーもん！　しちめんどくせーっての！」

「ふ、筆塚《ふでづか》さん……⁉」

俺《おれ》の突然《とつぜん》の豹変《ひょうへん》ぶりに朝日《あさひ》さんは驚《おどろ》いているようだったが、もう遅《おそ》い。完全に火が点《つ》いてしまった。

「学歴マウンティング、役職マウンティング、年齢《ねんれい》マウンティング！　あいつら人が数字かなにかに見えてるんだ！　オマケに四六時中誰《だれ》かを出《だ》し抜《ぬ》こうと目を光らせてる！　社会なんて人語を解するデジタル卑劣《ひれつ》ゴリラの巣窟《そうくつ》だ！　あんなのマトモに相手にしてたら頭おかしくなるわ！」

「ちょ、ちょっと筆塚《ふでづか》さん⁉　落ち着いてください！　ドンって！　ドンってきますから！」

「——でも、これを呑《の》んでいる間は皆《みな》ただの酔《よ》っ払《ぱら》いなんだよ！」

「っ……⁉」

俺《おれ》は空になった缶《かん》ビールを朝日《あさひ》さんに突《つ》きつけた。

「1日の仕事を終えて酒を酌《く》み交《か》わし、酔《よ》っぱらってアホになる！　馬鹿みたいな冗談《じょうだん》で笑い合ったり、愚痴《ぐち》を吐《は》き出《だ》し合ったり、青臭《あおくさ》い夢を語り合ったりする時、そこにしちめんどくさいしがらみは存在しない！　皆《みな》が平等にただの酔《よ》っ払《ぱら》いなんだ！　今の俺《おれ》と朝日《あさひ》さんの関係がまさにそうじゃん！　年齢《ねんれい》も性別も生きている世界も違《ちが》うけどこうして普通《ふつう》に言葉を交《か》わしているわけで、要するに俺《おれ》がなにを言いたいのかっていうと……！」

そこまで言ったところでくらりとくる。

あぁ、俺《おれ》はしばらく人と呑《の》まない間に、本当に酒に弱くなってしまったらしい。

「……一人だけでいいんだよ」

まさか酒の勢いで、ほぼ初対面の彼女《かのじょ》にこんなことを口走ってしまうなんて。

「一人だけでいい……ただの一人でも一緒《いっしょ》に酒を呑《の》んでくれる人がいれば……一緒《いっしょ》に酔《よ》っぱらって、笑い合って、愚痴《ぐち》垂れて、夢を語り合える呑《の》み友だちがいれば、それでいいよ……それだけで、明日からも理不尽《りふじん》な社会と戦えるから……」

「筆塚《ふでづか》さん……」

言ってから、すぐに「やっちまった」という後悔《こうかい》が押《お》し寄《よ》せてくる。

俺《おれ》は本当になにを言ってるんだ……

「……ごめん、酔《よ》ったみたいだ」

まだビール1本しか呑《の》んでいないというのに、恥《は》ずかしさやら情けなさやらで本当に気持ち悪くなってきた。水、水を飲もう、少し冷静になるんだ。

そう思ってソファを立とうとしたその時。

「……ふふっ」

朝日《あさひ》さんが笑った。

それは今までで一番自然で、柔《やわ》らかく、そして優《やさ》しい笑顔《えがお》だった。

「……？」

「あ、ご、ごめんなさいっ！　別に馬鹿にしてるわけじゃないんです！　でも、なんだかおかしくてつい……！」

「俺《おれ》、そんなに変なこと言ってた……？」

「いえ、ふふ、そうじゃなくて……むしろ今初めて本当の筆塚《ふでづか》さんと話ができた気がします。お酒ってなんだか少し怖《こわ》いものだと思っていましたが、なるほど――」

そう言って、彼女《かのじょ》ははにかむ。

今までの強張《こわば》った表情ではない。年相応の、無邪気《むじゃき》で可愛《かわい》らしい笑《え》みだった。

「――酔《よ》っぱらった人を見ているのは、けっこう楽しいかもしれません。癖《くせ》になりそうです」

「……」

俺《おれ》はしばしの間、言葉を失い、石のように固まってしまう。

どれだけの時間が過ぎたのだろうか。1分、2分？　いや、そんな長い間見つめ合うことなんてありえないはずだから、きっとこれは俺《おれ》の錯覚《さっかく》だ。

「……？　どうかしましたか？　筆塚《ふでづか》さん」

朝日《あさひ》さんに名前を呼びかけられて、はっと我に返る。

「……あぁ、ごめん、ちょっとぼーっとしてた。確かに酒が回ってるのかも、水飲んでくる」

「大丈夫《だいじょうぶ》ですか？」

「俺《おれ》は大丈夫《だいじょうぶ》」

それだけ言ってソファを離《はな》れ、冷蔵庫から炭酸水のペットボトルを取り出した。そしてキャップを捻《ひね》りながら彼女《かのじょ》の様子を窺《うかが》う。

朝日《あさひ》さんはゲーム画面に釘付《くぎづ》けだ。どうやらゲームの精巧《せいこう》なグラフィックに感心しているらしい。なんにせよこちらの異変に気付いた様子はなかった。

――危ない、本当に危なかった。

俺《おれ》はペットボトルに直接口をつけて、一気に傾《かたむ》ける。苦いような酸《す》っぱいようなその水は、喉《のど》の奥《おく》で勢いよく弾《はじ》けて、俺《おれ》の思考を正常に戻《もど》してくれる。

正常――そう、俺《おれ》は正常な状態でなかっただけだ。血中に溶《と》け込《こ》んだアルコールが脳に運ばれ、そのはたらきを一時的にマヒさせたに過ぎない。じゃなきゃ説明がつかない。

今年25になる俺《おれ》が、ほとんど初対面の女子大生に対して、まさか……

「危《あや》うく惚《ほ》れるところだったなんて……」

「？　筆塚《ふでづか》さーん？　なにか言いました？」

「独り言！」

あぶねえ！　口に出ていた！

俺《おれ》はもう一度炭酸水を呷《あお》る。脳の奥《おく》でバチバチと炭酸が弾《はじ》ける音に混じって、昨晩自ら口にした「心配しなくても、誓《ちか》って襲《おそ》ったりはしない」という台詞《せりふ》がリフレインする。

違《ちが》う違《ちが》う！　一時の気の迷いだ！

アルコールで前後不覚に陥《おちい》っていたところに、不意打ちであんな笑顔《えがお》を貰《もら》ってしまったものだからちょっと錯覚《さっかく》してしまっただけだ！

俺《おれ》は大丈夫《だいじょうぶ》、俺《おれ》は大丈夫《だいじょうぶ》、俺《おれ》は大丈夫《だいじょうぶ》！　大丈夫《だいじょうぶ》だけど、話題を変えよう！

「そ、そういえばさ」俺《おれ》はソファに座《すわ》る彼女《かのじょ》へ語り掛《か》けた。

「なんですか？」

「一つ聞きたかったんだけど、昨日のアレってなに？」

「アレ……？　すみません、私、どうしてかあんまり昨日のことを覚えてなくて……」

「うーん、なんだっけな、確か……」

俺《おれ》は必死で昨晩の記憶《きおく》を掘《ほ》り起《お》こす。そう、あれは確か酒に酔《よ》った朝日《あさひ》さんが寝落《ねお》ちする直前に放った一言。

「確か、静かな夜を往《ゆ》くのは貴方《あなた》だけではない、だったかな」

──その瞬間《しゅんかん》、朝日《あさひ》さんの背中ががちりと強張《こわば》るのを、俺《おれ》は見た。

その反応があまりにもあからさまだったものだから、俺《おれ》はすぐさま「あれ？　なにかマズイこと言ったかな？」と訝《いぶか》しんだほどだ。

朝日《あさひ》さんはギギギと音が聞こえてきそうなほどぎこちない動きで、こちらへ振《ふ》り返《かえ》る。

「何故《なぜ》、それを……」

「え？　朝日《あさひ》さんが自分で言ってたよ？」

そう答えると、この位置からでも分かるほど朝日《あさひ》さんの顔面が蒼白《そうはく》になった。

なんだこの反応？　もしかすると昨晩の彼女《かのじょ》は、俺《おれ》に知られるとよっぽどマズイようなことでも口走ってしまっていたのか？

「…………それだけですか？」

「うん？」

「それだけですか、と聞いていますよ、私は……」

倒置法《とうち》で尋《たず》ねられた。見るからに動揺《どうよう》している。

恐《おそ》らくその質問の意図は「他に余計なことを口にしてはいませんでしたか？」だろう。これに「うん、特には」と答えるのは簡単だ。しかし……

「……いや、どうだったかなぁ」

俺《おれ》はここであえてブラフを張った。

何故《なぜ》そんなことをするかと言えば、理由は単純——さっきの仕返しである。

朝日《あさひ》さんがあんな風に探《さぐ》りを入れるほどだ。思うに昨晩朝日《あさひ》さんの発した台詞《せりふ》は単なる名言

い。

俺《おれ》がついさっきあんな醜態《しゅうたい》を晒《さら》したというのに自分だけ無傷なまま、なんて美味《うま》い話はなの引用などではない。きっともっと「朝日《あさひ》カンナ」という人間の根幹にかかわるなにかなのだ。


要するに――呑《の》みの席で一方がシラフのまま帰るなんて、そんな道理は通らないのだ。

「水飲んで酔《よ》いも醒《さ》めたし、頑張《がんば》れば思い出せるかも、ええと……」

ブラフの重ね張りだ。俺《おれ》はありもしない記憶《きおく》を探《さぐ》り出《だ》すようなそぶりをする。

すると――本当に分かりやすい――朝日《あさひ》さんが勢いよくソファから立ち上がった。

さっきまでの柔《やわ》らかく自然な笑《え》みはどこへやら、今の彼女《かのじょ》の顔面には引きつった笑《え》みが張りついている。

「どうしたの朝日《あさひ》さん」

「ふ、筆塚《ふでづか》さんお酌《しゃく》しましょうか？」

「んん？　いや、酒はもういいよ、明日に響《ひび》いたら悪いし」

「いえいえ、そう言わず、料理もまだ残っていますよ？　夜もまだ長いですし、それに、ええと……そうだ！　私、お酌《しゃく》に興味があるんです！」

そんな人間この世にいるものか。

どうやら酒で酔《よ》わせて俺《おれ》の記憶《きおく》を飛ばす腹積もりらしい。力技《ちからわざ》すぎる。

しかしそんな見《み》え透《す》いた作戦に引っかかってやるほどこちらもお人よしではない。

「そうは言ってもなぁ」

「大丈夫《だいじょうぶ》です、1本つけましょう、1本、ほんの1本つけるだけです」

「意味わかって言ってる？」

ビールはつけたりするものではない。つけるのは燗《かん》だ。

段々なりふり構わなくなってきたな。よっぽど知られちゃマズイことなのか？

そんなの——余計に知りたくなるのが人情じゃないか。

「——でも一人じゃ酒も進まないからなぁ。朝日《あさひ》さんも呑《の》むなら別だけど」

「っ……!?」

俺《おれ》の発言に、予想通り朝日《あさひ》さんは激しく狼狽《ろうばい》した。

——アルコールで俺《おれ》の記憶《きおく》を飛ばすためには、朝日《あさひ》さんも酒を呑《の》まなければいけない。しかしそれでは自身も酔《よ》っぱらい、昨夜のような失言を繰《く》り返《かえ》す恐《おそ》れがある。

まさしく虎穴《こけつ》に入らずんば虎子《こし》を得ず。これは彼女《かのじょ》にとって非常にリスキーな選択《せんたく》だ。

「くっ……！」

きっと今、彼女《かのじょ》の中には様々な葛藤《かっとう》が渦巻《うずま》いているのだろう。

そもそも男の人の前で酒を呑《の》むのはいかがなものか。いや、そんなことを言っている場合ではない。なんとしてでも彼《かれ》の記憶《きおく》を飛ばさなくては。しかし自分がどれだけ酒に強いか、もしくは弱いか分からない。ミイラ取りがミイラになる可能性もおおいにある。ここは慎重《しんちょう》にならなければならない場面だが、一方であまり時間をかけすぎては彼《かれ》の酔《よ》いが醒《さ》めてしまう――という具合に。

そしてたっぷり十数秒も考えてから、朝日《あさひ》さんは挑発《ちょうはつ》的な笑《え》みを作った。

「……そうですね、勧《すす》められたものを断るのはかえって失礼かもしれません。ええ、ではご一《いっ》緒《しょ》させてもらってもよろしいでしょうか？」

「へぇ……」

その言葉の端々《はしばし》からは、そこはかとない自信が感じられた。

きっとそこには「筆塚《ふでづか》さんは缶《かん》ビール1本で酔《よ》っぱらうぐらいだからさほど酒に強くないはず、加えてこっちにはビール1本分のアドバンテージがある。なら勝算は十分だ」という考えがあったのだろう。まったく舐《な》められたものだ。

「アヒージョ、温め直してくるよ。朝日《あさひ》さん今夜は飲み明かそうか」

「ええ、ええ、楽しい夜になりそうですね」

口調こそ穏《おだ》やかなものの、俺《おれ》と朝日《あさひ》さんの間にはバチバチと激しい火花が散っていた。

深夜2時に差《さ》し掛《か》かろうというところ。とあるボロアパートの1室で戦いの火ぶたは切って落とされた。

先に酒の魔力《まりょく》に堕《お》ちてしまった方が全てを失う仁義なき戦い。

いわば優勝デスマッチ、ここに開幕す――

寿

——結論から言えば俺《おれ》の圧勝だった。

「ん～～～～～っ!!」

湯気立つ牡蠣《かき》を頬張《ほおば》った朝日《あさひ》さんが、声にならない歓喜《かんき》の叫《さけ》びをあげた。

そのだらしなく緩《ゆる》みきった顔に、先ほどまでの自信に満ちた表情は一片《ぺん》も残っていない。

それはもう、見てるこっちが気持ち良くなるほど見事な堕《お》ちっぷりであった。

「はちきれんばかりの牡蠣《かき》の身は歯を当てただけでぷちんと弾《はじ》けて、濃厚《のうこう》な海の味が口の中いっぱいに広がります！　しかも火を通すことで牡蠣《かき》本来の旨味《うまみ》がぎゅっと凝縮《ぎょうしゅく》されていますね！　この奥深《おくぶか》い味わいは貝類……それも牡蠣《かき》ならではです！　オリーブオイルのフルーティーでさっぱりした風味も牡蠣《かき》の濃厚《のうこう》さと絶妙《ぜつみょう》にマッチして、大変なことですよこれはっ……！」

間髪《かんはつ》を容《い》れず、朝日《あさひ》さんは熱々の海老《えび》を「はふはふ」言いながら頬張《ほおば》る。

きっと、彼女《かのじょ》に尻尾《しっぽ》があれば今頃《いまごろ》ちぎれんばかりに振《ふ》られていたことだろう。

「とても肉厚で心地《ここち》よい歯応えです！　濃厚《のうこう》な味わいの牡蠣《かき》と比べればさっぱりしていますが、それがかえって嬉《うれ》しいですね！　口の中にほんのりと残る海老《えび》特有の甘味《あまみ》が素晴《すば》らしいです！

こんなの無限に食べられてしまいそうで……！」

相変わらず、台本でも用意しているのかと疑いたくなるほど見事な食レポだった。

朝日《あさひ》さんは幸せそうに海老《えび》の食感を楽しみ、そして自然な流れで寿《ことぶき》びいるに手を伸《の》ばした。

まるでCMみたく、ごくりごくりと喉《のど》を鳴らしてビールを呷《あお》る。

昨日初めて飲酒を経験した人間のソレとは思えない、実に豪快《ごうかい》な呑《の》みっぷりであった。

そして彼女《かのじょ》は、とろんとした目つきでぼつりと一言。

「優勝……」

……思うに、その言葉は彼女《かのじょ》のために作られたのではないだろうか。

今回の優勝デスマッチは彼女《かのじょ》の単独優勝にして、一人負けであった。

「筆塚《ふでづか》さん」

甘《あま》ったるい声で名前を呼ばれて、内心びくりとする。

「ど、どうしたの朝日《あさひ》さん」

「お酒を呑《の》むのって、楽しいですねぇ」

へにゃっとした笑顔《えがお》で言われて、俺《おれ》は後悔《こうかい》する。

もう例の「静かな夜を往《ゆ》くのは貴方《あなた》だけではない」発言の真意についてなんてどうでも良くなっていた。ただただ罪悪感があった。

昨晩に引き続き、またやってしまった。単なる好奇《こうき》心と悪戯心《いたずらごころ》から真面目な彼女《かのじょ》を堕落《だらく》させてしまった……

「……朝日《あさひ》さん大丈夫《だいじょうぶ》？」

「大丈夫《だいじょうぶ》ですよぉ、だって、こんなにふわふわして気分がいいんですから、私ハタチで良かったぁ、筆塚《ふでづか》さんのおかげですね、えへへ……」

朝日《あさひ》さんは心の底から幸せそうに言いながら、ちびちびとビールを舐《な》める。

反対に俺《おれ》の心中は穏《おだ》やかではなかった。これはまた早々に酔《よ》いを醒《さ》ましてあげなくては取り返しのつかないことになるぞ……と。

そんな不安を胸に彼女《かのじょ》の様子を窺《うかが》っていると、おもむろに朝日《あさひ》さんが言った。

「……そういえば今日、コトブキで筆塚《ふでづか》さんを見かけましたよぉ」

「コトブキで？」

なんの気なしに発せられたその一言で、俺《おれ》はようやく昨日、売り場で朝日《あさひ》さんらしき人を見かけたことを思い出す。

「ああ、あれってやっぱり朝日《あさひ》さんだったんだ、俺《おれ》も接客で忙《いそが》しくてすぐに見失っちゃったんだけど……なにしてたの？」

「食器用の洗剤《せんざい》を買いに行ったついでに、昨晩のことを謝《あやま》らないといけないと思って顔を出したんです。でもいざとなったら仕事中に声をかけたら迷惑《めいわく》かなぁと思って、途中《とちゅう》で逃《に》げちゃいました」

「ああ、そういえば買い物でコトブキに来たって言ってたっけ」

難儀《なんぎ》な性格だ。そんなに気にしなくていいのに……

まぁでも確かに、あの状況《じょうきょう》じゃあ声をかけられてもロクに対応できなかっただろう。その気《き》遣《づか》いに救われた。

「あと、純粋《じゅんすい》に興味があったんです。筆塚《ふでづか》さんがどんな場所で働いているのかって……そういう視点でスーパーを見るのは初めてだったので、けっこう、楽しかったですよ……」

「そっか、で？　職場見学の感想は？」

「よく分かりません……」

朝日《あさひ》さんは身体《からだ》を前後にゆらゆらと揺《ゆ》らしながら答えた。もうだいぶ酒気が回ってきているのだろう。瞼《まぶた》が落ちかけている。

「あぁ、でも、そうですね、ぱっと見の印象としては、その……なんというんですか……」

「うんうん」

適当に相槌《あいづち》を打ちながら、俺《おれ》は内心ほっとする。

活動限界まであと少しといった様子だ。もう時間も時間だし、昨日みたくこのまま寝落《ねお》ちしてくれれば助かるのだが……

「そうですね……なんというかあそこからは……冷たい印象を受けました……」

——などという考えは、彼女《かのじょ》の発した一言で吹《ふ》っ飛《と》んだ。

俺《おれ》は思わず身を乗り出して、彼女《かのじょ》を問いただす。

「つ、冷たい印象？　あの売り場から？　朝日《あさひ》さん、それは具体的にはどういう……！」

「えっとぉ、その……」

朝日《あさひ》さんの声がどんどん小さくなっていく。瞼《まぶた》のシャッターは閉じかけで、今にも店じまいしてしまいそうだ。

ちょっ、寝《ね》るな寝《ね》るな寝《ね》るな⁉

「朝日《あさひ》さんごめん！　ホントー――に申し訳ないんだけど寝《ね》る前にそれだけは教えて⁉　売り場が、どうして冷たく感じたの⁉」

「……ぐぅ」

「起きて起きて起きて！」

もはやなりふり構ってられず、寝息《ねいき》を立てる朝日《あさひ》さんの肩《かた》を揺《ゆ》さぶった。

朝日《あさひ》さんは「ふにゃ」なんて猫《ねこ》みたいな声をあげて、僅《わず》かに覚醒《かくせい》する。

昨晩までの自分ならこんな台詞《せりふ》「酔《よ》っぱらった女子大生の戯言《たわごと》」として聞き流していたことだろう。でも、今の俺《おれ》はどうしてもそれを無視できない。

こちとら藁《わら》にもすがり、猫《ねこ》の手も借りたい状況《じょうきょう》なのだ！

「――朝日《あさひ》さん！　俺《おれ》は昨日、朝日《あさひ》さんの言う通りベストを尽《つ》くしてみようと頑張《がんば》ったよ！」

こちらの真剣《しんけん》さが伝わったのか、朝日《あさひ》さんの瞼《まぶた》がまた少し開く。

もう恥《はじ》も外聞もない。俺《おれ》は必死で自らの内にある感情を言葉に乗せ、吐《は》き出《だ》した。

「でも、なにもできなかった！　自分のダメさ加減を嫌《いや》というほど思い知らされた！　俺《おれ》は現場のことを——自分の下で働く人のことをなに一つ知らなかったんだって思い知らされたよ！」

「筆塚《ふでづか》、さん……」

「身勝手なことを言ってるのは分かってるけど、せめて最後に一つぐらいマネージャーらしいことをしてからいなくなりたい！　だから、なんでもいいからヒントが欲《ほ》しいんだよ！」

……俺《おれ》は、本当に勝手な人間だ。

文具部門のマネージャーに着任してから1年、今の今まで売り場の惨状《さんじょう》を放っておきながら、よく分からない海外支店へ飛ばされるという段になってようやく出た言葉が「マネージャーらしいことをしたい」だ。

こんな虫のいい話、許されるわけがないと理解はしている。それがどれだけの不誠実なことなのかも分かっている。しかし昨日、瀬形《せがた》さんの想《おも》いに触《ふ》れて、俺《おれ》は本心から思ってしまったのだ。

食品にいたあの頃《ころ》のように、情熱を持って仕事がしたいと——

「……小さい頃《ころ》、地元のショッピングモールで迷子になった記憶《きおく》があります……」

朝日《あさひ》さんが、うわごとのように呟《つぶや》いた。当時のことを思い出しながら語っているせいか、彼《か》女《の》は薄《うす》く開いた瞼《まぶた》の隙間《すきま》から、どこか遠くを見つめていた。

「迷子……？」

「ええ、親とはぐれてしまって……あの時の心細さは、今でも思い出せます……不安で胸がきゅーっと締《し》めつけられるような、そんな感覚です……それを……」

「それを、ウチの文具売り場から感じたと？」

朝日《あさひ》さんがこくりと頷《うなず》く。俺《おれ》はすぐさま思考を巡《めぐ》らせた。

朝日《あさひ》さんの感じた、幼い頃《ころ》親とはぐれた時の記憶《きおく》を想起させるほどの強烈《きょうれつ》な不安感の正体とは、いったいなんだ？

不安感……少なくとも、俺《おれ》はその手の感覚を今の売り場で感じたことは一度もない。であればこれは彼女《かのじょ》を始めとしたなんらかの共通項《こう》をもったグループが感じるもの？　そもそも人はどんな時に不安を感じる？　子どもの感じる不安感とは……

脳の底が焦《こ》げつくぐらい熟考する。思考を拡張し、あらゆる観点からその原因を探《さぐ》る。行き着いたのは、昼間俺《おれ》が実際に売り場で目にしてきた光景の数々だ。

――俺《おれ》は文具売り場での客導線の乱れを指摘《してき》した。

吊《つ》り看板や案内板の誤った表記が分かりづらい売り場を作り、そのせいで問い合わせが激増していると。

朝日《あさひ》さんはそんな不親切な売り場を「不安で胸を締《し》めつけられる」と感じたのか？　……いや、それはなにか違《ちが》う気がする。きっともっと別の要因があるはずだ。そして彼女《かのじょ》がそう感じたということは他のお客さまも同じことを感じているはず。思い出せ、俺《おれ》が実際に目にしたお客さまの反応を……！

「そういえば、問い合わせをしてきたのはほとんどが女性か子どもだった……」

　昨日の目も回るような問い合わせラッシュはそのほとんどがお年寄りか、子どもによるものだった。初めは特に気にしていなかったのだが、お年寄りと子どもの共通点……もしや……

「朝日《あさひ》さん」

「むにゃ……なんれふか」

「質問なんだけど、身長いくつ？」

「絶対言いませんよ⁉」

　さっきまでソファにもたれかかってむにゃむにゃ言っていた朝日《あさひ》さんが勢いよく起き上がった。どうやら聞かれたくなかったことらしいが、俺《おれ》の仮説を確かめるためにもこれは必要な事なんだ！

「イヤです！　いくら筆塚《ふでづか》さんの頼《たの》みでもそれだけは言いたくありませんっ！」

「頼《たの》む！　下二桁《けた》だけでいいから！」

「それは要するに全部ってことじゃないですかっ！　いーやーでーすーーっ‼　身長低いの気にしてるんですっ！」

　朝日《あさひ》さんはまるで子どもみたいに手足をばたつかせ、駄々《だだ》をこねている。

くっ……酔《よ》っぱらっているから簡単に聞き出せると思ったんだが、存外手強《てごわ》い……！

でも、俺《おれ》もここで退くわけにはいかない！

「朝日《あさひ》さんお願いだ！　もう少しでヒントの尻尾《しっぽ》ぐらいは掴《つか》めそうなんだ！」

俺《おれ》は必死で頼《たの》み込《こ》んだ。俺《おれ》から朝日《あさひ》さんにできることはそれぐらいしかなかった。

初めは強情《ごうじょう》だった朝日《あさひ》さんだが、俺《おれ》の必死さを感じ取ったのだろう。怒《いか》り顔を作ったままではあったが、ちらとこちらの様子を窺《うかが》ってきた。

「……本当に必要なことなんですか？　私の身長を知ることが？　筆塚《ふでづか》さんの仕事に？」

「必要！　本当に！」

「……私が身長を教えれば、筆塚《ふでづか》さんは助かるんですか？」

「助かる！　かなり！」

「……」

それからしばしの静寂《せいじゃく》があった。

女性のコンプレックスを無理やり聞き出すなんて褒《ほ》められた行為《こうい》でないことは分かる。でも、どうしても知りたい！

俺《おれ》は両手を合わせたまま彼女《かのじょ》の解答を待つ。それからどれだけの時間が経《た》ったろうか。

「……立ってください」

朝日《あさひ》さんがおもむろに言った。

「えっ？」

「だから立ってください、ソファから」

「あ、ああ、うん？」

不思議に思いつつも素直《すなお》に従い、ソファから立ち上がった。

すると彼女《かのじょ》もまたそれに続くようにゆっくりと立ち上がって直立し、俺《おれ》と正面から向き合う。

「えーと……朝日《あさひ》さん、これは？」

「当ててみてください」

朝日《あさひ》さんは、ちょうど俺《おれ》の胸のあたりから赤らんだ顔でこちらを見上げて言った。

「──どうしても知りたいのなら、当ててみてください」

「……なるほど」

自分から口にするのは恥《は》ずかしいから、ということだろうか？

酔《よ》っ払《ばら》いの考えることは分からないが、これは好機だ、逃《のが》す手はない。なら……と、自分と彼女《かのじょ》の身長の差異から彼女《かのじょ》の身長を割り出そうとしたのだが……

「……朝日《あさひ》さん？」

「なんですか」

朝日《あさひ》さんは吐息《といき》さえも感じられそうなほどの距離《きょり》から、じいっと俺《おれ》を見つめてくる。

ええっと……

「そうやって見つめられてると、その、やりづらいんだけど……」

きっと彼女《かのじょ》は俺《おれ》が妙《みょう》なことをしないよう見張っているつもりなのだろう。

しかし近い。致命的《ちめい》なまでに近い。この距離感《きょりかん》、男女が直立不動で向き合い、見つめ合うこの構図は……その……

この状況《じょうきょう》とは本当に、本当に関係ないが俺《おれ》は彼女《かのじょ》の唇《くちびる》を見た。

ほんのり朱《あか》くほのかに濡《ぬ》れたような唇《くちびる》であった。

「っ……！」

視線に気付いたのか一瞬《いっしゅん》彼女《かのじょ》の柔《やわ》らかそうな唇《くちびる》が震《ふる》え、視界から消える。朝日《あさひ》さんがこちらを見上げるのをやめて正面を向いたのだ。

至近距離《きょり》から、しかも無言で俺《おれ》の鎖骨《さこつ》を凝視《ぎょうし》する今の構図も十分おかしいが、ともかくさっきよりはマシである。

「は、早くしてください」

「……分かってるよ」

これは別にやましい行為《こうい》ではない。仕事、仕事のために必要なことなんだ。

俺《おれ》は自分自身に言い聞かせて目線下へ意識を集中した。頭頂部につむじが見える。こうしてみるとよく分かった。俺《おれ》と朝日《あさひ》さんの間には結構な身長差があるようだ。

ええと、俺《おれ》の身長がおよそ175cmで、ちょうど顎《あご》の先端《せんたん》が彼女《かのじょ》の頭頂部と重なるぐらい。ということは差し引きで……うわ朝日《あさひ》さんメッチャ髪綺麗《かみきれい》だな……じゃない！　コラ！　言ったそばから余計な事を考えるな！

ええと、俺《おれ》の身長は175cm！　男の平均よりは少し高めだけど、取り立てて高いわけではない！　そんな俺《おれ》が完全に見下ろす形になるぐらいだから、朝日《あさひ》さんは平均よりだいぶ低めの身長で……朝日《あさひ》さんの髪《かみ》から俺《おれ》が使ってるシャンプーの匂《にお》いがする……普段《ふだん》イヤというほど嗅《か》いでいるはずの匂《にお》いなのに、これが女子の頭から香ってくる状況《じょうきょう》というのは、その……よろしくない！

というか上から見下ろしてみて分かったけど朝日《あさひ》さん身体《からだ》細っ！　年頃《としごろ》の女子ってこんなに華奢《きゃしゃ》なものだったか!?　そのくせ――上から見下ろしてみて改めて驚《おどろ》く――女性的な膨《ふく》らみはしっかりとあるわけで、具体的に言えば、胸が……

「――150cm!!」

言うなり、俺《おれ》はほとんど飛《と》び退《の》くかたちで彼女《かのじょ》から距離《きょり》をとった。緊急回避《きんきゅうかいひ》だ。

「152cmですっ!!　というか伏《ふ》せたのになんでわざわざ口に出すんですか!?」

朝日《あさひ》さんが顔を真っ赤にして猛烈《もうれつ》に抗議《こうぎ》していたが、もちろんこれを気にする余裕《よゆう》はなかった。ばくばくと暴れまくる心臓の鼓動《こどう》を抑《おさ》えるので必死だったからだ。

危ない！　本当に危ない！　危《あや》うく本来の目的を見失って取り返しのつかないことになるところだった!!

しかし——収穫《しゅうかく》はあった！

「152cm……！　なら大体、女子中学生の平均身長と同じぐらいだ……！」

昔、コトブキが取《と》り扱《あつか》う商品について一通り研修を受けたことがある。その中には子ども服に関するものも含《ふく》まれていたため簡単に割り出すことができた。

ちなみにこれを聞いた朝日《あさひ》さんが涙声《なみだごえ》で「なんで追い打ちをかけるんですかぁ……！」などと言っていたが、ひとまず無視した。

何故《なぜ》なら、今まさに俺《おれ》の中でまったく無関係と思われたピースが繋《つな》がりかけていたからだ。

ボールペンを探していた腰《こし》の曲がったおばあさん、バレンタインカードを探していた女子中学生、ゲームソフトを探していた子ども、そして朝日《あさひ》さん。その共通点は——

「……視点が低いんだ」

気付いてしまえばあとは早かった。

俺《おれ》ははっとなって、ゲーム画面を見る。羅刹《らせつ》——すなわちゲームの中の俺《おれ》は、針葉樹の乱立する不気味な雑木林の中途《ちゅうと》で、たいまつを片手に立ち呆《ほう》けていた。

完全に繋《つな》がった！

「今の文具売り場は、これと一緒《いっしょ》だ！」

「……なんです？」

「だからこれと一緒《いっしょ》なんだよ！」

俺《おれ》はすかさずソファへ戻《もど》り、コントローラーを手に取って視点カメラをいじくった。

見上げんばかりに長大な樹木が密生し、日の光を遮《さえぎ》っている。そのせいかあたりは昼間だというのに薄暗《うすぐら》かった。きっと人の手が加えられていない森林の不気味さを演出しているのだろう。

これと同じことが売り場で起こっているのだ！

「自分の身長より高いものに囲まれるっていうのは、分かりやすくストレスになる」

俺《おれ》は彼女《かのじょ》への説明も兼《か》ねて、自分の中での情報を整理し始めた。

「ウチの売り場の什器《じゅうき》――商品棚《だな》は、お年寄りや子どもからすると高すぎるんだ」

これはきっと、俺《おれ》だけでなくパートさんたちも気付かなかったはずだ。

何故《なぜ》なら、俺《おれ》やパートさんたちの身長なら問題なく視点が棚《たな》よりも高くなる。つまり視界を遮《さえぎ》られず、売り場全体を見渡《みわた》すことができるというわけだ。

しかし彼《かれ》らではこうはいかない。

「背の低い子どもや腰《こし》の曲がったお年寄りだと棚《たな》に視線を遮《さえぎ》られる。つまり売り場を見渡《みわた》すことができない」

「ああ！　確かにそれは思いました！　じゃあ私が感じた不安感というのは……」

「視界を遮《さえぎ》られる圧迫《あっぱく》感や閉塞《へいそく》感からくるストレスだと思う」

なるほど迷子の心境とは言い得て妙《みょう》だ。

子どもの視点では、目に映るほとんどものが自分よりも大きいはずだ。親の庇護《ひご》下から離《はな》れ、これに囲まれる状況《じょうきょう》というのは明確なストレスだろう。

今日は売り場でやけに天井《てんじょう》の吊《つ》り看板を見上げている人を見かけたが——それもそのはず、実際に見渡《みわた》せないなら看板の案内に頼《たよ》るしかない。

そして吊《つ》り看板の表記が誤っているとなれば、今度は店員に頼《たよ》る。これが問い合わせの増加、ひいては客導線の乱れに繋《つな》がっていたのだ。

「でも、だからといってどうすれば……」

文具売り場の抱《かか》える大きな課題の一つに気付くことはできた。しかし、では具体的にどうするかという話になってくると、これがまた難しい。

俺《おれ》は再びソファへ腰《こし》を下ろして、考《かんが》え込《こ》む。

——商品棚《しょうひんだな》の高さは固定だ。伸縮《しんしゅく》ラックじゃあるまいし、自由に低くしたり高くしたりできるわけではない。

しかしこれを解決しないことには客導線の乱れは残ったままだ。

逆に言えば、この問題さえ解決できれば文具売り場を取り巻く問題の数々を一気に解消できるかもしれない。

「そうだ！　筆塚《ふでづか》さんこういうのはどうでしょう！　たとえば子どもやお年寄りにも分かりやすくイラストつきで……」

「朝日《あさひ》さんみたいな子どもの視点を考えるんだ、案内板の数を増やす……いや、かえって混乱させてしまうかもしれない……商品棚《しょうひんだな》の高さを変えずに圧迫《あっぱく》感を解消する……？　そんなことが本当に……」

隣《となり》で朝日《あさひ》さんがなにか言っていたが、無視してしまった。

朝日《あさひ》さんは露骨《ろこつ》にむっとしていたが、今は構っている場合ではない。もう少し、もう少しで解決の糸口が見えそうなんだ。

思考の深度を下げて「ああでもないこうでもない」と一人ぶつぶつ呟《つぶや》く。

「いや待てよ、あの方法なら……でも、俺《おれ》一人じゃ……」

この時の俺《おれ》はよっぽど深く考え込《かんがこ》んでいたのだろう。結果として彼女《かのじょ》の接近にまったく気付けなかったのだから。

「えっ？」

突然《とつぜん》視界が遮《さえぎ》られた。彼女《かのじょ》の華奢《きゃしゃ》な背中で。

まったく予想外の出来事に俺《おれ》は間の抜《ぬ》けた声をあげてしまう。目の前で起きていることに理解が追いつかない。

とりあえず端的《たんてき》に今の状況《じょうきょう》を説明すると、朝日《あさひ》さんがソファに座《すわ》った。

ただし隣《となり》ではない。何故《なぜ》か――俺《おれ》の股《また》の間に腰《こし》を下ろしたのだ。

「は……？」

未《いま》だ状況《じようきよう》が把握《はあく》できず固まっていると、朝日《あさひ》さんはテーブルの上に投げっぱなしになっていたコントローラーを拾い上げて、

「筆塚《ふでづか》さんがやってるのを見て、私もちょっとやってみたかったんですよねぇ、これ」

なんて呑気《のんき》に言っている。が！　こちとらそれどころではない！

「朝日《あさひ》さん!?　なにしてんの!?」

「なにって、ソファに座《すわ》っただけですが？」

「いや位置っ!!　位置がおかしいから!!」

どういうつもりかしらないが、この位置関係は非常に危険だ！

俺《おれ》は慌《あわ》てて身をよじり、なんとかこの体勢から脱《だつ》しようとする。しかし朝日《あさひ》さんがすかさずもたれかかってきて、俺《おれ》はソファの背もたれと朝日《あさひ》さんの背中でサンドイッチにされた。

その際、勢いあまって朝日《あさひ》さんの髪《かみ》の毛《け》が俺《おれ》の鼻先に触《ふ》れ、本当に悲鳴をあげそうになってしまったのは言うまでもない。

「すみませんねぇ筆塚《ふでづか》さん、どうやらこのソファ、私には少し深すぎるようで、どうにも座《すわ》りづらかったんですよぉ」

朝日《あさひ》さんが俺《おれ》の胸に後頭部をぐりぐりと押しつけ、体重を預けてくる。その際に立ち上ってきたシャンプーの香りがあまりにもよろしくなくて俺《おれ》は息を止めた。

「あ、朝日《あさひ》さんっ……!?」

「どうしてでしょうねぇ、不思議ですよねぇ。あ、もしかして……」

朝日《あさひ》さんが頭を押しつけたまま、逆さまに俺《おれ》を見上げてくる。

彼女《かのじょ》の目は——据《す》わっていた。

「——私の身長が、中学生並に低いせいですかねぇ？　子どもみたいだからですかねぇ？」

怒《おこ》ってる!!　確実に!!

「ごめん朝日《あさひ》さん！　謝《あやま》るから！　謝《あやま》るからどいてくんないかな!?」

「何故《なぜ》謝《あやま》るんですか？　筆塚《ふでづか》さんはただ事実を述べたまでじゃないですか、私の身長が中学生並みに低いと、あんなに大きい声で」

朝日《あさひ》さん結構根に持つタイプだな！

いや、確かに悪いとは思ってるよ！　でも、この体勢は本当にマズイって！

なにがマズイかって、本人は気付いてないみたいだけど——朝日《あさひ》さんの柔《やわ》らかい部分が当たってるのよ！　当たっちゃいけないところに！

「あ、また死んじゃった……」

そして朝日《あさひ》さんのプレイングが下手すぎて現在進行形でゲームの中の俺《おれ》が死にまくってるのよ！　俺《おれ》のせっかく集めたアイテムが光の速さでロストしていってる！

しかし「抗議《こうぎ》は一切《いっさい》受けつけない」とでも言うように、朝日《あさひ》さんはゲーム画面に集中しているわけで……

「もうどうにでもなれ……」

俺《おれ》は一つ深い溜息《ためいき》を吐《は》き出《だ》して、朝日《あさひ》さんの背中越《ご》しにゲームの中の俺《おれ》がバカスカ死んでいく場面を眺《なが》めることしかできなかった。

ああ……雑魚《ざこ》敵との戦闘《せんとう》で高価な回復アイテムを湯水のように……

「筆塚《ふでづか》さん」

「ガードならR1だよ」

「ゲームの話ではなく」

ガード、してほしいんだけどなぁ……

「さっきの話についてです」

「さっきの話って？」

「その……静かな夜がどうたら、というアレのことです……」

なんだかやけに歯切れの悪い口調だ。

「静かな夜を往《ゆ》くのは貴方《あなた》だけではない、ってやつ？」

「はっきりと口にしないでください……本当に恥《は》ずかしいんですから……！」

この位置からでは彼女《かのじょ》の表情が窺《うかが》えないが、彼女《かのじょ》が恥《は》ずかしそうにしているのは声音《こわね》だけでも分かった。

……もしかして彼女《かのじょ》は、自分の顔を見られたくないがためにわざとこんな……いや、考えすぎか。彼女《かのじょ》はただ酔《よ》っぱらっているだけだ。

「で、それがどうしたって？」

「……」

彼女《かのじょ》はなかなか答えようとしない。いかにも恥《は》ずかしそうに身体《からだ》をよじらせ、そしてたっぷりと間を開けたのち、決心したように言った。

「……あれ、実は私の書いた小説の中に出てくる一文なんです」

「へえ？」

これはなかなか予想の斜《なな》め上の答えが返ってきた。

言った本人は、羞恥《しゅうち》と後悔《こうかい》で今にも走り出しそうな様子だけれど……

「朝日《あさひ》さん小説書くんだ？　俺《おれ》も学生時代は読んでたなぁ……ということはあれ？　なにか賞とかに応募《おうぼ》してるの？」

「いえ、その……そういうのではなく……」

朝日《あさひ》さんはコントローラーを手放し、俯《うつむ》いて指先をこねこねとやっている。

よっぽど恥《は》ずかしいのだろうか？　彼女《かのじょ》は今までで一番時間をかけて、ゆっくりと、か細い言葉を絞《しぼ》り出《だ》した。

「いちおう……プロ、的なことやってます……」

「プロ!?」

こんな時間だというのに、つい大声をあげてしまった。

「えっ、プロってことは、小説を書いてお金を貰《もら》ってるってこと⁉　出版社から⁉」

「そうなります……」

「じゃ、じゃあ書店に行けば朝日《あさひ》さんの本が置いてあるってこと⁉」

「ど、どうでしょうね……置いてあるんじゃ、ないですかね……」

興奮する俺《おれ》とは反比例して、何故《なぜ》か朝日《あさひ》さんの声がどんどん小さくなっていく。心なしか元から華奢《きやしゃ》な身体《からだ》も萎《しぼ》んでいっているように見えた。

俺《おれ》はその手の創作的な活動とは無縁《むえん》なので感覚は理解できないが「クリエイターは自分の作品を知り合いに見られることを嫌《いや》がる」と聞いたことがある。

……改めて理解できない！　俺《おれ》だったら多分、親戚《しんせき》一同友人全員へ自慢《じまん》しまくるだろうに！

「えっ？　えっ？　なんて名前でやってるの？」

「……本名と、同じです」

「ホントだ検索《けんさく》したらウィキ出てきた！」

「早っ⁉」

朝日《あさひ》さんが驚愕《きようがく》の声をあげたが、そりゃそうだろ！　だって本物の小説家を目にするなんて初めての経験なんだから！

ええっと……朝日《あさひ》カンナは日本の小説家、デビュー作「静かな夜を往《ゆ》く」で受賞し……高校

生にして作家デビュー⁉

「これ、朝日《あさひ》さんは女子高生の頃《ころ》からお金貰《もら》って小説書いてたってことだよね⁉」

俺《おれ》は興奮気味に彼女《かのじょ》へ尋《たず》ねる。その時、彼女《かのじょ》の肩《かた》が一瞬《いっしゅん》ピクリと跳《は》ねた気がしたが……

「……ええ、そういうことになりますね」

すぐに答えが返ってきたので、特には気にしなかった。

そんな些細《ささい》な変化を気にするほど冷静ではなかった。なにを隠《かく》そう俺《おれ》はミーハーなのだ。

「本絶対買うから！　明日……というか今日！　コトブキの書店で買うよ！」

「ちょ、ちょっと……！」

「そしたらサインしてねサイン！　俺《おれ》有名人からサイン貰《もら》ったことってなくて」

「す、ストップストップストップ！　落ち着いてください筆塚《ふでづか》さん！」

朝日《あさひ》さんがソファから勢いよく立ち上がって、素早《すばや》い動きで俺《おれ》から距離《きょり》を取った。息をふーふー荒《あら》くして、まるで猫《ねこ》のようだ。

そんな飛《と》び跳《は》ねるぐらい恥《は》ずかしいのか……

しかし、そこまで恥《は》ずかしいというなら当然ある疑問が浮上《ふじょう》してくる。

「……朝日《あさひ》さんは、なんでそれを俺《おれ》に教えてくれたの？」

クリエイターは自分の作品を知り合いに見られることを嫌《いや》がる——繰《く》り返《かえ》しになるが、俺《おれ》は誰《だれ》からかそう聞いた。

実際にさっきまでの朝日《あさひ》さんも必死でそれを隠《かく》そうとしていたわけだが、一体どういう風の吹《ふ》きまわしだろう？

「……私もヒントの尻尾《しっぽ》を摑《つか》みかけただけですよ」

「えっ？」

「なんでもありませんっ！　酔《よ》っぱらってるだけです！」

自己申告《しんこく》？

というか朝日《あさひ》さん、もしかしてもう酔《よ》い醒《さ》めてるんじゃや……

「……筆塚《ふでづか》さんに、お願いがあるんです」

朝日《あさひ》さんは俺《おれ》を正面から見据《みす》え、静かに語り出した。

「色々とご迷惑《めいわく》おかけした上に、こんなことを頼《たの》むのは図々《ずうずう》しいと承知しています。代金はもちろん後でお渡《わた》ししますので……私の本を読んでほしいんです」

「本を？　いや、それは言われなくてももちろん読むつもりだけど……」

「ただ読むだけじゃありません。私の著作は２冊……そのどちらが良かったかを、筆塚《ふでづか》さんから教えてほしいんです」

「俺《おれ》が？」

思わず聞き返してしまった。

「えっ？　俺《おれ》、ただのスーパーの店員だよ？　小説なんてそれこそ学生時代にちょっとかじっただけだし、芸術的な素養もないし……もしアドバイスが欲《ほ》しいんなら俺《おれ》なんかじゃなくて、もっと……」

「──筆塚《ふでづか》さんじゃないとダメなんです」

俺《おれ》の言葉を遮《さえぎ》って、朝日《あさひ》さんはきっぱりと言いきる。

冗談《じょうだん》で言っているわけでも、まして酒の勢いで言っているわけでもない。その言葉は真剣《しんけん》そのものであった。

「読むよ」

俺《おれ》がそう答えるのと同時に、窓の外から朝の日差しが差《さ》し込《こ》んでくる。もう、夜が明けたのだ。

「絶対に読む」

その台詞《せりふ》を最後に、俺《おれ》と朝日《あさひ》さんの奇妙《きみよう》な呑《の》み会はお開きになった。

また、今日が始まる。

三品目

煮豚の山椒風味

誰《だれ》よりも早く出社してみて一つ思い出したことがある。俺《おれ》は昔から脚立《きやたつ》に上って作業をするのが嫌《きら》いではなかった。

脚立《きやたつ》の上から見下ろす売り場は新鮮《しんせん》だったし、天井《てんじょう》近くは空気が澄《す》んでいる気がする。それにどことなく文化祭っぽくて楽しい、なんて25のオッサンが考えることではないだろうが……。

「……なにやってるんですか、筆塚《ふでづか》マネージャー」

脚立《きやたつ》のてっぺんに腰《こし》かけて吊《つ》り看板をいじくっていると、眼下から声が聞こえた。文月《ふづき》さんの声だ。

見下ろしてみると、脚立《きやたつ》の下に制服姿の文月《ふづき》さんを始めとして、墨田《すみだ》、大典《おおのり》、瀬形《せがた》さんの四人が集結していた。

皆《みな》が揃《そろ》って怪訝《けげん》そうな顔でこちらを見上げている。文月《ふづき》さんに至っては「馬鹿と煙《けむり》はなんとやら」とでも言わんばかりの冷ややかな眼差《まなざ》しだ。

しかし彼女《かのじょ》らが出勤してきたということは……。

「うわ、もうそんな時間か、ごめんごめん、あとはここだけ差《さ》し替《か》えれば終わりだから……」

「だから、なにしてんのって」

墨田《すみだ》さんが不信感剝《む》き出《だ》しのきつい口調で問いただしてくる。

相変わらず墨田《すみだ》さんは怖《こわ》いな……

「吊《つ》り看板を正しい位置に差《さ》し替《か》えています、売り場も昔と比べて随分《ずいぶん》変わったので」

彼女《かのじょ》たちがお互《たが》いに顔を見合わせた。信じられない、とでもいった風な表情だ。

「……そ、そんなの言われれば私たちがやるわよ」

「どうしても開店時間前に終わらせておきたかったんです。それに脚立《きゃたつ》を使う作業なんで女性にはちょっと厳しいですよ、制服はスカートですし、なにより危ないです」

「危ないって……」

「それに、これは俺《おれ》がやらなきゃいけない仕事ですから」

墨田《すみだ》さんが面食らったように目をぱちくりさせた。後ろで見ていた文月《ふづき》さんと大典《おおのり》さんも同様である。

ただ一人、瀬形《せがた》さんだけはどこか嬉《うれ》しそうに微笑《ほほえ》みながら、いつもの間延びした口調で言った。

「一人で脚立《きゃたつ》に上るのも危ないと思うけどなぁ、誰《だれ》かが下で押《お》さえてないとぉ」

「……ああ、確かに言われてみればそうですね……でも、もう済みました」

俺《おれ》は最後の差《さ》し替《か》えを終え、脚立《きゃたつ》から下りる。これで吊《つ》り看板の問題は解決だ。

「ちょうど良かった、皆《みな》さんに見てもらいたい物があったんです」

「……なによ？」

「これです」

俺《おれ》は懐《ふところ》から取り出した1枚の紙を広げ、彼女《かのじょ》らへ披露《ひろう》した。

「これは……？」

「新しい売り場の案内図です」

正確には従来の案内図に代わる新しい案内図のサンプルを仮に印刷したものだ。

ただし以前のものよりマップを簡略化し、商品の種別ごとに棚《たな》を色分けして、更《さら》にイラストを散りばめるなどのアレンジを加えている。

伊達《だて》にこの一年事務所でパソコンとにらめっこをして、エクセルやらパワポやらをいじくりまわしていたわけではない。こういった作業は得意だ。

「ウチのメイン客層はシニア層・ファミリー層なので新しい案内図は分かりやすさを重視しました。子どもやお年寄りが一目見て分かるように商品のイラストも貼《は》りつけてみたんですが、どうでしょう？」

「どうでしょうって、こんなのいつの間に……」

「今朝早めに出勤してきて事務所で作りました。即席《そくせき》なので粗《あら》があるかもしれませんが、まだ試作段階なので、意見をいただければ作り直します」

「どうしてこんな……」

「——これ、いいじゃない」

言ったのは、大典《おおのり》さんだった。

いつもドライな彼女《かのじょ》だが、新しい案内図を覗《のぞ》き込《こ》むその顔は、素直《すなお》に感嘆《かんたん》しているようであった。

「ちょっと大典《おおのり》さん⁉」

「いや、墨田《すみだ》さん実際いいわよこれ、今までの案内図は文字ばっかりで不親切だなーって前から思ってたのよ私、でもこれなら問い合わせも減って品出しに集中できそうじゃない」

「そりゃそうだけど、でもこれぐらいで仕事した気になられちゃ……？」

そこまで言って、墨田《すみだ》さんはソレに気がついたらしい。

案内図のサンプルを凝視《ぎょうし》し、続いて新しく差《さ》し替《か》えられた吊《つ》り看板を見比べる。

「やっぱり……！」

彼女《かのじょ》は違和感《いわかん》の正体を突《つ》き止《と》めると、怒《おこ》ったような、それでいてどこか安堵《あんど》するような複雑な面持《おもも》ちで捲《まく》し立《た》ててきた。

「筆塚《ふでづか》マネージャー、どうやらかえって余計な仕事を増やしたみたいね。普段《ふだん》売り場に来ないもんだから間違《まちが》ってるわよ！　売り場の表記がズレてる！」

「えっ？」

「……あら、ホントだねぇ」

大典《おおのり》さんと瀬形《せがた》さんも、墨田《すみだ》さんの指摘《してき》でソレに気がついたらしい。

そう、俺《おれ》が差《さ》し替《か》えた吊《つ》り看板と、新しく作った案内図は実際の売り場と僅《わず》かにズレている。

だけどこれは……

「意図的にズラしてあります」

「はぁ？　なんでそんなことする必要が……」

「これからこの表記の通りに売り場を作《つく》り替《か》えるからです」

皆《みな》の視線が一斉《いっせい》にこちらへ集中した。なにを言っているのか分からない、といった様子だった。

──これこそが昨晩浮上《ふじょう》した「売り場の圧迫感《あっぱくかん》」問題を解消するための秘策だ。

「レーンを1本、削《けず》ります」

「なっ⁉」

彼女《かのじょ》らの驚愕《きょうがく》の声が重なった。

「……正確には商品棚《しょうひんだな》を1列分丸ごと取《と》り払《はら》って、その分各通路を広めに確保、売り場全体の圧迫感《あっぱくかん》を緩和《かんわ》します」

「分かってるわよそんなの！」

墨田《すみだ》さんが声を荒《あら》らげる。

さすが最古参なだけあり、俺《おれ》がなにを言っているのかは十二分に理解しているのだ。

一列分の商品棚《しょうひんだな》を削《けず》る……それによって期待できる効果は、先に挙げた「売り場の圧迫感《あっぱくかん》」の解消だけに留まらない。

これに伴《ともな》う商品整理によって売り場全体の見栄《みば》えが良くなり、商品の位置も格段に分かりやすくなる。従業員の手間も減るだろう。長期的に見て良いことづくめである。

しかしそれは、あくまで実現できればの話だ。

「商品棚《しょうひんだな》一つ削《けず》るのがどれだけの重労働か分かって言ってる⁉　普段《ふだん》の業務と並行《へいこう》して、この売り場の膨大《ぼうだい》な数の商品を全部整理するぐらいの勢いでやらなきゃ不可能なの！　部屋の模《も》様替《ようが》えとは訳が違《ちが》うのよ⁉」

「……墨田《すみだ》さんの言う通りだわ、ただでさえ人手が足りないのにそんなことをしたら売り場が回らなくなる」

「うーん……こればっかりは、ちょっと、ねぇ……」

「……付き合いきれません、私レジ入りますね」

それまで静観していた文月《ふづき》さんが冷たく言い放ってその場を立ち去る。この反応もある程度は予想していたものの、やっぱりちょっと心にきた。

しかし、これはひとえに俺《おれ》の人望のなさが招いた結果。今まで売り場を顧《かえり》みなかったツケが回ってきただけだ。全ての責任は俺《おれ》にあり、だからこそ――清算する。

「一人でやります」

「は……？」

「俺《おれ》が、一人でやります」

今度こそ彼女《かのじょ》らは言葉を失ってしまった。

「……いつまでに仕上げるつもり？　1年後？　2年後？」

「1か月後の周年祭までには」

「逆立ちしたって無理よ」

墨田《すみだ》さんの言葉はどうしようもないほどに正論であった。そしてそれこそが、この作戦の最大のネックである。

何故《なぜ》なら俺《おれ》は1か月後の周年祭が終わればジャロワナ支店へ飛ばされてしまう。間に合わないのかもしれない。思った通りの効果が出ないかもしれない。そもそも、俺《おれ》はそうして変わった売り場を見届けることはできない。

でも、それが分かった上でなお、俺《おれ》は……

「一人でやります」

力強く宣言した。

「確かに通常の業務時間内では間に合わないかもしれません。なら早出してでも、残業してでも一人でやり遂《と》げます。それが俺《おれ》にできる唯一《ゆいいつ》のことなんで」

「……どうしてよ」

墨田《すみだ》さんの肩《かた》が小刻みに震《ふる》えている。吐《は》き出《だ》す言葉は明らかな怒気《どき》を孕《はら》んでいた。

「どうして今更《いまさら》こんなことをするのよ？　今まで売り場のことなんて見向きもしなかったくせ

に、どうして、今になって……」

どこまでも切実な訴《うった》えに、俺《おれ》は胸を締《し》めつけられるような心地《ここち》だった。

本当に、自分でも思う。今の今までほったらかしにしてきたくせになにを今更《いまさら》、と。

異動を宣告されてようやく尻《しり》に火が点《つ》いたのか？　罪滅《つみほろ》ぼしのつもりか？　そんな自己満足、付き合わされる方が迷惑《めいわく》だ。

そんなの痛いほど分かっている。でも……

「――今まで本当にすみませんでした」

俺《おれ》は深々と頭を下げ、謝罪の言葉を口にした。これにはさすがの彼女《かのじょ》ら――瀬形《せがた》さんでさえも驚《おどろ》いた様子だ。

「俺《おれ》は今まで、事務所で数字ばかり見ることに躍起《やっき》になって、一番大事な売り場を蔑《ないがし》ろにしてしまいました。……いや、この表現は正しくないですね」

こんな表面的な謝罪では、きっとなにも伝わらない。

今、この時に限ってはマネージャーやパート、そういった肩書《かたが》きは関係なく、ただ一人の人間として胸の内を吐《は》き出《だ》す。

それが俺《おれ》にできる最大限の礼儀《れいぎ》だと、朝日《あさひ》さんから学んだのだ。

「新しい職場に対する恐怖心《きょうふしん》があったのかもしれません。自分が食品で覚えた知識がなんの役にも立たないことが浮《う》き彫《ぼ》りになるのが……ゼロからのスタートが怖《こわ》かったんです。そのせいで、無意識のうちに一線を引いてしまっていました。どこか他人事《ひとごと》のように考えていました。でも……」

俺《おれ》はここで瀬形《せがた》さんを見る。彼女《かのじょ》は猫《ねこ》みたく目を細め、俺《おれ》の様子を見守っていた。「頑張《がんば》ってねぇ」彼女《かのじょ》の間延びした声が聞こえてくるような気がして、俺《おれ》はなけなしの勇気を振《ふ》り絞《しぼ》る。

「——昨日、実際にお客さまと触《ふ》れ合《あ》い、売り場で戦う皆《みな》さんを見て、初心を思い出しました。今日からは文具売り場のマネージャーとしてベストを尽《つ》くし、お客さまにとっても、ここで働く皆《みんな》にとっても良い売り場を作ります」

「っ……！」

強い意志を感じさせる墨田《すみだ》さんの瞳《ひとみ》が、僅《わず》かに揺《ゆ》らいだ。

理解してもらえなくていい、罵《のの し》ってくれていい、俺《おれ》はそれだけのことをした。だけど、そんな風にかっこつけていてもやっぱり心のどこかでは「ほんの少しでも俺《おれ》の本気が伝わってくれれば」と思っているのだから情けない。

「……じゃあ、勝手にやればいいじゃない」

冷たく言い放って、墨田《すみだ》さんは踵《きびす》を返《かえ》す。大典《おおのり》さんと瀬形《せがた》さんも、戸惑《とまど》いつつ彼女《かのじょ》の後ろについてレジへと向かっていった。俺《おれ》一人だけが残される。

「……さて、と」

俺《おれ》は折り畳《たた》んだ脚立《きゃたつ》を担《かつ》ぎ、ふぅ、と息を吐《は》き出《だ》した。

なにはともあれ許可を得ることはできた。あとはやるだけだ。

「俺《おれ》は大丈夫《だいじょうぶ》」

口に出して唱える。さあ、大仕事だ。

墨田

開店直後のラッシュを乗《の》り越《こ》え、客足が落ち着き始める昼下がり。

私が次のラッシュに備えてレジ周りの整頓《せいとん》をしていると、パート仲間の大典《おおのり》さんがおもむろに尋《たず》ねかけてきた。

「墨田《すみだ》さん、本当に良かったの？」

「なにが？」

「マネージャーのこと」

大典《おおのり》さんはそう言って、売り場へ視線を送る。

筆塚《ふでづか》マネージャー、彼《かれ》は朝の宣言の通り、たった一人で商品整理に奔走《ほんそう》していた。

普段《ふだん》売り場に出てこないせいせいだろう。案の定彼《かれ》の動きはたどたどしく、はっきり言って相当手際《てぎわ》が悪い。

私や大典《おおのり》さんにかかればすぐに終わる作業にも、倍以上の時間をかけている。

そもそも、売り場案内の一つもマトモにできないくせに商品整理なんてできるはずがないのだ。

……見ていたら段々腹が立ってきた。

「いいんじゃない？　好きにやらせておけば。どうせアイツ普段《ふだん》売り場にいないんだから、どこでなにしてたって一緒《いっしょ》でしょ。どうせその内飽《あ》きて事務所に戻《もど》るわよ」

「そうじゃなくて」

大典《おおのり》さんがふるふるとかぶりを振《ふ》る。

違《ちが》う？　まさかマネージャーがなにか問題でも起こしたのか？　そう思って大典《おおのり》さんの言葉を待つと、彼女《かのじょ》は衝撃《しょうげき》的な一言を口にする。

「手伝わなくてもいいの？　って」

「はぁ⁉」

業務時間中だというのに大声をあげてしまった。それぐらい信じられない発言だったのだ。

他の誰《だれ》か——たとえば瀬形《せがた》さんあたりの発言なら納得《なっとく》できる。

彼女《かのじょ》は優《やさ》しいから、いつも通りの間延びした口調で「今までのことは水に流してあげようよお」ぐらいは言うかもしれない。

しかしよりにもよって大典《おおのり》さんが。

私と同じく、マネージャー不在の文具部門でともに戦い、同じくマネージャーを憎《にく》んでいたはずの彼女《かのじょ》が「手伝わなくてもいいの」と？

「ちょ、ちょっと、どうしちゃったの大典《おおのり》さん……⁉　なんでアイツの肩《かた》を持つのよ……⁉

今まで散々ほったらかしにされてきたのに……」

「そりゃ私も今までのことを許したわけじゃないよ。いっつも知らん顔で事務所にこもって、私たちがどれだけ困ってても助けてくれなかったんだもの」

「だったらなおさら！」

「でも、さっき謝《あやま》ってくれたじゃない。じゃあ私たちも許さなきゃ、大人なんだし」

「それは……」

騙《だま》されないで、アイツはただ私たちのご機嫌《きげん》取りに表へ出てきただけ、どうせすぐ元《もと》に戻る。

それでマネージャーらしい仕事をした気になるだけだ——

彼《かれ》に対する罵倒《ばとう》の言葉はいくらでも出てくるのに、しかし私はそれを口にすることができなかった。

何故《なぜ》なら大典《おおのり》さんの表情が、今までにないぐらい穏《おだ》やかなものだったからだ。

「もういいじゃないの墨田《すみだ》さん」

大典《おおのり》さんが折り畳《たた》まれた1枚の紙を取り出して、レジに広げる。

それはさっき筆塚《ふでづか》マネージャーが新しく作ったと言って見せてきた売り場の案内図だ。

「実際、よくできてるじゃないコレ」

「……こんなの1枚作ったぐらいで、今までのことがチャラになるわけじゃないでしょ」

「それだけじゃないわよ、ほら」

そう言って、大典《おおのり》さんが再び筆塚《ふでづか》マネージャーを見る。私もそれに倣《なら》って、慌《あわ》ただしく動き回る彼《かれ》の背中を眺《なが》めた。

……見れば見るほど効率の悪い仕事だ。

商品の一つ一つを穴が空くほど凝視《ぎょうし》して、無駄《むだ》に売り場を駆《か》けずり回《まわ》り、そしてそのたびに問い合わせで捕《つか》まって、また売り場を駆《か》けずり回《まわ》る。

彼《かれ》は一体、いつまでこれを続けるつもりだろう。

1週間？　1か月？　まさか本当に一人で1年も続ける気か？

それはそれは途方《とほう》もない作業だ。私だったら想像するだけで心が折れてしまう。

今まで通り事務所でパソコンと向き合っていた方がよっぽど楽だろうに、どうして……どうして彼《かれ》は……

「今までのことは水に流してあげようよぉ」

いつの間にか私の隣《となり》に立っていた瀬形《せがた》さんが、予想通りの台詞《せりふ》を口にした。

筆塚

——分かってはいたが、これは相当な重労働だった。

「すみません、コピー機のインクは純正品とそうでないものでなにが違《ちが》うんでしょうか……」

「すみません、香典《こうでん》を包みたいのですが御霊前《ごれいぜん》と御仏前《ごぶつぜん》、一体どちらにすれば……」

「すみません、ウチの子どもが迷子になって……」

すみません、すみません、すみません……と。

今日も今日とて、怒涛《どとう》の問い合わせラッシュである。

問い合わせを受ければいついかなる時でも作業の手を止め、お客さまの応対に当たらなければならない。もちろん笑顔《えがお》で。これが小売業の鉄則なわけだが……この応対というのが曲者《くせもの》だ！

いかんせん文具は品数が多いだけでなく、商品の幅《はば》も広い！

文房具全般《ぜんぱん》はもちろん、コピー機のインクに冠婚葬祭《かんこんそうさい》のマナー、その他諸々《たもろもろ》……

一つ応対を終えたと思えば、その帰りしなにまた別の問い合わせを受ける。この繰《く》り返《かえ》しだ。

墨田《すみだ》さんや大典《おおのり》さん、それに文月《ふづき》さんがいつも売り場でこれだけ多種多彩《たさい》な問い合わせを捌《さば》いているのかと思うと尊敬の念しかなかった。肉体的にも精神的にも、これはたいへんな重労働だ。

「ええと……このボールペンはどこに……」

何度目になるのかも分からない売り場案内を終え、商品整理を再開しようと屈《かが》んだところ、くらりときた。

売り場での慣れない作業と睡眠《すいみん》不足のダブルパンチだ。

ああ、しっかりしろ俺《おれ》、こんなところで躓《つまず》いてちゃ周年祭までに仕事を終わらせるなんて無理に決まっている。

しかしこれから片付けないといけない作業と現在の進捗《しんちょく》を照らし合わせてみると、めまいはひどくなる一方で……

「──手伝おうか？」

だからこそ背後からそんな風に声がかけられた時、俺《おれ》にはそれが天使の声に聞こえた。

……伝わった、俺《おれ》の気持ちは彼女《かのじょ》たちに伝わっていたのだ！

俺《おれ》は思わず叫《さけ》びたくなるような興奮を抑《おさ》えながら、声がした方へ振《ふ》り返《かえ》って……

「やぁ筆塚《ふでづか》マネージャー、調子はどうだい？」

本気で吐《は》きかけた。

墨田《すみだ》さんでも大典《おおのり》さんでも、まして天使でもない。疲れていたとはいえ、まさか間違うなんて。

そこにしゃがみ込《こ》んでいたのは、胡散臭《うさんくさ》い笑《え》みを浮《う》かべ、無駄《むだ》に白い歯を覗《のぞ》かせるスーツ姿の悪魔《あくま》であった。

「……柴田《しばた》営業課長」

「なんだいかしこまっちゃって、ボクとキミの仲じゃないか、気軽に柴田《しばた》って呼びなよ。ま、上司をそんな呼び方したらぶん殴《なぐ》るけどね、あっはっはっは」

「なにしに来たんですか」

「つれないねぇ、まるでボクの顔なんか見たくないみたいじゃないか」

分かってるなら来るなインプラント野郎《やろう》、とはもちろん口には出さない。

「見回りだよ見回り、次の周年祭に向けて、筆塚《ふでづか》クンがなにをやっているのかと気になってね」

「……課長っていうのは、随分贅沢《ずいぶんぜいたく》な時間の使い方ができるんですね」

「ははは、それはこっちの台詞《せりふ》だよ筆塚《ふでづか》クン、珍《めずら》しく売り場に出てるって聞いたから、オッなにか妙案《みょうあん》でも浮《う》かんだのかなと思ったのに、一体なにをやってるんだいキミは？」

柴田《しばた》課長がはんと鼻で笑う。

「商品整理？　あと1か月で周年祭だっていうのに悠長《ゆうちょう》だねぇ、そんなんじゃジャロワナ行きは確定だよ？　それともあれかい？　立つ鳥跡《あと》を濁《にご》さずってこと？」

「そういう風に取ってもらって結構です」

「律儀《りちぎ》だねえ、次期文具マネージャーもきっと喜ぶよ」

分かりやすい挑発《ちょうはつ》だ。俺《おれ》は無視して商品整理を続ける。

すると彼《かれ》は——どうしても俺《おれ》の動揺《どうよう》するさまが見たいらしい——こちらへ顔を寄せて、わざとらしく耳打ちをしてくる。

「筆塚《ふでづか》クンも真面目というか馬鹿というか、そんな地味で疲《つか》れることをしなくてもさぁ、要は周年祭の間だけ数字を上げればいいだけでしょ？　やりようなんていくらでもあるじゃん」

「……」

「大体、マネージャーが商品整理？　ははっ、そんなのパートさんの仕事じゃん。適材適所って言葉知ってる？　こんなこと今更《いまさら》言いたくないけど、人をうまく使うのがマネージャーの仕事だよ。はっきり言ってキミのソレは仕事をした気になってるだけ、ただの点数稼《かせ》ぎだよ」

「……それは」

挑発《ちょうはつ》には乗らないと決めていたはずなのに、自然と言葉が口をついて出ていた。

それはきっと、俺《おれ》が心の奥底《おくそこ》で彼《かれ》の言葉もまた真実なのかもしれないと認めてしまっていたためだろう。そして柴田《しばた》課長はめざとくその隙《すき》を見つけて、突《つ》いてくる。

「でもま、こんなのわざわざボクが言うまでもないよね～、歴戦のパートさんたちはとっくに気付いてるみたいだし、キミが一人で商品整理やってるのがなによりの証拠《しょうこ》じゃん」

「……」

返す言葉もなかった。

本来人に指示を出す立場であるはずのマネージャーが、たった一人で売り場の作業をしている。これは俺《おれ》の人望のなさを表す状況《じょうきょう》そのものであり、同時に俺《おれ》がマネージャーとしての器《うつわ》でないことを示している。

　——器ではない。改めて考えてみて、うんざりするほどしっくりきた。

　そうだ、俺《おれ》が今までうまくいかなかったのは誰《だれ》のせいでもない。単純に俺《おれ》にマネージャーとしての器《うつわ》がなかっただけだ。それを認めたくないがために、俺《おれ》はこんな……

「もう諦《あきら》めちゃいなよ筆塚《ふでづか》クン、前も言ったけどね、キミはマネージャーになるには若すぎたんだ。これ以上パートさんたちに迷惑《めいわく》をかけるのはやめて、ジャロワナ支店で心機一転頑張《がんば》ればいいじゃない」

　肉体的にも精神的にも弱っていたせいだろうか。柴田《しばた》課長の言葉がいやに響《ひび》いた。

「迷惑《めいわく》……」

　……そうか、そりゃそうだ。売り場案内もマトモにできないお飾《かざ》りマネージャーが張りきったところで、しょせんはただの足手まといだ。

「どうせ嫌《きら》われ者ならさぁ、静かにいなくなるのが会社のためだと思うけどね、ボクは」

　課長の一言で途端《とたん》に今までの疲労《ひろう》が一気に押《お》し寄《よ》せてきて全身が鉛《なまり》のように重くなった。商品のボールペンを握《にぎ》りしめたまま手が止まってしまう。

　課長はムカつくが、結局のところ彼《かれ》の言う通りなのかもしれない。本当の意味で跡《あと》を濁《にご》さないためにも、俺《おれ》はただなにもせず、静かに消えてゆくべきなのでは……

「——マネージャー、ソレ貸して」

「えっ？」

突然《とつぜん》、視界の外からボールペンをひったくられた。

初めはなにが起こったか分からず固まるしかなかった。徐々《じょじょ》に凍《こお》った思考が氷解していき
……俺《おれ》は弾《はじ》かれたように振《ふ》り返《かえ》る。

そこには彼女《かのじょ》の姿があった。

切れ長の瞳《ひとみ》でボールペンを見つめる彼女《かのじょ》の姿が――

「――これボールペンじゃなくてボールペン風万年筆、だから棚違《たなちが》うわよ、筆塚《ふでづか》マネージャ
ー」

「墨田《すみだ》さん……？」

いや、彼女《かのじょ》だけではない。彼女《かのじょ》の後ろにもう一人立っている。

「筆塚《ふでづか》マネージャー、私に一つ提案があるのですが」

――大典《おおのり》さんだ。

彼女《かのじょ》はそんな切り口から、いつも通り淡々《たんたん》とした口調で話し始めた。

「このまま商品整理を続けては効率が悪いですし、とりあえず手っ取り早く売れ残った値下げ商品をワゴンにまとめてしまった方がいいと思うんですが、どうでしょう、許可いただけますか？」

「えっ、あ……」

「許可、いただけますか？」

「は、はい」

淡々《たんたん》としながらも畳《たた》みかけるような強い口調に、俺《おれ》は訳も分からないまま頷《うなず》いた。

あまりの急展開に状況《じょうきょう》が呑《の》み込《こ》めない。それは俺《おれ》だけでなく柴田《しばた》課長も同様で、しゃがんだ体勢のまま、ぽかんと口を開けて彼女《かのじょ》らを見上げている。

「き、キミたち……」

しばらく石像のように固まっていた柴田《しばた》課長がなにかを言いかけた。

しかし、結局彼《かれ》がなにを言わんとしていたのかは分からずじまいとなる。何故《なぜ》なら……

「ぶっ⁉」

がしゃん！　と派手な音がして課長が吹《ふ》っ飛《と》んだ。

なにを言っているのか分からないと思うが、売り場のど真ん中で撥《は》ねられたのだ。

商品棚《しょうひんだな》の合間から飛び出してきた、瀬形《せがた》さん操《あやつ》るワゴンによって――

「あれぇ？　なんか轢《ひ》いちゃった？　失礼いたしましたぁ～」

「～～っっっ！！？？！！」

どうやら腰《こし》を強く打ったらしく、柴田《しばた》課長が床《ゆか》に転がって悶絶《もんぜつ》している。そんな彼《かれ》を前にしても瀬形《せがた》さんがいつも通りのんびりした口調で言うものだから判断が遅《おく》れてしまった。

――なにしてんの⁉

「せ、瀬形《せがた》さん⁉　事故っ！　売り場で事故が起こってるっ⁉」

「あら、課長蝶《ひ》いちゃったぁ？　ごめんごめん、通路の真ん中でしゃがみ込《こ》んでお喋《しゃべ》りしてるもんだからついうっかり……大丈夫《だいじょうぶ》ですかぁ？」

「ふっ……ぐぅっ……だ、大丈夫《だいじょうぶ》ですよ……！」

柴田《しばた》課長がなけなしのプライドを振《ふ》り絞《しぼ》って強がっていたが、どう見ても大丈夫《だいじょうぶ》には見えない。無駄《むだ》に白い歯を割れんばかりに食いしばっている。

こ、これ、腰《こし》やったんじゃないか……？

俺《おれ》が青ざめる一方で、しかし瀬形《せがた》さんはいつも通《どお》りぱやぱやした笑顔《えがお》を浮《う》かべながら「そうですかぁ、それなら良かったぁ」なんて言っている。本当に、１㎜も悪びれた様子がないので恐《おそ》れ入《い》ってしまった。

墨田《すみだ》さん大典《おおのり》さんに至っては肩《かた》を震《ふる》わせて笑いを堪《こら》えているし……もうメチャクチャだ！

「柴田《しばた》課長、肩《かた》貸しましょうか？」

墨田《すみだ》さんがニヤニヤと意地の悪い笑《え》みを浮《う》かべながら課長に尋《たず》ねる。

その時俺《おれ》は、課長の瞳《ひとみ》にあからさまな敵意の宿る瞬間《しゅんかん》を垣間《かいま》見たが、彼《かれ》はすぐさま取《と》り繕《つくろ》って、例の胡散《うさんくさ》臭い笑《え》みを浮《う》かべた。額にびっしり浮《う》いた玉の汗《あせ》はこの際指摘《してき》すまい。

「い、いや、大丈夫《だいじょうぶ》だよ……こちらこそ悪かったね、筆塚《ふでづか》クンと喋《しゃべ》ってるとつい会話が弾《はず》んじゃって……」

「あっそ、じゃあそろそろウチのマネージャーを返してもらっていい？　作業が進まないから」

「……ふ、筆塚《ふでづか》クンは幸せ者だねえ……こんな頼《たよ》れる部下に慕《した》ってもらえて……」

「課長、そういうのいいから早く事務所に戻《もど》ってくれない？　業務の邪魔《じゃま》」

反論することすら許さない、見事な一刀両断であった。

これにはさすがの課長も怯《ひる》んだらしい。その作り物じみた笑《え》みを引きつらせると、

「周年祭、楽しみにしてるからね……」

そんな捨《す》て台詞《ぜりふ》を残して、その場を去っていった。

もちろん、腰《こし》を庇《かば》いながら……

「……どうして」

課長の背中が見えなくなったのち、俺《おれ》の口から自然とそんな台詞《せりふ》が出た。

俺《おれ》は到底《とうてい》許されないことをした。罵《のの》られる覚悟《かくご》もあった。

なのに何故《なぜ》、彼女《かのじょ》らは……

すると墨田《すみだ》さんはワシワシと頭を掻《か》いて、わざとらしくぶっきらぼうに答える。

「……売り場で働くなら、休憩《きゅうけい》は1時間しっかりとって、早出も残業もほどほどに」

「えっ……？」

「だから！」

墨田《すみだ》さんが俺《おれ》に詰《つ》め寄《よ》って、捲《まく》し立《た》てる。

「マネージャーのアンタがしっかり休まないとアタシらが休みづらいでしょ！　心配しなくても1か月で全部終わらせてやるわよ！　商品整理！」

「墨田《すみだ》さん……」

――ベストを尽《つ》くせば、伝わります。伝わらないはずが、ありません。

いつぞや朝日《あさひ》さんに言われた台詞《せりふ》が脳裏《のうり》をよぎって、俺《おれ》は少し泣いてしまいそうになった。

「……本当にあった」

休憩《きゅうけい》時間、コトブキ内の書店でソレを見つけた時、俺《おれ》は思わず声をあげてしまった。

もちろん彼女《かのじょ》を疑っていたわけではない。しかし実際に書店の本棚《ほんだな》で彼女《かのじょ》の名前が並んでいるところを見れば、こういう反応にもなってしまうだろう。

静かな夜を往く　朝日カンナ

明日の放課後、昨日の君に恋文を　朝日カンナ俺《おれ》は迷うことなく2冊とも本棚《ほんだな》から抜《ぬ》き取《と》り、レジへ持っていく。新人らしいバイトの女子高生からブックカバーをつけるかどうか尋《たず》ねられたが、彼女《かのじょ》の手間を考えて断った。

そして裸《はだか》のままの文庫本を抱《かか》え、バックドアをくぐって、従業員用の食堂へと入る。昼時から少し外れた時間なだけあり、けっこう空いていた。

俺《おれ》はここぞとばかりに窓際《まどぎわ》の席を陣取《じんど》って、1冊手に取る。

順番的にはデビュー作の「静かな夜を往く」からだろう。文庫本を買うのはいつぶりだったか、紙の手触《てざわ》りが妙《みょう》に懐《なつ》かしい。元からそんなに本を読むのは早い方ではなかったし、休憩《きゅうけい》時間中に100ページでも読めれば御《おん》の字《じ》だろうな。

なんて考えながら、俺《おれ》はページをめくり始めた。

——主人公はいじめが原因で不登校になった女子高生で、名前はサキという。

サキはいじめによる心的外傷から不眠症《ふみんしょう》を患《わずら》っており、深夜に家を抜《ぬ》け出《だ》して、町を歩き回るのが唯一《ゆいいつ》の楽しみだった。静かな夜を往《ゆ》く時、彼女《かのじょ》は世界でただ一人、自分だけが生きているような感覚を抱《いだ》くのだ。

そして彼女《かのじょ》は、次第《しだい》に「この夜がずっと続けばいいのに」と思うようになる。

そんなサキの下に現れたのが、自らを「夜の遣《つか》い」と名乗る神秘的な人物である。

彼《かれ》は提案した。

「もしもサキちゃんが、このまま夜が続いてほしいと思うのなら、七つの夜を越《こ》え、七体の夜の怪物《かいぶつ》を倒《たお》し、夜の主《あるじ》となりなさい。そうすれば永遠に明けない、あなただけの夜が手に入るから」

この願ってもない提案にサキは二つ返事で頷《うなず》き、独り夜の怪物《かいぶつ》退治へと出かける。

ともだち橋の下に住む、博識クラーケンとのクイズ対決。

ゴミ捨て場に打ち捨てられた自販機《じはんき》の土俵で執《と》り行《おこな》われる、巨大《きょだい》カブトムシとの相撲《すもう》対決。

深夜の小学校、11限目のはじまりを告げるチャイムとともに現れる謎《なぞ》の怪物《かいぶつ》「11限目のガシャガシャ」との鬼《おに》ごっこ対決……

怪物《かいぶつ》たちとの戦いは、恐《おそ》ろしくもユーモラスで、なにより幻想《げんそう》的であった。

サキは次第《しだい》に怪物《かいぶつ》たちとの戦いに魅《み》せられていき、一刻も早く退屈《たいくつ》な「朝の世界」を捨て、「夜の世界」で生きることを願うようになる。

しかしほどなくして夜の世界に、彼女《かのじょ》にとって好ましくない存在が現れた。サキをいじめていたヤンキー女のシノ、彼女《かのじょ》の趣味《しゅみ》もまた静かな夜を往《ゆ》くことだったのだ。

サキとシノはお互《たが》いにいがみ合う仲だが、ひょんなことから二人で夜の怪物《かいぶつ》退治を行うことになる。

初めは仲の悪かった二人だが、怪物《かいぶつ》退治を通してお互《たが》いのことを知り、シノもまた同様に

「夜の世界」にしか居場所を感じれない者だと知ると、二人は急速に打ち解けた。

夜の世界において、二人はかつての因縁《いんねん》やお互《たが》いの立場——そういった一切《いっさい》のしがらみから解放され、対等な親友となったのだ。

そんなこんなで順調に夜の怪物《かいぶつ》を倒《たお》していくとある転機が訪《おとず》れる。シノが将来美容師になるため隠《かく》れて勉強していることを、サキが知ってしまったのだ。

このまま全ての怪物《かいぶつ》を倒《たお》せば、誰《だれ》も自分を傷つける者はいない、理想の「夜の世界」が手に入る。親友のシノともずっと一緒《いっしょ》にいれるだろう。

しかし、この「夜の世界」で親友であるシノの夢が叶《かな》うことはない。かといって「夜の世界」を諦《あきら》めれば、文字通り夢は覚め、親友シノとの道は分かたれる。そしてたった一人、厳しくて、ひどくつまらない現実と戦わなくてはならない。

この究極の選択《せんたく》に、サキは苦悩《くのう》した。逃《に》げ出《だ》そうとさえした。

そんな中、シノは彼女《かのじょ》の選択《せんたく》を強要するようなことはついぞ一言も口に出さなかったが、最後に、この台詞《せりふ》をサキへと送ったのだ——

「——静かな夜を往《ゆ》くのは貴方《あなた》だけではない、だよね」

突然《とつぜん》頭上から声が聞こえてきて、俺《おれ》ははっと我に返った。

見るとテーブルを挟《はさ》んで向かい側、いつの間にかそこで頬杖《ほおづえ》をついて、こちらを見つめる女性の姿がある。

編《あ》み込《こ》んだ髪《かみ》の毛《け》に華奢《きゃしゃ》な体つき——農産マネージャーのナモちゃんだ。

「えっ、あれ……ナモちゃん？　いつの間に……？」

「ずっといたよ？　筆塚《ふでづか》君、よっぽど熱中してたんだね？」

「熱中……？」

……まさか俺《おれ》は時間を忘れるほどこの小説に没頭《ぼっとう》していたのか？　そんな経験は生まれて初めてだった。

「時間!?」

はっとなって腕時計《うでどけい》を見て——再び驚《おどろ》いた。

なんと文庫本を1冊読み終えたというのに、まだ1時間経《た》っていない。

学生時代はどれだけ薄《うす》い文庫本でさえ1日かけてだらだらと読むような人間だったので、これも初めての経験だった。

ナモちゃんはそんな俺《おれ》の様子を見て、どうしてか嬉《うれ》しそうに口元を緩《ゆる》めていた。

「筆塚《ふでづか》君って小説読むんだねぇ、なんか意外だった」

「俺《おれ》もたまには小説ぐらい読むよ……というかなんでそんなに嬉《うれ》しそうなの？」

「そりゃ自分の好きな小説を、誰《だれ》かが時間を忘れるぐらい熱中して読んでたらこんな顔にもなるよ、なにを隠《かく》そう、私は文学少女なのです」

何故《なぜ》か誇《ほこ》らしげに言うナモちゃん。しかし、俺《おれ》が興味を惹《ひ》かれたのは「文学少女」の部分ではない。

「……ナモちゃん、これ読んだことあるの？」

「もっちろん！　名作だよねぇ」

……俺《おれ》には文学作品の優劣《ゆうれつ》を定めるほどの芸術的素養はない。実際、今まで読んできた数少ない小説の数々は、どれも俺《おれ》にとっては素晴《すば》らしい作品だった。

しかし、これだけは次元が違《ちが》う。

「傑作《けっさく》です」

はっきりと断言すると、ナモちゃんはうんうんと、まるで自分のことのように頷《うなず》いた。

「朝日《あさひ》カンナは天才だよ、間違《まちが》いなく。だって知ってる？　朝日《あさひ》カンナ、これを書いた時にまだ高校生だったんだよ？　信じられる？」

「……知りませんでした」

本当は知っていた。知っていたからこそここまで驚《おどろ》いているのだ。

「当時はすごい話題になったんだよ？　まだハタチにもなっていない女子高生が新人賞を取ってデビューして――しかもすごくかわいい子でね！　色んなところから取材されてて、文学少女としては憧《あこが》れたなぁ……ほら、これとか……」

ナモちゃんは自前のスマホをたどたどしく操作する。そしてたっぷり時間をかけて、ようやく目当てのものを見つけたらしく、俺《おれ》に画面を向けてくる。

そこに映っていたのは——驚《おどろ》いた。今と比べればずっと幼い印象だが、間違《まちが》いなく彼女《かのじょ》だ。高校の制服に身を包んだ黒髪《くろかみ》の朝日《あさひ》さんが記者のインタビューに答えている。

ネットに画像が出回っているのか、彼女《かのじょ》は。

「可愛《かわい》いよね〜、黒目なんてこんなに大きくて、まるでリスみたいでしょ！」

「そ、そうですね……」

「それで小説まで上手《うま》いんだからすごいよね〜。なんていうか、デビュー作には彼女《かのじょ》の言葉にできないパワーみたいなのが、ぜーんぶ詰《つ》め込《こ》まれてたの、読者を物語の世界に引《ひ》きずり込《こ》むような重力？　引力？　とにかくそういうものがあって、私もずいぶんハマったなぁ」

「今しがた身をもって体験したよ」

「——ただまぁ、天才の宿命ってヤツかなあ？　彼女《かのじょ》デビュー作で枯《か》れちゃったんだよね」

……枯《か》れた？

ナモちゃんの口から飛び出した予想外の台詞《せりふ》に、俺《おれ》は眉《まゆ》をしかめる。

「それどういう意味？」

「……あ、ごめん、まだ読んでない筆塚《ふでづか》君にこんなこと言っちゃ……」

「いいから教えて」

俺《おれ》は食い気味に尋《たず》ねた。こればかりは聞いておかないといけない気がしたのだ。

ナモちゃんは少しばつが悪そうにしながらも、ゆっくりと語り出した。

「……まぁ、私個人としての感想もそうなんだけど……世間一般《いっぱん》の評価としてね？　朝日《あさひ》カンナの2作目――『明日の放課後、昨日の君に恋文《こいぶみ》を』は凡作《ぼんさく》って言われてて、正直1作目のファンからは、その、丸くなったって……」

「丸くなったっていうのは？」

「……1作目と比べて、いわゆる大衆ウケを狙《ねら》ったような作品だったんだよ、2作目は」

大衆ウケ……その単語を聞いただけで、俺《おれ》は驚《おどろ》きを隠《かく》せなかった。

何故《なぜ》なら『静かな夜を往《ゆ》く』は、朝日《あさひ》カンナの持つ独特な世界観や、独特な文章リズムなどがこれでもかと光っていたが……はっきり言って全く大衆ウケする内容ではなかった。

俺《おれ》の好みに奇跡《きせき》的に刺《さ》さっただけで、きっとあの作品を受け入れられない層の方が大半であるはずだ。

それが突然《とつぜん》2作目で大衆ウケに舵《かじ》を切るとは、ずいぶん思いきった決断だ。

「もちろん、朝日《あさひ》カンナにも思うところがあったのかもしれないよ？　でも、結果として失敗した。『明日の放課後、昨日の君に恋文《こいぶみ》を』は凡作《ぼんさく》として、特に話題にもならなかったんだよ」

「……次は出てないの？」

「出てないねえ、私も待ってはいるんだけど……もう筆折っちゃってるかも。まぁそれも仕方ないよ、最初の頃《ころ》は天才美人女子高生小説家ってことであれだけ持《も》て囃《はや》されたのに、話題になったのはデビュー作だけだもん、あんな扱《あつか》いされたら、私なら立ち直れないな」

その言葉を最後に、ナモちゃんは話を締《し》めくくる。

腕時計《うでどけい》へ視線を落とすと、時計の針はもうすぐ1周しようとしていた。

「……ナモちゃんありがとう、色々教えてくれて。そろそろ休憩《きゅうけい》時間終わるし、俺《おれ》、売り場に戻《もど》るよ、おつかれさま」

「うん！　今度また小説トークしようね！　なんてったって私は文学少女だから！」

ナモちゃんが自慢《じまん》げに言って、ひらひらと手を振《ふ》ってくる。俺《おれ》は申し訳程度に手を振《ふ》り返して、売り場へと向かった。

胸の内にはもやもやとしたなにかがつっかえている。

どうして朝日《あさひ》さんは俺《おれ》に自分の書いた小説を読んでほしがったのだろう？

どうして朝日《あさひ》さんは俺《おれ》に二つの小説を読み比べて、優劣《ゆうれつ》をつけるように頼《たの》んできたのだろう。

どうして朝日《あさひ》さんは俺《おれ》に『静かな夜を往《ゆ》くのは貴方《あなた》だけではない』と言ったのだろう。

分からないことだらけだが、とにかくその手の考えは全て振《ふ》り払《はら》った。

切《き》り替《か》えよう、今は仕事、仕事だ。

「しかし一体どういう風の吹《ふ》きまわしだろうねぇ、墨田《すみだ》さん」

筆塚《ふでづか》マネージャーの休憩《きゅうけい》時間中、大典《おおのり》さんが商品整理の片手間にそんなことを口にした。

余談だが、こういう風に話題を振《ふ》るのはいつもきまって大典《おおのり》さんだった。

十中八九それは筆塚《ふでづか》マネージャーのことを指しているのだろう。

「おおかた、課長にでも詰《つ》められたんじゃない？　今度の周年祭までに結果を出せって」

私もまた商品整理の片手間で無難に答える。大典《おおのり》さんはイマイチ納得《なっとく》のいかなそうな表情だ。

「今更《いまさら》？　柴田《しばた》課長は特にマネージャーのこと嫌《きら》ってるし、よくちょっかいかけてたじゃない。それがなんで今になって急にやる気になったのかしら」

「言われてみれば……」

あの胡散臭《うさんくさ》い課長が、マネージャーに対してなにか特別な感情を抱《いだ》いているのは従業員の間では周知の事実だった。

「文月《ふづき》ちゃんはどう思う？」

大典《おおのり》さんがレジ周りで作業をする文月《ふづき》ちゃんに話を振《ふ》った。

彼女《かのじょ》は明らかにむすっとした表情になって、

「興味ありません」

ばっさりと切り捨てた。

さっきマネージャーが課長に絡《から》まれていた時も見て見ぬふりであったし、彼女《かのじょ》のマネージャー嫌《ぎら》いも筋金入りだ。

まぁ、彼女《かのじょ》にはそれだけの理由があるので、私たちも無理に諭《さと》したりするつもりはないが。

「じゃあ、なにが原因なのかしらね」

私も特に気にしていなかったのに、大典《おおのり》さんがそんなことを言うものだから、俄然《がぜん》興味が湧《わ》いてしまった。なにを隠《かく》そう、私たちパートは根本的にこの手のゴシップが大好物なのだ。

「……やっぱり女でもできたのかしら」

大典《おおのり》さんがにやりと笑う。私たちの推理は、たいていこっちの方向へ転がりがちだ。

「……あり得《う》るわね」

私もまたにやりと笑う。この手の話は何度繰《く》り返《かえ》しても面白《おもしろ》いのだから不思議だ。しかし、今日はいつもと勝手が違《ちが》った。

「――そういえば、昨日売り場にマネージャーのことを目で追っている女の子がいたねぇ」

近くを通りがかった瀬形《せがた》さんがさらりと言った。重要参考人の登場だ。

「あの感じはたぶん女子大生かなぁ、ずっと商品棚《しょうひんだな》の陰《かげ》からマネージャーのことを見つめてさぁ」

「それ私も見た！」

「えっ⁉　マネージャーって女子大生と付き合ってるの⁉」

こうなったらもうおしまいだ。

こういった噂話《うわさばなし》に真偽《しんぎ》はさして重要ではない。面白《おもしろ》いか面白《おもしろ》くないのかが重要なのだ。

「マネージャー、ぼけっとしてそうなのに意外とやるわね」

「女子大生って年上に幻想抱《げんそういだ》くお年頃《としごろ》だもんねぇ」

「爛《ただ》れた関係？　爛《ただ》れた関係？」

私たちは客足が少ないのをいいことに、この話題できゃいきゃいと盛り上がった。そんな時、私はふいにあることに気付いてしまう。

さっきあれだけ興味なさそうにしていた文月《ふづき》ちゃんが、あからさまに聞き耳を立てているのだ。

「……やっぱり文月《ふづき》ちゃんも興味あるんじゃない」

「なっ……！」

図星だったのだろう。文月《ふづき》ちゃんの顔が見る見るうちに紅潮していく。

「そっ、そんなわけないじゃないですか気持ち悪いっ!!　マネージャーが誰《だれ》と付き合おうがどうだっていいです！　大体、あの人が女子大生と付き合えるわけないじゃないですか！　まったく……本当に……！」

「大典《おおのり》さん聞いた？　あの人だって」

「あら墨田《すみだ》さん知りませんの？　文月《ふづき》さんはマネージャーのことならなんでも知っていますのことよ」

ウフフ、オホホ、と文月《ふづき》ちゃんを煽《あお》ってみる。分かりやすく動揺《どうよう》するものだから、文月《ふづき》ちゃんをいじるのは面白《おもしろ》い。これは文具部門での共通認識《にんしき》だ。

そんな時、瀬形《せがた》さんがいつもの間延びした口調で言った。

「じゃあ、確かめてみるぅ？」

皆《みな》の視線が、瀬形《せがた》さんに集中する。

彼女《かのじょ》はいつも通り猫《ねこ》みたいに人懐《ひとなつ》っこい笑《え》みを浮《う》かべながら言った。

「仕事終わったらみんなでマネージャーの跡《あと》を尾《つ》けてみようよぉ」

瀬形《せがた》さんはぱやぱやしているように見えて、たまにとんでもないことを言う。

これもまた文具部門での共通認識《にんしき》であった。

「今日はまた一段と冷えるなぁ……」

帰路の途中《とちゅう》、俺《おれ》は白い息を吐《は》き出《だ》して独り言《ご》ちた。呟《つぶや》いた独り言は、すぐにしんしんと降り積もる雪の中へ吸《す》い込《こ》まれて、静寂《せいじゃく》へ溶《と》けてしまう。

この不自然なぐらいの静けさが、いかにも一日の終わりというような感じがして、途端《とたん》にマヒしていた疲労《ひろう》感が押《お》し寄《よ》せてきた。

しかし嫌《いや》な疲《つか》れではない。心地《ここち》よい達成感を伴《ともな》った疲《つか》れだ。

「……ふふ」

気持ち悪いことだと分かっているのに、今日のことを思い出して思わずにやけてしまった。だって仕方がない。文具部門に移ってから、あんなにも楽しく仕事ができたのは今日が初めてだったのだ。

こんなにも晴れやかな気分はいつ振《ぶ》りだろう。道が凍《こお》っていなければ、スキップだってしてしまいそうなほどだ。

——例の商品整理は、墨田《すみだ》さんと大典《おおのり》さんが手伝ってくれてからというもの、劇的に進んだ。さすが歴戦のパートさんというべきか、その手際《てぎわ》の良さには舌を巻いた。

この分なら十分、周年祭までに間に合う。万全《ばんぜん》の状態で周年祭を迎《むか》えることができる。そうすれば、俺《おれ》も心置きなく尾本《おもと》店を去れるはずだ。

ただ……。

「……こんなことならもう少しいたかったな、文具」

贅沢《ぜいたく》な話だ。今日文具部門の皆《みんな》と仕事をしてみて、助平心《すけべいごころ》が出てきてしまった。

もっと皆《みんな》と仕事をしてみたかったし、もっと皆《みんな》のことを知りたかった。もし、もっと早くに俺《おれ》が彼女《かのじょ》らと打ち解けられていれば、文具の数字も今ほどまでは落ち込《こ》まず、ジャロワナ支店行きなんて話自体なかったのかも……。

俺《おれ》は途中《とちゅう》でそんな考えを振《ふ》り払《はら》う。

たられればの話をしていても仕方がない。俺《おれ》にできるのは、残された時間でやるべきことをやるだけだ。

そんなことを考えている内に、たいして好きでもないボロアパートへ帰りついた。薄《うす》く雪の積もった外階段をさくさく上る。蛍光《けいこう》灯の切れかけた薄暗《うすぐら》い廊下《ろうか》へ入る。そして……足を止めた。視線の先に彼女《かのじょ》の姿があったのだ。

まるであの日の再現のように、切れかけた蛍光灯《けいこうとう》の下でうずくまる、朝日《あさひ》さんの姿が。

「……筆塚《ふでづか》さん」

朝日《あさひ》さんがこちらに気付いて、小さな声で俺《おれ》の名前を呼ぶ。

きっとまた相当長い時間外にいたのだろう。丸まったダッフルコートの背中は小刻みに震《ふる》えている。

どうして？　まさかまた鍵《かぎ》を取りに行くのを忘れたわけじゃ……。

そこまで考えてから異変に気付いた。

それを察してか、朝日《あさひ》さんは「えへへ」とおどけた笑《え》みを作って、

「バレちゃいました？　恥《は》ずかしいです……やっぱり私、稀代《きたい》の大間抜《おおまぬ》けかもしれません。また鍵《かぎ》取りに行くの忘れちゃいまして、部屋に入れなく――」

「どうして嘘吐《うそつ》くんだ」

俺《おれ》が言うと、彼女《かのじょ》はそれきり押《お》し黙《だま》ってしまう。

どうして、そんな見《み》え透《す》いた嘘《うそ》を吐《つ》いたんだ。

そんな赤く泣き腫《は》らした目をしておきながら。

「……とりあえず部屋入りなよ」

俺《おれ》が言うと、朝日《あさひ》さんは小さくこくりと頷《うなず》いた。

しかし、いつまで経《た》っても動き出す気配がない、どうやら自力で立ち上がれないらしい。俺《おれ》は彼女《かのじょ》に肩《かた》を貸して、部屋の中へ導いた。

そしてそのままソファへ彼女《かのじょ》を座《すわ》らせ、上からブランケットをかけてやる。彼女《かのじょ》の身体《からだ》は哀《あわ》れなほどに震《ふる》えていた。どうやら寒さのせいだけではないらしい。

「すみません……筆塚《ふでづか》さん、私……私は……っ」

朝日《あさひ》さんが震《ふる》える声でなにかを伝えようとしてくる。唇《くちびる》は血の気が引いて青ざめており、意志の強さを感じさせる黒目がちな瞳《ひとみ》は今、恐怖《きょうふ》に濡《ぬ》れていた。

そんな有様《ありさま》でも、喉《のど》を引きつらせながら必死でなにかを伝えてこようとする朝日《あさひ》さんを見ていたら――気がついたときには身体《からだ》が動き出していた。

「――さあ本日使う食材はこちら！　でん！　鹿児島産の豚《ぶた》バラブロック！　イエーイ！」

俺《おれ》はレジ袋《ぶくろ》の中から今日買ってきたソレを取り出して、高らかに言う。

底抜《そこぬ》けに明るい芝居《しばい》がかった口調、過剰《かじょう》な身振《みぶ》り手振《てぶ》り。それはいつも画面の中で明るく振《ふ》る舞《ま》う、料理系ユーチューバーの真似事《まねごと》であった。

「へっ……？」

これにはさすがの朝日《あさひ》さんも意表を突《つ》かれたのだろう、呆《ほう》けたようにソファから俺《おれ》を見上げている。

「えー！　今日作る優勝ごはんは、俺《おれ》の大好きな煮豚《にぶた》の山椒風味《さんしょうふうみ》！　普段《ふだん》は200gから300gでお腹《なか》いっぱいって感じなんですけども……もうね、せっかくだからこれ全部使っちゃいましょう！　はい！」

俺《おれ》はキッチンに立って、このテンションを保ったまま料理を進める。

豚肉《ぶたにく》は塊《かたまり》のままフライパンで表面に軽く焼き色がつくまで火を通し、熱湯にくぐらせて余分な油を落とす。鍋《なべ》に水、しょうゆ、みりん、砂糖、料理酒、にんにく、しょうがなどを入れてタレを作り、沸騰《ふっとう》したら豚《ぶた》バラを投入、ここから大体30分ほど煮詰《につ》めていく。

いつも一人静かにやる料理を、できる限り面白《おもしろ》おかしく、滑稽《こっけい》に。

そんな風に続けていると……

「……ふふっ」

朝日《あさひ》さんが笑った。とても自然な笑《え》みだった。

「ふふ……筆塚《ふでづか》さん、なんですかそれ？」

「料理系ユーチューバーのモノマネ……」口にしたら途端《とたん》に冷静になって顔から火が出そうな

ぐらい恥《は》ずかしくなった。「……俺《おれ》、仕事で疲《つか》れた時とかよく家でユーチューブ観ながら飯食べてるから、その、元気出るかと思って」

「出ました、出ましたよ」

悪戯《いたずら》っぽく笑う朝日《あさひ》さんを見て少しほっとした。いやまぁ未《いま》だに動悸《どうき》がおかしくなるぐらい恥《は》ずかしいけれど、この際目を瞑《つぶ》ろう。あぁ、もう二度とやらん。

「……そんなことをしなくても、筆塚《ふでづか》さんが普通《ふつう》に料理を作ってくれるだけで、たぶん私は元気になりましたよ」

「朝日《あさひ》さんそんなにお腹減《なか》ってたの？」

「そ、そういう意味じゃありません！　筆塚《ふでづか》さんは私をなんだと思ってるんですか……」

腹ペコ女子大生……とはさすがに口に出さない。

すると、彼女《かのじょ》は少しばかり気恥《きは》ずかしそうに言った。

「……私、好きなんです、筆塚《ふでづか》さんが料理を作っているのを見るのが」

俺《おれ》が料理を作っているのを見るのが好き？　予想していなかった告白に首を傾《かし》げる。

「別に面白《おもしろ》いことなんてなにもしてないけど」

「それがいいんじゃないですか。筆塚《ふでづか》さんがキッチンに立って料理をしているのを見ると……なんだか筆塚《ふでづか》さんと家族になったみたいで、落ち着きます」

「えっ？」

「……あっ⁉　べ、別に変な意味じゃありませんよ⁉」

「安心したよ」

危《あや》うく好きになるところだった。

その台詞《せりふ》、どうやったら変な意味以外でとれるんだ、チクショウ。

俺《おれ》が胸の内にモヤモヤを抱《かか》えることとなってしまった一方で、朝日《あさひ》さんは落ち着きを取《と》り戻《もど》したらしい。ふぅと一つ息を吐《は》いて、語り出した。

「……今日、例の居酒屋へ電話を入れました」

「居酒屋……鍵《かぎ》を忘れたところだっけ」

「はい、一応事前に確認《かくにん》しておこうと思って……」

賢明《けんめい》な、というよりは至極《しごく》当然の行動だ。いざ出向いてみて「ありませんでした」では二度手間である。しかし、今の彼女《かのじょ》の状況《じょうきょう》から考えるに……

「なかった、って？」

朝日《あさひ》さんがこくりと頷《うなず》いた。

「そういった忘れ物は届いていない、だそうです。電話を取ったアルバイトの女性が、わざわざもう一度探してくれましたが、やはり見当たらなかったようで……」

「なら朝日《あさひ》さんの記憶《きおく》違《ちが》いで居酒屋の帰りに落としたんじゃ？」

「……私もそう思いました。それならそれで対処のしようはいくらでもあります。交番へ遺失物届を提出して、大家さんに事情を説明してスペアキーを借りて、一通り終えたらアパートまで戻《もど》ってきました、そして……」

ここで朝日《あさひ》さんはぶるりと身体《からだ》を震《ふる》わせる。再び顔から血の気が失《う》せ始めていた。

「そして……部屋の鍵《かぎ》を開けようとしたんです……開けようとしたのに、鍵《かぎ》が……」

「まさか」朝日《あさひ》さんの反応を見て、最悪の予想が頭をよぎる。

「開いてたのか？　部屋の鍵《かぎ》」

朝日《あさひ》さんが静かに頷《うなず》いた。小さな身体《からだ》が痛々しいほどに震《ふる》えている。

「……私は間違《まちが》いなく鍵《かぎ》をかけましたし、鍵《かぎ》がかかっていることは昨日も一昨日《おととい》も、確認《かくにん》したんです……でも、開いてました……」

「……泥棒《どろぼう》？」

「分かりません……外から見た感じは特に荒《あ》らされたような様子はありませんでしたが……私、もう怖《こわ》くて、訳が分からなくて……！」

朝日《あさひ》さんが今にも泣き出しそうな声で言う。

ここでようやく繋《つな》がった、朝日《あさひ》さんは部屋の前でしゃがみ込《こ》んでいたのではない、恐怖《きょうふ》から腰《こし》を抜《ぬ》かしてしまっていたのだ。

一体いつからああしていたのかは分からないが、俺《おれ》が帰ってくるまでの間、彼女《かのじょ》がどういう気持ちだったのかは察するに余りある。

恐《おそ》ろしかっただろう。心細かったのだろう。少なくともあんなところに何時間もうずくまってしまうほどだ。およそマトモな精神状態ではない。

「犯人に心当たりはある？」

朝日《あさひ》さんがふるふると何度も首を横に振《ふ》った。どうやら見当もつかないらしい。

こうなってくると本格的にマズイ。正体の分からない何者かが、朝日《あさひ》さんの落とした鍵《かぎ》を回収して、そのまま朝日《あさひ》さんの部屋を開錠《かいじょう》したということである。目的は分からないが、それは立派な犯罪行為《こうい》だ。

俺《おれ》まで全身から血の気が引いていくような感覚に陥《おちい》る、そんな時のことだ。外から物音がした。

朝日《あさひ》さんの肩《かた》がびくりと跳《は》ね、俺《おれ》もまたほとんど同時に身体《からだ》を強張《こわば》らせた。

そして互《たが》いに目を見合わせる。ただならぬ緊張感《きんちょうかん》が漂《ただよ》っていた。

「ふ、筆塚《ふでづか》さん……！」

朝日《あさひ》さんが震《ふる》える声で言う。

集合住宅なのだから物音の一つぐらいいつものことだろう、と言いたいところだが、おかしな点が二つある。まず、今の時刻は深夜0時に差《さ》し掛《か》かろうというところ。そしてもう一つ——物音はドアのすぐ前からした。

「……朝日《あさひ》さん、待ってて」

「だ、ダメです筆塚《ふでづか》さん……！」

俺《おれ》は朝日《あさひ》さんの制止を振《ふ》りきって、音を立てないようゆっくりとドアへにじり寄る。

全身から嫌《いや》な汗《あせ》が滲《にじ》んでいたが――今は怒《いか》りが勝った。ただ普通《ふつう》に生きているだけの彼女《かのじょ》を理不尽《りふじん》な恐怖《きょうふ》に曝《さら》す何者かを、許せないという気持ちの方が強かった。

俺《おれ》はドアノブに手をかける。空気が限界まで張《は》り詰《つ》めた。俺《おれ》は唾《つば》を呑《の》み込《こ》み、そして――ドアノブを捻《ひね》った。

「――うわっ⁉」

俺《おれ》がドアノブを捻《ひね》るのと同時に勢いよくドアが開き、そして女性たちの短い悲鳴が聞こえてくる。

どうやら彼女《かのじょ》らは揃《そろ》ってドアに寄りかかっていたらしい。ドアを開かれたことで驚《おどろ》いて後ろへひっくり返って、ドミノ倒《たお》しになり、玄関《げんかん》先で積み重なった。

「痛ったぁ～～……」

「せ、瀬形《せがた》さん、苦しい……」

「だから辞《や》めようって言ったんですよ！」

彼女《かのじょ》ら――そう、ドアの向こうにいたのは俺《おれ》のよく知る人物たちだったのだ。

「なにやってるんですか、皆《みな》さん……？」

俺《おれ》がおそるおそる尋《たず》ねると、この不格好な団子の中から、墨田《すみだ》さんがこちらを見上げながらヘタクソな誤魔化《ごまか》し笑いを浮《う》かべた。

「あ、ははは、お疲《つか》れさま筆塚《ふでづか》マネージャー」

パートの墨田《すみだ》さん、大典《おおのり》さん、瀬形《せがた》さん、そして文月《ふづき》さん……実に数時間ぶりの再会であった。

「……とりあえず上がりますか？」

寿

深夜1時——今、俺《おれ》の目の前に信じ難《がた》い光景が広がっていた。

「——筆塚《ふでづか》マネージャー、この豚《ぶた》、かなり丁寧《ていねい》に脂《あぶら》を取ってるわね」

大典《おおのり》さんが器《うつわ》に盛りつけられた煮豚《にぶた》の山椒風味《さんしょうふうみ》を指して言った。

なんだろう……大典《おおのり》さんの表情が仕事をしている時よりもずっと真剣《しんけん》に見える……

「……焼き色をつける際に余分な油をキッチンペーパーでこまめに吸っています。あとは熱湯に1分ほど浸《つ》けました」

「なるほど、それでこんなにさっぱりと……振《ふ》りかけられた山椒《さんしょう》も爽《さわ》やかだし、つまみに最適……でも、それならもっと……」

なにやら大典《おおのり》さんが一人でぶつぶつと言い始めて、また煮豚《にぶた》を一口。右手には寿《ことぶき》びいるが握《にぎ》られていることも補足しておこう。

……酔《よ》ってるのかな？　大典《おおのり》さん……

「——大典《おおのり》さんは元家政婦だからねぇ、そういうの気になっちゃうんだよぉ」

俺《おれ》の疑問に答えたのは、瀬形《せがた》さんであった。

彼女《かのじょ》に至っては、寿《ことぶき》びいるをちまちまと舐《な》めながら一人で俺《おれ》の「餓鬼《オリエント・デビル》2」をプレイしている。マイペースとは彼女《かのじょ》のことを言うんだろうな、と思った。

というか瀬形《せがた》さんゲーム上手！　なにそのコントローラー捌《さば》き!?

「筆塚《ふでづか》マネージャー！」

瀬形《せがた》さんの鮮《あざ》やかなプレイングに魅《み》せられていると、突然《とつぜん》名前を呼ばれた。この声は文月《ふづき》さんだ。それにしても彼女《かのじょ》から名前を呼ばれるなんて珍《めずら》しいな……なんて思いながらそちらを振《ふ》り向《む》いて、ぎょっとした。

何故《なぜ》ならいつも澄《す》ました文月《ふづき》さんの顔面が、梅干しぐらい真っ赤になっていたからだ！

「ふ、文月《ふづき》さんそれ大丈夫《だいじょうぶ》なの……？」

「なにがですか」

文月《ふづき》さんがむすっとした表情で言いながら寿《ことぶき》びいるを呷《あお》る。俺《おれ》の記憶《きおく》が確かなら、あれが1本目のはずなのだが……

「いや、その呑《の》みすぎじゃないかと……」

「マネージャーはまたそうやって誤魔化《ごまか》すんですよね、今はそんな話してないでしょう⁉」

「ええ……」

「今、大事なのは筆塚《ふでづか》マネージャーと彼女《かのじょ》がどういう関係か、ってことですよ！」

彼女《かのじょ》、と言って文月《ふづき》さんは、ソファに座《すわ》る朝日《あさひ》さんを指さした。

ちなみに朝日《あさひ》さんはというと、今まさに墨田《すみだ》さんとの人生相談の真っ最中であり、こちらの会話には気付いていない。

「……さっき説明したでしょ？」

俺《おれ》は訝《いぶか》しみながら言った。

曰《いわ》く「筆塚《ふでづか》マネージャーが部屋に女子大生を連《つ》れ込《こ》んでいるらしい」という噂《うわさ》（ほぼ真実）の真偽《しんぎ》を確かめるため、俺《おれ》の跡《あと》を尾《つ》けてきたという文具部門の名探偵《めいたんてい》一行。

俺《おれ》は先ほど、朝日《あさひ》さんが俺《おれ》の部屋に通うようになった経緯《けいい》の一部始終を彼女《かのじょ》らへ根気強く説明し、一応の納得《なつとく》を得ていた。つまり説明義務は果たしたはずなのだ。

しかし名探偵《めいたんてい》文月《ふづき》さんは、なにやらまだ不服なようで……

「本当に、ホントー――になにもないんですか？」

「本当だよ」

「……信用できませんね！　だって筆塚《ふでづか》マネージャー嘘吐《うそつ》きですもん！　ねぇ瀬形《せがた》さん！」

なにやらぷりぷり怒《おこ》り出した上、今度は瀬形《せがた》さんにまで絡《から》み始めた。

彼女《かのじょ》は絡《から》み酒なのだろうか？　素面《しらふ》の文月《ふづき》さんからこんなに話しかけられたことなんて一度もなかったが……なんて悲しい気づきまで得てしまった。

ちなみに瀬形《せがた》さんはゲームに夢中で文月《ふづき》さんの方へは見向きもせず「あー、うん、そうかもねぇ～」なんて適当な相槌《あいづち》を打っている。

——とまぁこんな感じで俺《おれ》の部屋は今、混沌《こんとん》を極《きわ》めていた。

偶然彼女《ぐうぜんかのじょ》らは俺《おれ》に問いただしたいことがあり、偶然彼女《ぐうぜんかのじょ》らが部屋に押《お》し入《い》ってきたすぐ後に料理が完成して、偶然《ぐうぜん》大量のビールが冷蔵庫で冷えていた。

これらの偶然《ぐうぜん》が重なった結果、俺《おれ》の部屋は酒盛りの会場と化してしまった。

もはや彼女《かのじょ》らは当初の目的なんて忘れて、ただただ好き勝手に酒を酌《く》み交《か》わしていた。

どうしてこんなことに……

「——本当にムカつくわね！」

突然《とつぜん》、朝日《あさひ》さんの話を聞いていた墨田《すみだ》さんが声をあげる。

何事かと思えば、墨田《すみだ》さんはそのまま俺《おれ》に絡《から》んできた。

「アンタ考えられる⁉　こんな健気《けなげ》な子を怯《おび》えさせるような卑劣漢《ひれつかん》がいるのよ、この世には！本当に腹立つ！」

墨田《すみだ》さんは憤慨《ふんがい》して、手元の寿《ことぶき》びいるを一気に飲み干し、次を開栓《かいせん》する。墨田《すみだ》さんはこれで5本目だが「呑《の》みすぎですよ」とは指摘《してき》できなかった。酔《よ》っぱらった墨田《すみだ》さんはなんだかいつにもまして怖《こわ》い。

「さっきも言ったけど、まずは警察に連絡《れんらく》！　あと大家さんに言って鍵《かぎ》を取《と》り替《か》えてもらう！　分かった朝日《あさひ》ちゃん⁉」

「わ、わかりました……ありがとうございます墨田《すみだ》さん」

「本当に可愛《かわい》いわねアンタは！」

一体いつの間に打ち解けたのだろう。酔《よ》っぱらった墨田《すみだ》さんが、まるでお気に入りのぬいぐるみに対してやるように、朝日《あさひ》さんの頭をわしゃわしゃと撫《な》でまくっていた。

朝日《あさひ》さんは困ったような、しかし満更《まんざら》でもないような笑《え》みを浮《う》かべながら、煮豚《にぶた》の山椒風《さんしょうふう》味《み》を口へ運んでいる。

あれだけもみくちゃにされても食べることは忘れていないのだから、さすがは腹ペコ女子大生という感じだ。

「ほら遠慮《えんりょ》なんかしないでもっと食べなさい！　しっかり食べとかないといざって時に犯人をぶっ飛ばせないわよ！」

「ぶ、ぶっ飛ばしませんよ！」

朝日《あさひ》さんは否定しながらも、誰《だれ》よりも食が進んでいる。初対面の相手が多いせいか酒はまだ1滴《てき》も口にしていないが、すっかりいつもの調子に戻《もど》ってしまったようだ。

人が増えて賑《にぎ》やかになったのがかえって良かったのかもしれない。

「聞いてるんですか筆塚《ふでづか》マネージャー！　ねぇ！　納得《なっとく》のいく説明をしてください！」

……少し賑《にぎ》やかすぎる気がしないでもないが。

そんなこんなで「お時間大丈夫《だいじょうぶ》ですか？」なんて聞くタイミングすら逃《のが》し、宴《うたげ》もたけなわ——俺《おれ》に絡《から》み続けていた文月《ふづき》さんが俯《うつむ》いたまま静かになった頃《ころ》、墨田《すみだ》さんが８本目の寿《ことぶき》びいるを呑《の》み干して、言った。

「ていうかさぁ、やっぱり私たちの予想は間違《まちが》ってなかったわけじゃないの」

あまりにも唐突《とうとつ》だったものだから、俺《おれ》は初めそれが自分に向けられた言葉とは思わず、反応するまで時間がかかってしまった。

「なにがですか？」

「アンタがやる気になった理由、私たちは女ができたからって言ったけど……」

そこまで言ってから、墨田《すみだ》さんは隣《となり》に座《すわ》る朝日《あさひ》さんの肩《かた》へ手を回した。朝日《あさひ》さんも朝日《あさひ》さんで嫌《いや》がる風な素振《そぶ》りも見せず、困ったように笑っている。やってることがキャバクラだ。

「実際、この子のおかげじゃん、感謝しなよ」

彼女《かのじょ》の発言になにより驚《おどろ》いていたのは、他でもない朝日《あさひ》さんだ。

「なに言ってるんですか墨田《すみだ》さん、むしろ迷惑《めいわく》ばかりかけて、筆塚《ふでづか》さんに感謝しなきゃいけないのは私の方で……」

「——ええ、墨田《すみだ》さんの言う通りです、感謝してますよ」

俺《おれ》は墨田《すみだ》さんの発言をあっさりと肯定《こうてい》する。朝日《あさひ》さんはまたも驚《おどろ》いたように両目を見開いて俺《おれ》を見た。そのとぼけた顔はまさしく寝耳《ねみみ》に水といった感じで、改めて彼女《かのじょ》は自覚がなかったのだなぁと分かり、俺《おれ》は苦笑《くしょう》した。

「朝日《あさひ》さんが初めて家に来た日、彼女《かのじょ》、酔《よ》っぱらって俺《おれ》になんて言ったと思います？」

「なんて言ったのよ？」

「あなたみたいな被害者《ひがいしゃ》意識の塊《かたまり》の下で働かされる人たちがかわいそう――ですって」

墨田《すみだ》さんはもちろん、大典《おおのり》さんに瀬形《せがた》さん、そしてこれを言った当の本人でさえ、目を丸くして俺《おれ》を見た。しばしの静寂《せいじゃく》があって……墨田《すみだ》さんが、堪《た》えきれなくなったように笑う。

「マジ⁉　朝日《あさひ》ちゃんコイツにソレ言ったの⁉　マジ⁉」

「……私たちでさえ言えないよぉそんなこと」

「朝日《あさひ》ちゃん、見かけによらず度胸あるね……」

「わ、私そんなこと言ったんですか⁉　全然記憶《きおく》ないんですが……⁉」

パートさんたちの尊敬の眼差《まなざ》しを一身に受けて、朝日《あさひ》さんがかあああっと顔を赤らめる。その反応がやけに面白《おもしろ》くて、俺《おれ》は笑ってしまった。

「彼女《かのじょ》のおかげですよ、彼女《かのじょ》の言葉がきっかけになって初心を思い出せました」

「アハハハハ！　そりゃ感謝しないといけないわ！　朝日《あさひ》ちゃん偉《えら》い！　おい被害者《ひがいしゃ》意識！反省しろ！」

「……」

言葉に詰《つ》まる俺をよそに朝日《あさひ》さんは、墨田《すみだ》さんにばしばしと肩《かた》を叩《たた》かれて、今にも羞恥《しゅうち》で爆発《ばくはつ》しそうな様子だ。そんな彼女《かのじょ》を見て皆《みな》が笑い、酒を呑《の》む。

思えば、彼女《かのじょ》らと酒を酌《く》み交《か》わすのは——もっと言えばプライベートで食事をともにするのは、初めての経験であった。

お互《たが》いがお互《たが》いの立場なんて関係なく、軽口を叩《たた》き、笑い合い、腹を割って話す。この短い時間の間で知れたこともたくさんある。

まず墨田《すみだ》さんは意外と面倒《めんどう》見のいい、いわゆる姐御肌《あねごはだ》で、どことなく末っ子気質な朝日《あさひ》さんと相性《あいしょう》がいい。

大典《おおのり》さんは元家政婦で、料理を始めとした家事全般《ぜんぱん》に一家言あるらしい。大典《おおのり》さんの品出しが異常に早く正確なのはこれの影響《えいきょう》かもしれない。

瀬形《せがた》さんはお酒が入っても相変わらずマイペースで、異常にゲームが上手《うま》かった。

そして文月《ふづき》さんは……絡《から》み酒。あと酒が回ると寝《ね》るタイプ。いきなり静かになったと思ったら、ソファに座《すわ》ってうなだれたますうすうと寝息《ねいき》を立てていた。

たった数時間で、彼女《かのじょ》らの意外な一面をいくつも垣間見《かいまみ》てしまった。こんなに楽しい呑《の》み会はいつぶりだったろうか。だけど、楽しさを感じれば感じるほど、やっぱりあの助平心《すけべいごころ》が頭をもたげてくる。

もっと、彼女《かのじょ》らと仕事をしたい――

「……皆《みな》さんは、次の周年祭で文具が昨対《さくたい》を取れると思いますか」

質問の体《てい》をとった弱音。

ぽろりとこぼれ出たその台詞《せりふ》に、一番驚《おどろ》いていたのは俺自身《おれじしん》だった。

一時停止でもかけられたかのように皆《みな》がぴたりと動きを止めて、俺《おれ》を見る。

――ヤバい、これは失言だ。

「す、すみません、俺《おれ》も酔《よ》ってるみたいで……忘れてくだ」

「――できるわよ」

「……えっ？」

聞き間違《まちが》いかと思った。そんなの無理に決まってるだろうと一笑《いっしょう》に付されるだろうと思っていた。

しかし、墨田《すみだ》さんは確かに言った。

俺《おれ》の目をまっすぐと見据《みす》えて、さも当然のように……

「昨対《さくたい》でしょ？　取れるわよ」

そう、さらりと言ってのけたのだ。

いや、墨田《すみだ》さんだけではない。

「取れるわよね、大典《おおのり》さん」

「次の周年祭まで……あと1か月ないぐらい？　まぁ、スケジュール的にカツカツだけどいけるでしょ、瀬形《せがた》さんはどう思う？」

「いけると思うよぉ」

大典《おおのり》さんも、瀬形《せがた》さんも、まるでそれがなんでもないことかのように言うので、俺《おれ》は驚《おどろ》きを隠《かく》せない。

「で、できるって……昨対《さくたい》ですよ⁉　要するに去年より売上を伸《の》ばすってことで……」

「そんなの分かってるわよ、できるって言ってんの私たちは」

「でも畜産《ちくさん》マネージャーに農産マネージャー、それに柴田《しばた》課長からも無理だろうって言われてたことで……」

「はっ！　マネージャーがなによ、課長がなによ！」

墨田《すみだ》さんが威勢《いせい》よく寿《ことぶき》びいるを飲み干す。これで実に9本目だ。

そして彼女《かのじょ》は威風堂々《いふうどうどう》、力強く言い放った。

「──私たちはねぇ！　若造のマネージャーよりも嫌味《いやみ》な課長よりも、あのアホな店長よりも誰《だれ》よりも長く！　尾本《おもと》店の文具売り場で戦ってんのよ！　その私たちができるって言ってんの！」

墨田《すみだ》さんは身を乗り出し、俺《おれ》に詰《つ》め寄《よ》る。

彼女《かのじょ》の瞳《ひとみ》には確かな自信と経験に裏打ちされた、まっすぐな輝《かがや》きが宿っていた。

「私たちも舐《な》められたもんね！　いいわやってやろうじゃない！　周年祭での昨対《さくたい》100％突破《とっぱ》！　売上を伸《の》ばすアイデアなら腐《くさ》るほどあるんだから！」

「……本当に」

胸《むね》の奥《おく》がざわざわする。

どうせ無理だと、期待するんじゃないと、そんな風に抑《おさ》えつけていたソレが、俺《おれ》の中で暴れている。

でも、こうなってはもう押《お》しとどめることなんて、不可能だった。

「本当に、できるんですか……」

――俺《おれ》は、この期に及《およ》んでどうしようもなく希望を持ってしまっている。

彼女《かのじょ》らとなら本当にできてしまうのではないか。成《な》し遂《と》げられてしまうのではないか。

そんな淡《あわ》い希望を、墨田《すみだ》さんは――肯定《こうてい》する。

「アンタが許可さえ出してくれればね、筆塚《ふでづか》マネージャー」

限界だった。

俺《おれ》は俯《うつむ》いて肩《かた》を震《ふる》わせる。熱いものが、下の瞼《まぶた》に溜《た》まっていくのを感じた。

……彼女《かのじょ》らに許されることは二度とないと思っていた。自分はそれだけひどいことをしたと、自覚していたつもりだった。

だからこそ俺《おれ》の頬《ほお》には数年ぶりに涙《なみだ》が伝った。

「ありがとうございます……俺《おれ》、頑張《がんば》ります……！」

「当たり前でしょ」

そう言って、墨田《すみだ》さんが力強くばしんと俺《おれ》の背中を叩《たた》いた。

痛いぐらいのソレは、きっと彼女《かのじょ》なりのエールだ。俺《おれ》はワイシャツの袖《そで》で涙《なみだ》を拭《ぬぐ》って、顔を上げる。そして宣言した。

「――次の周年祭で、文具は昨対《さくたい》を取ります」

墨田《すみだ》さん、大典《おおのり》さん、瀬形《せがた》さんが、力強く頷《うなず》く。

朝日《あさひ》さんはそんな俺《おれ》を暖かい目で見守っており、文月《ふづき》さんは俯《うつむ》いたますうすうと寝息《ねいき》を立て続けていた。

㊍

「朝日《あさひ》ちゃんはしばらくウチで預かるわ」

夜も深まり、さすがに明日もあるしお開きにしようと皆《みんな》で部屋の後片付けをしていたところ、墨田《すみだ》さんがおもむろにそんなことを言ってきた。あまりにも突然《とつぜん》の報告に、俺《おれ》は目をぱちくりさせる。

「それはまたどうして」

「どうしてって、鍵《かぎ》を取《と》り替《か》えるにも時間がかかるし、いつまた犯人が戻《もど》ってくるか分からないのに、このまま一人であの部屋に住まわせるわけにもいかないでしょ」

確かに……言われてみればその通りだ。

「朝日《あさひ》ちゃんの許可はもらったから、荷物をまとめて今日からでも」

「……墨田《すみだ》さんは大丈夫《だいじょうぶ》なんですか？」

「私は独り身だしね、あと私結構朝日《あさひ》ちゃんのこと気に入っちゃったから、嫉妬《しっと》しないでよね」

そう言って、墨田《すみだ》さんが俺《おれ》の脇腹《わきばら》を小突《こづ》いてくる。

ぐっ……酔《よ》っぱらってるせいで力加減ができてないぞ……

「だからアンタは気にせず仕事に集中しなさいよ。昨対《さくたい》、取るんでしょ？」

「……なにからなにまですみません、絶対に取りましょう、昨対《さくたい》」

「当たり前」

またも背中をばしんと叩《たた》かれる。普通《ふつう》にむせてしまった。

そんなやり取りもありつつ、一通り部屋の片付けも終わったところで……

「ねぇ、私アイス食べたくなっちゃったぁ」

ほとんど糸の切れた操《あやつ》り人形のようになってしまった文月《ふづき》さんに肩《かた》を貸しながら、瀬形《せがた》さんが言った。

彼女《かのじょ》もゲームをしながら（しかも驚《おどろ》くべきことにあの短時間でクリアしていった）相当酒を呑《の》んでいたはずだが、びっくりするぐらいいつもと変わらない調子なので、感嘆《かんたん》してしまった。

「近くにコンビニがありますよ、案内しましょうか？」

「いや、大丈夫《だいじょうぶ》だよぉ、大典《おおのり》さんも行く？」

「行く、墨田《すみだ》さんは？」

「私は朝日《あさひ》ちゃんの荷物まとめるのを待たないといけないし、いいわよ行っちゃって、家の方向も逆だし」

「そうね、じゃあ私たちは文月《ふづき》ちゃん送るから、先に帰ってるわ」

「じゃあマネージャーお邪魔《じゃま》しましたぁ、今度また新しいゲーム買ったら呼んでねぇ」

「……はい、お気をつけて」

また俺《おれ》より先にクリアされそうだな……なんて考えながら、彼女《かのじょ》らを見送る。結局文月《ふづき》さんは瀬形《せがた》さんに寄りかかったまま一言も発さなかった。……あれ、大丈夫《だいじょうぶ》なのか？

ともかく彼女《かのじょ》らを見送ったのち、俺《おれ》ははっとなって朝日《あさひ》さんの様子を窺《うかが》った。

思えば、今日はほとんど彼女《かのじょ》と言葉を交《か》わしていない。見ると彼女《かのじょ》は洗い物を片付けながら、欠伸《あくび》を噛《か》み殺《ころ》していた。

「朝日《あさひ》さん大丈夫《だいじょうぶ》？　代わろうか？」

「いえ……もう終わりますよ。ありがとうございます」

そう答える朝日《あさひ》さんはやはり眠《ねむ》たげで、しきりに瞬《まばた》きをしている。時間が時間なので、無理もない。

「すみません筆塚《ふでづか》さん、今日もこんな時間まで……」

「そんなの気にしないでよ、というかごめん、朝日《あさひ》さんがあんなに怖《こわ》い目に遭《あ》ったっていうのに、俺《おれ》ばっかり仕事の話で盛り上がっちゃって……」

「それこそ気にしないでください」

朝日《あさひ》さんが拭《ふ》き終えた食器を棚《たな》へ戻《もど》しながら、はにかんだ。

「私、筆塚《ふでづか》さんに会うまでは二度と呑《の》み会なんてしたくないって思ってたんですけど……今日は本当に楽しかったです。皆《みな》でお酒を呑《の》んで、お話して、笑って……不安なんて吹《ふ》っ飛《と》んじゃいました」

「それなら良かった。……これからは墨田《すみだ》さんのお世話になるんだって？」

「ええ、墨田《すみだ》さんにも頭が上がりません」

「なにかあったら俺《おれ》にも頼《たよ》ってくれていいからね？　しばらくはお隣《となり》さんじゃなくなるけど、それでもせっかく一緒《いっしょ》に酒を呑《の》んだ仲なんだから」

「……ふふ、ありがとうございます。私、いつまで経《た》っても筆塚《ふでづか》さんに恩を返しきれません……本当に、どうしても……」

くわぁ、と朝日《あさひ》さんが猫《ねこ》のような欠伸《あくび》をした。

もういい加減に眠気《ねむけ》も限界なのだろう。足元もおぼついていない。やっぱり俺《おれ》が代わろうかと提案しようとしたところ……

「――マネージャー、ちょっと」

墨田《すみだ》さんから呼びかけられた。なにかと思って振《ふ》り返《かえ》ってみると、墨田《すみだ》さんはこちらへちょいちょいと手招きをしている。俺《おれ》は素直《すなお》にこれに従い、彼女《かのじょ》の傍《そば》へ寄った。

「……どうしました？」

「私は今、酔《よ》っぱらってるから聞くんだけど」彼女《かのじょ》はそんな一風変わった前置きののち、俺《おれ》に問いかけてきた。

「マネージャー、本気でこれからも文具で働き続けたいと思う？」

「なんですか、いきなり？」

「いいから答えて」

そう言う墨田《すみだ》さんは、とても酔《よ》っているとは思えないほど神妙《しんみょう》な面持《おもも》ちだ。どうやらこれは単なる雑談ではないらしいと察して、俺《おれ》は真剣《しんけん》に答える。

「……もちろんです、これからも皆《みんな》と文具で頑張《がんば》りたいと思っています」

これは心からの願いだった。

ジャロワナになんか行きたくない、俺《おれ》はコトブキ尾本《おもと》店の文具売り場で、彼女《かのじょ》らとともに仕事を続けていきたい。

墨田《すみだ》さんは俺《おれ》の目を覗《のぞ》き込《こ》んで、その言葉が真実だと確かめると、再び「これは、私が酔《よ》っているから言うんだけど」と前置きをして、言った。

「――文月《ふづき》ちゃんの教育をしっかりしてあげて」

「えっ……」

予想外の台詞《せりふ》に、俺《おれ》は言葉を失ってしまう。

どうして今、文月《ふづき》さんの名前が……？

「マネージャー、文月《ふづき》ちゃんになにか社員らしいこと教えてあげたことある？」

「それは……」

墨田《すみだ》さんの詰問《きつもん》に、俺《おれ》は口を噤《つぐ》む。

……改めて言われてみればそうだ。俺《おれ》は今までずっと事務所での作業に追われ、直接文月《ふづき》さんになにかを教えたことは、数えるほどしかなかった。

「……でも、俺《おれ》は彼女《かのじょ》に嫌《きら》われてるみたいで」

「嫌《きら》われてようが好かれてようが関係ないの、あなたは彼女《かのじょ》の上司なんだから、なにがなんでも教えないとでしょ」

ぐうの音も出ない正論に胃が痛くなる。

そうだ、俺《おれ》は無意識に売り場に対してと同じく、初めてできた部下の文月《ふづき》さんにも距離《きょり》を置いてしまっていたのだ。

墨田《すみだ》さんは、静かに続ける。

「……実際、文月《ふづき》ちゃんが私たちパートと肩《かた》を並べて売り場で頑張《がんば》ってくれてるおかげで、助かってるの。それは本当にありがたい。——でもあの子は社員なの。いずれあなたみたいに部下を持って、それを使う立場になる。そうなった時に売り場での実践《じっせん》的な知識だけじゃ部下たちを導けない、アンタの持ってるような専門的な知識が要《い》る。だから——」

墨田《すみだ》さんはここで一呼吸空けて、もう一度、はっきりと言った。

「文月《ふづき》ちゃんの教育をしっかりしてあげて」

その言葉はなにより重く、深く響《ひび》いた。

文月

「文月《ふづき》ちゃんは、いつまで狸寝《たぬきね》入《い》りをしているつもりかなぁ」

コンビニへ向かう途中《とちゅう》、私に肩《かた》を貸した瀬形《せがた》さんが、おもむろに言った。

……彼女《かのじょ》は一体いつから気付いていたのだろう。

なにはともあれ、私は観念して頭を上げる。

「文月《ふづき》ちゃんも強情《ごうじょう》ね」

隣《となり》を歩く大典《おおのり》さんが、なにやら含《ふく》みを持たせた口調で言う。

いつから気付いていたのか、じゃないな。きっと彼女《かのじょ》らには、全部お見通しなのだ。

「いい加減、マネージャーのこと許してあげればいいのにぃ」

「……冗談《じょうだん》言わないでください」

私は吐《は》き捨《す》てるように言って、瀬形《せがた》さんの肩《かた》へ回した腕《うで》を引《ひ》っ込《こ》め、一人で歩き始める。酔《よ》いはとっくに醒《さ》めていた。

「……今更《いまさら》、虫が良すぎます」

私が言うと、瀬形《せがた》さんと大典《おおのり》さんは、少しだけ困ったような、それでいてどこか悲しそうな顔をしていた。

一通りの身支度《みじたく》を終えた朝日《あさひ》さんが墨田《すみだ》さんに連れられて俺《おれ》の部屋を後にしたのは、かれこれ何時間前のことだったか。

部屋は綺麗《きれい》に片付いて、いつも通りの静寂《せいじゃく》が部屋を満たしている。さっきまでそこで彼女《かのじょ》らが酒を酌《く》み交《か》わしていたのが、まるで夢の中での出来事かのようだ。

そんな中、俺《おれ》は一人ソファに腰《こし》かけて、寿《ことぶき》びいるを呷《あお》っていた。

肉体的にも精神的にも疲弊《ひへい》しているはずなのに、どうしても眠《ねむ》りにつくことができなかった。

……最後に墨田《すみだ》さんから言われた言葉が、頭から離《はな》れなかったためだ。

「文月《ふづき》ちゃんの教育をしっかりしてあげて、か……」

口に出してみると、言葉が胸の内でずしりと重みを伴《ともな》うのが分かった。

……最初から分かっていたことだ。自分がマネージャーとして未熟なことなんて。

でも、彼女《かのじょ》らと言葉を交《か》わしていると、改めて自分がどれだけ不甲斐《ふがい》ない人間か認識《にんしき》させられる。

あんな台詞《せりふ》をパートの墨田《すみだ》さんに言わせるなんて、マネージャー失格だ。

無理やりにでも眠《ねむ》るためにと酒を入れてみたのだが、かえって気分が落《お》ち込《こ》んできて、負のスパイラルに陥《おちい》る。

このままではいけないと、俺《おれ》はある物を取り出した。

それは一冊の文庫本、朝日《あさひ》さんの著書『明日の放課後、昨日の君に恋文《こいぶみ》を』である。

「こんな時まで朝日《あさひ》さんに頼《たよ》るなんてな……」

自分の情けなさに、自嘲《じちょう》がこぼれた。まぁ、酒も入っていることだし、これを読み終える頃《ころ》には眠気《ねむけ》もやってくることだろう。

――『明日の放課後、昨日の君に恋文《こいぶみ》を』は凡作《ぼんさく》って言われてて――

いざページをめくろうという段になってナモちゃんの台詞《せりふ》が脳裏《のうり》をよぎったが、俺《おれ》はそれを振《ふ》り払《はら》って、ページをめくり、物語の世界へと飛《と》び込《こ》んだ。

簡単に説明すると『明日の放課後』は、申し訳程度のＳＦ要素がある、恋愛《れんあい》青春小説であった。

主人公は女子高生で、幼い頃《ころ》からの幼馴染《おさななじみ》のとある男子生徒へ恋心《こいごころ》を抱《いだ》いている。しかし付き合いの長さのせいか、かえって告白へ踏《ふ》み出《だ》す勇気が出ない。そんなある日、彼女《かのじょ》は下駄箱《げたばこ》の中に１通の手紙を発見する。それは未来の自分から今の自分へあてられた手紙であった。

手紙には、これから未来で起こることが事細かに記されており、そして最後に意中の彼《かれ》が近い将来交通事故でこの世を去ってしまうことが綴《つづ》られていた。

初めは半信半疑だった彼女《かのじょ》だが、やがてこの手紙が本物であることを信じるようになる。そしてその未来を回避《かいひ》するために奔走《ほんそう》し、最後には「過去へ遡《さかのぼ》る下駄箱《げたばこ》」を使って、過去の彼《かれ》へラブレターを送る。

これによって彼《かれ》は死を回避《かいひ》し、二人の恋《こい》は成就《じょうじゅ》して大団円、という顛末《てんまつ》だが……なるほど、こう言ってはなんだが、ナモちゃんが凡作《ぼんさく》と呼ぶ理由も得心した。

もちろん物語としては面白《おもしろ》いし、万人《ばんにん》受けしそうな内容だ。しかし——どうしても一作目の『静かな夜を往《ゆ》く』と比べれば、あらゆる点で見劣《みおと》りしてしまう。

ありきたりな題材、ありきたりな物語……でも、

「……あれ？」

異変に気付いたのは、エピローグに差《さ》し掛《か》かってからだった。

ページに黒いシミがある。

なんだろうこれはと思ったら、シミがまた一つ増えた。ぱたぱたと音を立てて、どんどんシミが増えていく。

「え……？」

なにが起こったのか、初めは理解できなかった。

なんせこんな体験をしたのは生まれて初めてだった。

だから俺《おれ》の頰《ほお》を伝って大粒《おおつぶ》の涙《なみだ》がいくつもこぼれていることに気付いたのは、かなり後になってからだった。

「あれ……なんで……」

ワイシャツの袖《そで》で目元を拭《ぬぐ》う。途中《とちゅう》から足りなくなってきてティッシュまで持ってきた。それでも出所の分からない涙《なみだ》は、とめどなく溢《あふ》れてきて止まらない。

そして、いよいよ流れる涙《なみだ》も枯《か》れ果てたのではないかという時になって、俺《おれ》はその涙《なみだ》の正体を理解する。

「……そうか、この小説は……」

俺《おれ》の中で、全てが繋《つな》がった。

どうして涙《なみだ》が出るのか。

どうして朝日《あさひ》さんは俺《おれ》に自分の書いた小説を読んでほしがったのか。

どうして朝日《あさひ》さんは俺《おれ》に二つの小説を読み比べて、優劣《ゆうれつ》をつけるように頼《たの》んできたのか。

どうして朝日《あさひ》さんは俺《おれ》に『静かな夜を往《ゆ》くのは貴方《あなた》だけではない』と言ったのか。

全部、全部理解した。

この小説は朝日《あさひ》カンナの生きざまそのものだ。

今なら確信をもって言える。朝日《あさひ》カンナは枯《か》れてなどいない。彼女《かのじょ》はまだあそこで一人、戦い続けている――

「……また俺《おれ》だけ諦《あきら》めようとしてたのか」

言葉に出すと、それを皮切りに胸の内にマグマのような熱いなにかが湧《わ》き上《あ》がってくる。俺《おれ》は――一体なにを迷っているんだ。どうしてまたこんなところで立ち止まろうとしたんだ。

気がつくと身体《からだ》が震《ふる》えていた。眠気《ねむけ》は遥《はる》か彼方《かなた》へ吹《ふ》っ飛《と》んでしまっていた。

「……やってやる」

白む空を見上げながら、俺《おれ》は自らに言い聞かせるように言った。

「――俺《おれ》は、文具売り場のマネージャーだ！」

もう、一片《ぺん》の迷いもなかった。

例の奇妙《きみよう》な呑《の》み会から一夜明け、私、文月《ふづき》リンコは昼過ぎに出社した。

今日は遅番《おそばん》のシフトなのだ。

いつも通り制服に着替《きか》え、いつも通りタイムカードを切って、いつも通り売り場へ向かう。

いつも通り……そう、いつも通りである。

昨日のビールが残っているせいでちょっと頭がズキズキするし、若干寝不足《じやっかんねぶそく》の気もあるが
——そういうことではない。要するに精神面の話だ。

こんなのは口に出すまでもないことだが、私は筆塚《ふでづか》マネージャーの奮起に1㎜も心を動かされていない。はっきり言って凪《なぎ》である。

「……今更《いまさら》、都合が良すぎるんですよ」

パートの皆《みな》がどれだけ彼《かれ》を認めようが、私だけは絶対に彼《かれ》を許さない。

ただ淡々《たんたん》と、いつも通りに仕事をするだけだ。

周年祭？　昨対《さくたい》？　知ったことか。

考えているとだんだん腹が立ってきて、頭のズキズキも増してくる。それもこれも全部筆塚《ふでづか》マネージャーのせいだ。

そんな風に苛立《いらだ》ちながらバックルームを抜《ぬ》け、文具売り場へとやってきて――

「……なにこれ」

私は思わず声をあげてしまった。

何故《なぜ》か？

それは――確かに昨日まではなかったはずだ――売り場の中央に見覚えのないワゴンが設置されていたからである。

値下げされ、棚《たな》の隅《すみ》っこで埃《ほこり》をかぶっていた商品、適当に放られていた商品、果ては倉庫で眠《ねむ》っていた商品まで――その一つ一つが全て新品同様綺麗《きれい》に磨《みが》かれており、値段・種別毎《ごと》にきっちりと分けられて、ワゴンに大集合しているのだ。

「――これは売れ残って棚《たな》や倉庫を圧迫《あっぱく》していた商品を、ワゴンの一点にまとめて、なおかつ安くなった商品でお客さまを呼《よ》び込《こ》む大典《おおのり》さんのアイデアだ」

声がしたので振《ふ》り返《かえ》ってみると、そこには、まるで私の出勤を待ち構えていたかのように、筆塚《ふでづか》マネージャーが立っていた。

「マネージャー、これまさか一人で……？」

「いや、大典《おおのり》さんにも手伝ってもらったよ」

見ると、レジの中から大典《おおのり》さんがVサインを作ってこちらへ向けていた。二人とも商品整理を続けていたせいか、手が真っ黒だ。

「どうしてこんな……」

朝から昼までで、これだけの量をワゴンにまとめるなんて、想像するだけで心が折れるほどの重労働だ。しかし何故《なぜ》そんな大仕事を、わざわざ半日で……？

そう思っていると、筆塚《ふでづか》マネージャーはなにやらしたり顔で、

「──小売業には〝商品回転率〟という概念《がいねん》があるわけだが……」

「ハァ？」

あまりにも唐突《とうとつ》すぎるので、思わず素の「ハァ？」が出てしまった。

マネージャーは一瞬《いっしゅん》怯《ひる》んだように表情が強張《こわば》ったが、無理やり続けた。

「しょ、商品回転率というのは、ざっくり言えば高ければ高いほどよく売れる商品、逆に低いのは売れない商品というわけで……」

「なんですかいきなり？」

「……でも高ければ高いほど良《い》いというわけではなくて、あまりに商品回転数が高いと在庫切れからのチャンスロスに繋《つな》がる。かといって低すぎると、今あのワゴンに並んでいる商品のように売れ残りが発生してしまうわけで」

「マネージャー？　ふざけてるんですか？」

「……け、計算式は『売上高÷平均在庫高』で求められ、ここから商品回転日数も」

「マネージャー！」

耐《た》えきれなくなって、大声を出してしまった。

私の声に驚《おどろ》いたのか、ようやく壊《こわ》れたラジオみたく小売業のイロハを垂れ流していたマネージャーが沈黙《ちんもく》した。一体なんなんだ。

ちょっと待て、小売業のイロハ？　……まさか。

「……マネージャー、もしかして私に勉強を教えようとしてます？」

本当に分かりやすい。マネージャーの肩《かた》がびくんと跳《は》ねて、あからさまに目が泳ぎ出した。

「……いや？　ちょっとなに言ってるのか分かんない、俺《おれ》はただいつも通り喋《しゃべ》っていただけだけど……」

「結構です」

「えっ……」

「結構です！　私、裏で在庫整理してきますので！」

私はこれを軽くあしらって、身体《からだ》を翻《ひるがえ》し、つかつかとその場を去る——と見せかけて商品《しょうひん》棚《だな》の陰《かげ》から彼《かれ》の様子を窺《うかが》った。ここまで取りつく島もなければ、さすがに彼《かれ》も諦《あきら》めるだろう。

そう思ったのだが……

「大典《おおのり》さん！　普通《ふつう》に失敗した！　手応えはあったんだけどなぁ……」

「ドンマイ！　次はいけるよ！」

「マジ!?　頑張《がんば》ります！　大典《おおのり》さんのワゴンも良かったですよ！」

──呆《あき》れた。レジで大典《おおのり》さんと健闘《けんとう》をたたえ合っている。

一体さっきのやり取りのどこに手応えを感じたんだ！

「ムカつく……！」

私は肩《かた》を怒《いか》らせて、ずんずんと大股《おおまた》にその場を立ち去る。

いったい、誰《だれ》になにを吹《ふ》き込《こ》まれたのかは知らないが。誰《だれ》がマネージャーから今更勉強なんか教わるか！　絶対に、彼《かれ》の思う通りになんか動いてやらない！

──これは余談だけれど、この日、例のワゴンへ目をぎらつかせた主婦たちが殺到《さっとう》し、ワゴンの中身はものの半日でほとんど掃《は》けてしまった。それもムカつく。

あれからしばらく経《た》ったある日、私が文具売り場へ出勤してみると、そこにまたとんでもない光景が広がっていた。

「……なにこれ」

声をあげずにはいられなかった。

正確には文具売り場ではなくゲーム売り場でのことだが、もちろん、私とて瀬形《せがた》さんが熱心に売り場づくりに取り組んでいたのは知っている。

ゲームハードの空き箱を積み上げたタワーを初めて見た時は「はぁ、こんな販促《はんそく》方法があるんだな」と素直《すなお》に感心したものだ。

しかし、目の前のソレは――文字通りスケールが違《ちが》う。

なんとゲーム売り場の入り口で、幾重《いくえ》にも折り重なったゲームハードの空き箱が、ゲートの形を成していたのだ。

軽く中を覗《のぞ》いてみると、瀬形《せがた》さんのイラストも段違《だんち》いに増えていた。

こんなの、売り場というよりテーマパークである。

「VP、ビジュアルプレゼンテーションという陳列《ちんれつ》方法があってだな……」

売り場で呆《ほう》けていると、背後からそんな声がした。

……出たぞ、うんちく虫が。

「VPはその名の通り、主に視覚に訴《うった》えかける陳列《ちんれつ》方法のことを言って、いわば店の顔だ。かつて他店ではこんな陳列《ちんれつ》もあって……」

「POP、周年祭のものに差《さ》し替《か》えてきます」

「あれっ⁉」

最後まで言い終える前に、私はその場から立ち去った。

そして事務所へPOPを印刷しに行く――と見せかけて、商品棚《しょうひんだな》の陰《かげ》から彼《かれ》の様子を窺《うかが》った。

ここまであからさまにスルーされれば、さすがにもう諦《あきら》めただろう。

「瀬形《せがた》さん！　失敗した！」

「そっかぁ、ところで次売り場で流す販促用《はんそくよう》のPV『シャルロッテ』と『スタバト』と『餓《オリエント・》鬼《デビル》3』、どれがいいと思う？」

「餓鬼《オリエント・デビル》3出るんすか！？！？　……あ、でも予約数的にはスタバトの方がいいですね。

シャルロッテは……若干《じゃっかん》対象の年齢層《ねんれいそう》が高いので、向こうの通路側で流すとどうでしょう？」

なんでゲーム売り場に詳《くわ》しくなってるんだ!!　あの文具マネージャーは！

「ムカつく！」

私は肩《かた》を怒《いか》らせて、ずんずんと大股《おおまた》にその場を立ち去る。

——これは余談だけれど、この日、ゲーム売り場に子どもたちが殺到《さっとう》。瀬形《せがた》さんの購買意欲《こうばいいよく》をそそりすぎる販促《はんそく》に、子どもたちが一斉《いっせい》に泣きわめく事件があった。瀬形《せがた》さんは全然悪くないけど、それはそれとしてムカつく！


……あれから文具売り場はずいぶんと変わってしまった。

最初に筆塚《ふでづか》マネージャーの提案した「商品棚《しょうひんだな》を1列分削《けず》る」作戦はとうの昔に完了《かんりょう》しており、しかしそれでも売り場の変化は止まらず、毎日なにがしかが変わっていった。

……本当に腹立たしいことに全て、全てが良《い》い方向へ変わっていったのだ。

しかし、私だけは頑《かたく》なに変わることを拒《こば》み続けた。

筆塚《ふでづか》マネージャーはあれからも私の出勤日は毎日欠かさず、無理やりに勉強を教えようとしてきたが、その全てを無視した。無視しきってやった。

そして——周年祭の前日である。

「……」

目の前の光景に、もう驚《おどろ》くことはなかった。

今、私の前の前には『新入学・新学期コーナー』と銘打《めいう》った、特設のコーナーができていた。

文房具《ぶんぼうぐ》だけにとどまらず、キャラもの、上履《うわば》き、縄跳《なわと》び、雑巾《ぞうきん》などなどなど……新学期に必要なグッズが一点に集められた渾身《こんしん》の陳列《ちんれつ》。

おそらく目玉は、ワゴン一杯《ぱい》に敷《し》き詰《つ》められた消しゴムと鉛筆《えんぴつ》の「500円詰《つ》め放題」だろう。

……この丁寧《ていねい》な仕事はきっと、墨田《すみだ》さんの指揮だな。

まさか周年祭の前日にもなって、まだこんな隠《かく》し玉があったなんて……

「この陳列《ちんれつ》方法は……！」

「品出ししてきます」

例のうんちく虫が飛び出してくるのとほぼ同時に、私はその場を立ち去った。もう陰《かげ》に隠《かく》れて様子を窺《うかが》うようなことはしない。付き合ってやるのも馬鹿らしかった。

私は台車を引っ張ってきて、宣言通り、いつものように品出し作業へ移行する。

いつも通り、いつも通りだ。私だけは変わらない。変わってなんか、やるものか……

「もう、いい加減許してあげたら？」

隣《となり》からそんな声が聞こえてきて、私はちらと横目をやる。

いつの間にか、墨田《すみだ》さんが私に並んで品出しをしていた。

「ちょっと頑固《がんこ》すぎるんじゃない？」

墨田《すみだ》さんのことは尊敬しているが、その物言いには少しばかりカチンときた。

「……私から言わせれば、皆《みな》さんが簡単に許しすぎなんですよ。私はあの人の都合と気まぐれに振《ふ》り回《まわ》されるようなオモチャじゃないんです」

「強情《ごうじょう》ねえ、マネージャー、本当にやる気になってるのよ」

「……そんなの分かりませんよ」

「本当は分かってるんでしょ？」

核心《かくしん》を突《つ》いたような一言に、ぴたりと手が止まる。

……ああ、そうだとも。マネージャーが今回は本気なことぐらい分かっている。

私に勉強を教えるためにわざわざ早出をして売り場づくりに腐心《ふしん》し、その上で私に教えるべき社員としての知識をまとめていることだって。

でも、それでも……

「……今更《いまさら》、無理ですよ」

理屈《りくつ》ではなく、これは意地の問題だった。

墨田《すみだ》さんはそんな私を見て、呆《あき》れたようにふうと一つ溜息《ためいき》を吐《は》き出《だ》し……

「そういうところ、朝日《あさひ》ちゃんとそっくりだわ。でもこれだけは言っておくけど、あなたが今《いま》更《さら》マネージャーとどう接していいのか分からないのと同じように、マネージャーもあなたとの接し方がよく分かってないのよ」

その言葉を最後に墨田《すみだ》さんが立ち去り、私はその場に一人残される。

一人で品出しを続けながら、私は口の中で小さく呟《つぶや》いた。

「分かってますよ、それぐらい……」

分かっている。本当に全部分かっているんだ。

分かっていても変えられないから、困っているんだ。

今までは強情《ごうじょう》な自分を肯定《こうてい》することで隠《かく》していた、どうしようもない自己嫌悪《けんお》と罪悪感が、ふつふつと湧《わ》いてくる。そんな時。

「勉強はうまくいってる？　文月《ふづき》ちゃん」

不意打ち気味に後ろからちゃん付けで名前を呼びかけられて、一気に脳味噌《のうみそ》が沸騰《ふっとう》した。

「――だから筆塚《ふでづか》マネージャー！　私をちゃん付けで呼ばないでくださいと――！」

私は勢いよく振《ふ》り返《かえ》って……

「あれ……？」

固まった。何故《なぜ》なら私の後ろに立っていたのは筆塚《ふでづか》マネージャーではなく、課長――それも柴田《しばた》営業課長だったのだから。

「筆塚《ふでづか》マネージャーが、どうかしたのかな？」

柴田《しばた》課長が、にぃっと口角を吊《つ》り上《あ》げる。その際に唇《くちびる》の隙間《すきま》でやけに白い歯が輝《かがや》いた。

どうして筆塚《ふでづか》マネージャーでなく、私のところに——？

困惑《こんわく》していると、柴田《しばた》マネージャーはジェルでぺったりと固めた髪《かみ》の毛《け》を、わざとらしく整えるような仕草をとりながら、語り始めた。

「いやぁ、久しぶりだね文月《ふづき》ちゃん、実は今日ちょっと君に聞いておかなきゃいけないことがあって来たんだけど」

「な、なんでしょうか……」

「ぶっちゃけね、筆塚《ふでづか》マネージャーってどう？」

突然《とつぜん》の問いかけに、心臓がばくんと跳《は》ねた。

柴田《しばた》課長はそんな私の心境を見透《みす》かしているのか、やけに胡散臭《うさんくさ》い口調で続ける。

「最近、話題になってるじゃん。パワハラとかセクハラとかアルハラとか……色んなハラスメントってやつがさぁ。いや、息苦しいご時世になったもんだねぇ。ボクらが社員の頃《ころ》は、上司からゲンコツの一発二発食らわされて当然だったし、上司が朝まで呑《の》みに行くぞと言えば二つ返事でついていかなきゃいけないわけで……まぁでもなんといってもボクらは小売業なわけですよ。お客さまからの信頼《しんらい》第一、イメージ大事！　ってな感じでね。だからそういうのが社内であると、ひじょーに困るんだな」

「……なにが言いたいんですか」

「もう、分かってるくせに」

柴田《しばた》課長の口の端《はし》がにいいいっと吊《つ》り上《あ》がり、三日月の形になる。それはまるで悪魔《あくま》のような笑《え》みで……

「――キミさ、筆塚《ふでづか》マネージャーのこと嫌《きら》いでしょ？　だったら一言キミが、あのマネージャーには問題があるって言ってくれたら、飛ばしてあげるよ、筆塚《ふでづか》マネージャー」

「なっ……!?」

私は絶句してしまった。

柴田《しばた》課長が、筆塚《ふでづか》マネージャーに対してなんらかの敵意を抱《いだ》いているのは周知の事実だったが、まさかここまでするとは思ってもみなかったのだ。

「……聞いた話によると、文月《ふづき》ちゃんこの前の昇格《しょうかく》試験、落ちちゃったんだってねえ。しかも同期で一人、文月《ふづき》ちゃんだけが」

柴田《しばた》課長がこちらへ顔を寄せてきて、囁《ささや》くように言う。まるで執拗《しつよう》な蛇《へび》のように、ひんやりと、絡《から》みつくような声音《こわね》だった。

「もちろん、ボクは文月《ふづき》ちゃんだけが特別できない子だと思ってるわけじゃない。なにか理由があるんだろう？　たとえば……筆塚《ふでづか》マネージャーが社員としての知識をなにも教えてくれなかった、とか」

「……っ」

「図星でしょ、じゃあ怒《いか》り心頭なはずだ」

柴田《しばた》課長がけたけた笑いながら続ける。

「マネージャーはなにも教えてくれず事務所にこもりきり、同期には先を越《こ》されて、1年経《た》っても自分だけが延々パートさんと同じことをやっている……そりゃあもうたいへんな屈辱《くつじょく》だろう？　いやはやマネージャーはひどいことをするねえ、そうだろう？」

「それは……」

それ以上口に出すことはできなかった。

何故《なぜ》なら、恐《おそ》ろしいことに彼《かれ》が語る言葉はまさしく私にとって都合のいい真実だったからだ。

確かに、彼《かれ》の言う通りマネージャーは私に仕事を教えてくれなかった。

しかし――本当は分かっているのだ。

私は自らマネージャーに仕事を教わりに行かなかった。

心のどこかで、仕事の忙《いそが》しさや新入社員であることを言い訳にしていたのだろう。本来なら私は事務所からマネージャーを無理やり引っ張り出してでも、仕事を教わるべきだったのだ。

しかし、壁《かべ》を作ってしまった。同期に先を越《こ》された焦《あせ》りや現状への不満から、自ら必要以上にマネージャーを遠ざけてしまった。そうすることで自らの弱い部分から目を逸《そ》らしていたのだ。

そして柴田《しばた》課長は、そんな心の内すら見透《みす》かして、再び悪魔《あくま》の提案をする。

「――文月《ふづき》ちゃん、筆塚《ふでづか》マネージャーになにか不満、ある？」

……私は彼《かれ》の言葉が冗談《じょうだん》でもなんでもないと、確信していた。

あの光のない目を見れば分かる。彼《かれ》は嬉々《きき》として筆塚《ふでづか》マネージャーを他店へ飛ばすはずだ。

それも嫌《いや》がらせの意を込《こ》めて、とんでもない辺境の支店へ飛ばすに違《ちが》いない。

きっと、私がただ一言「あります」と答えただけで……

「……」

マネージャーが憎《にく》くないかと言われれば嘘《うそ》になる。あんなヤツ、どこかへ飛んでしまえばいいのに、とさえ思っていた。

1か月前の自分なら間違《まちが》いなく、彼《かれ》のあることないことを喜んで暴露《ばくろ》していたことだろう。

そしてどこともしれない支店へ飛ばされた彼《かれ》の噂《うわさ》を聞いて、ざまあみろと笑うはずだ。

でも……

「ありません」

「え？」

「――なにも、問題はありません」

私は柴田《しばた》課長に向かって、はっきりと言いきった。

もちろん、マネージャーに対してまだ全てを許せない気持ちはある。

しかしその一方で彼《かれ》が自分の罪と向き合い、それを償《つぐな》おうと努力していることも知っている。

なら、私も自らの弱さと向き合わなければフェアじゃない――

「……あっそ」

求めていた解答が得られなかったためだろう。柴田《しばた》課長は不機嫌《ふきげん》そうに言った。

しかしそれも一瞬《いっしゅん》のことで、彼《かれ》は再び仮面のような笑《え》みを顔面に貼《は》りつける。

「じゃ、周年祭頑張《がんば》ってね、マネージャーにも伝えといて」

そしてその言葉を最後に、彼《かれ》は無駄《むだ》に白い歯をきらりと輝《かがや》かせて、その場を去っていった。

……きっと彼《かれ》は、私さえも敵として認識《にんしき》したことだろう。

これから露骨《ろこつ》な嫌《いや》がらせをされるかもしれない。いや、さっきみたいにもっと直接的に邪魔《じゃま》をしに来るかもしれない。でも……不思議と気分は晴れ晴れとしていた。

思わず笑ってしまいそうになるのを堪《こら》えていると……偶然《ぐうぜん》近くを通りがかった筆塚《ふでづか》マネージャーが、私を見て「おっ」と声をあげた。相変わらず間の抜《ぬ》けた顔だ。

「あ、文月《ふづき》さんいたいた。えーと今日はＰＤＣＡサイクルについて教えようと思うんだけど……」

「必要ありません」

「だよねぇ……」

筆塚《ふでづか》マネージャーが嘆息《たんそく》する。しかし諦《あきら》めた風ではない。

きっと彼《かれ》は、これからも延々と私に勉強を教えてこようとするだろう。私が何度断ろうと、根気強く、決して諦《あきら》めずに。だから私は、この際はっきりと言ってやる。

「――分からないことがあったら、自分から聞きに行きますので」

「えっ？」

筆塚《ふでづか》マネージャーの間抜《まぬ》け面から、更《さら》に間が抜《ぬ》けた。

それがあまりにも面白《おもしろ》くて、私はくすりと笑う。

「なにか不服ですか？」

「えっ、いや、だって……」

「舐《な》めないでください、私がいつまでも新入社員だと思ったら大間違《まちが》いですよ」

許すとか許さないとか、そういう子どもっぽいことでふてくされるのはやめだ。

私はびっと彼《かれ》を指差して、宣言した。

「――すぐに筆塚《ふでづか》マネージャーより出世しますから、偉《えら》そうなこと言ってられるのも今の内ですよ」

「文月《ふづき》さん……！」

こんな生意気極《きわ》まりない台詞《せりふ》を吐《は》かれても、筆塚《ふでづか》マネージャーが今にも嬉《うれ》し泣《な》きしそうになっていたのがなんだか少しおかしくて、つい噴《ふ》き出《だ》してしまった。

四品目

龍眼肉の粥

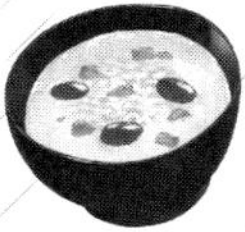

——周年祭当日、俺《おれ》はレジに立っていた。

とてもじゃないが、事務所でパソコンとにらめっこをする暇《ひま》なんてない。文具売り場は嵐《あらし》のような大盛況《だいせいきょう》であった。

「墨田《すみだ》さん！　このクーポンって併用《へいよう》できるタイプだっけ⁉」

「それはできないけどアプリクーポンなら可だから、そっちを案内してさしあげて！　大典《おおのり》さんお釣《つ》りが切れそう！　両替《りょうがえ》行ける⁉」

「行けます！」

「ごめん問い合わせが入った！　文月《ふづき》ちゃんお願いできる⁉」

「あ、文月《ふづき》ちゃんついでにＰＦ４の在庫取ってきてもらえるぅ？　私、手が離《はな》せなくてぇ……」

「行きます！」

レジの前には常に長蛇《ちょうだ》の列、問い合わせに次ぐ問い合わせ、そして突発《とっぱつ》的に襲《おそ》いかかってくる特殊《とくしゅ》な応対。

墨田《すみだ》さん大典《おおのり》さん文月《ふづき》さんなどを始めとして、文具部門のパート・アルバイトを総動員して対応に当たったが、間違《まちが》いなく俺《おれ》が見てきた1年の中では最上級の忙《いそが》しさであった。

たとえるなら、水中を息継《いきつ》ぎなしにトップスピードで泳ぎ続けるような、そんな1日だ。

そして目も回るような忙《いそが》しさの中では、時計の針もよく回るらしく——気がつけば時刻は21

時を回っていた。閉店1時間前である。

「つ、疲《つか》れた……」

俺《おれ》はレジに寄りかかって呟《つぶや》いた。

そろそろお客さまもまばらになる時間帯、とはいえまだ売り場にちらほらとお客さまの姿はある。小売業従事者としてこんな姿を見せてはいけないと分かっているのだが、本当に限界だった。

膝《ひざ》が笑っている。喉《のど》がひび割れそうなぐらい渇《かわ》いている。1日中声を出していたせいか、酸欠気味で頭がくらくらした。

今日だけでなく、この1か月間の疲労《ひろう》全てが今になって押《お》し寄《よ》せてきているかのような感覚だ。そしてそれは彼女《かのじょ》らも同様なようで、立っているのがやっと、といった風情《ふぜい》である。

「も―――無理……ビール呑《の》みたい……」

「し、しっかりしてよ大典《おおのり》さん……まだ締《し》め作業もあるのよ……荒《あ》れた売り場も、整理しなきゃ……」

「は、吐《は》きそうです……」

「ふぅ……文月《ふづき》ちゃんはお水飲んだ方がいいかもねぇ」

いつも通り間延びした口調で言って、文月《ふづき》さんの背中をさする瀬形《せがた》さん。

しかし、さすがの瀬形《せがた》さんも今日に限っては疲《つか》れの色を隠《かく》しきれていない。

それぐらい今日は忙《いそが》しかったのだ。あぁ、俺《おれ》も吐《は》きそう……なんだか眩暈《めまい》もしてきた。

なんてやっていると、ふと視界の隅《すみ》からレジへ向かって小走りで駆《か》けてくる人影《ひとかげ》を見つけた。

——お客さまだ。

俺《おれ》は引きつる一歩手前の顔面筋に鞭《むち》を打って笑顔《えがお》を作り「いらっしゃいませ」の準備をする。

しかしすんでのところで呑《の》み込《こ》んだ。人影《ひとかげ》の正体は……

「……ナモちゃん？」

「ふ、筆塚《ふでづか》君……！　ここにいた！」

ナモちゃんが息をぜえぜえと切らしながら、レジ横まで駆《か》けつけてくる。

何故《なぜ》、農産マネージャーの彼女《かのじょ》がここに？

不思議に思っていると、彼女《かのじょ》は珍《めずら》しく興奮したように捲《まく》し立《た》てる。

「ふ、筆塚《ふでづか》君！　今日の売上速報見てないの⁉　事務所で話題になってるよ⁉」

「売上？」

これはまた藪《やぶ》から棒になんだ？

「まだ見てないよ、今日は１日中売り場にいたからね。……どうかした？」

「どうかした？　じゃないよ⁉」

ナモちゃんは必死で呼吸を整えながら、言った。

「——文具の昨対《さくたい》が100％を超《こ》えてる！」

「えっ……？」

ぴたりと時間の止まったような感覚があった。

ナモちゃんは、今なんと……

「だから、売上昨年対比100％突破《とっぱ》！　いや、それどころか19時の段階で120％を超《こ》えてたんだよ！　つまり文具は昨対《さくたい》を取れたんだよ！　やったね筆塚《ふでづか》君！」

「嘘《うそ》……だろ……」

ナモちゃんの言葉が何度も頭の中で反響《はんきょう》する。

あまりの衝撃《しょうげき》に、その言葉の意味を理解するまで、時間がかかった。

昨対《さくたい》100％突破《とっぱ》、昨対《さくたい》を取った。

心臓が早鐘《はやがね》を打ち、疲《つか》れが遥《はる》か彼方《かなた》へ吹《ふ》き飛《と》んで、俺《おれ》は文具部門の皆《みんな》と顔を見合わせる。

そして——爆発《ばくはつ》した。

「やったあああああああああっ！！！！」

まだ業務時間中だというのに、俺《おれ》は喜びに打ち震《ふる》え、咆哮《ほうこう》する。

墨田《すみだ》さんも、大典《おおのり》さんも、文月《ふづき》さんも、ゲーム売り場担当の瀬形《せがた》さんでさえ同様に、歓喜《かんき》の叫《さけ》びをあげた。

言葉にできないほどの熱狂《ねっきょう》の渦《うず》が、文具売り場を巻《ま》き込《こ》んだ。

「やったわね、筆塚《ふでづか》マネージャー！　ま、ざっとこんなもんよ！」

「ありがとうございます……皆《みんな》……本当に……！」

「あら、筆塚《ふでづか》マネージャー泣いてるの？」

「マネージャーは、随分《ずいぶん》と泣き虫になったねぇ」

「だ、だって……」

皆《みんな》の前だというのに涙《なみだ》が止まらない。これぱっかりはどうしようもなかった。

「じゃあ筆塚《ふでづか》君！　私また事務所に戻《もど》るからまた後で報告してあげるよ！　本当におめでとう！」

ナモちゃんが祝福の言葉を残して、小走りで事務所へ戻《もど》った後も、俺《おれ》はしばらくその場から動くことができなかった。

勝った、俺《おれ》たちは勝ったんだ！　あれだけ不可能と言われていた文具の部門昨対突破《さくたいとっぱ》を成《な》し遂《と》げた！　この1か月は無駄《むだ》じゃなかった……！　俺《おれ》がやってきたことは決して……！

噛《か》み締《し》めれば噛《か》み締《し》めるほど、涙《なみだ》が溢《あふ》れてきて止まらない。

そんな俺《おれ》の肩《かた》を、墨田《すみだ》さんがぽんと叩《たた》いた。

「お疲《つか》れ様《さま》、筆塚《ふでづか》マネージャー、……でも泣くのはそろそろ止《や》めたほうがいいわよ」

「え……？」

「今日はスペシャルゲストが来てるからね。アンタもあの子に情けない顔見せたくないでしょ？」

スペシャルゲスト？　墨田《すみだ》さんの言葉が分からず、面を上げる。

すると、一体いつからそこにいたのだろう。レジの前に見知った女性が佇《たたず》んでいた。

彼女《かのじょ》は俺《おれ》を見ると、どこか気恥《きは》ずかしそうに言った。

「……その、お久しぶりです筆塚《ふでづか》さん」

「朝日《あさひ》さん……⁉」

予想外の人物の登場に、自らの目を疑った。どうして彼女《かのじょ》がここに……？

「私が呼んだのよ」

「墨田《すみだ》さん、どうして……」

「彼女《かのじょ》もある意味今回の功労者だもの。それにマネージャーも会いたいかと思って」

「いや、でも、まだ勤務時間中で……」

「固いこと言うんじゃないわよ！」

墨田《すみだ》さんにばしんと背中を叩《たた》かれる。あまりの力強さに、少しだけむせた。

「この1か月、死ぬほど頑張《がんば》ったんだから今日ぐらいはいいでしょ。それに、マネージャー今日ずっと通しでレジに入ってたから、まだ休憩《きゅうけい》とってないでしょ？　行ってきなさいよ」

「でも……」

「行け！」

有無《うむ》を言わさず、半ば無理やりにレジから追い出されてしまった。

俺《おれ》はよろめきながら朝日《あさひ》さんの前に立つ。

そうして二人で向き合う形になると、彼女《かのじょ》は少し恥《は》ずかしそうにはにかんで、言った。

「……ちょっとお話しませんか、筆塚《ふでづか》さん」

寿

「まずはおめでとうございます、筆塚《ふでづか》さん」

売り場を並んで歩いていると、朝日《あさひ》さんがおもむろに言った。

彼女《かのじょ》の祝福の言葉を受けて、ゆっくりと実感が湧《わ》いてくる。

「……うん、本当にありがとう朝日《あさひ》さん、これも朝日《あさひ》さんのおかげだよ」

「筆塚《ふでづか》さんの――いえ、皆《みな》さんの実力ですよ」

そんなことはないと否定したい場面だったが、それも野暮《やぼ》な気がして俺《おれ》は言葉を呑《の》み込《こ》んだ。

今はただ、この余韻《よいん》を噛《か》み締《し》めたかった。

「ええと、朝日《あさひ》さん、もう何日ぶりだっけ」

「だいたい1か月ぶりです、ほらこの前の呑《の》み会以来ですよ」

「そうか……1か月も経《た》ったのか」

朝日《あさひ》さんが墨田《すみだ》さんの家に暮らし始めてから、もうそんなに経《た》ったのか。

「墨田《すみだ》さんとの生活は、どう？」

「とても楽しいです！　墨田《すみだ》さんは優《やさ》しいですし……まぁちょっと家だとずぼらで、結構寂《さび》しがり屋なのが玉に瑕《きず》ですけど」

「それ、絶対に俺《おれ》に言ったたって言わないでね、墨田《すみだ》さん間違《まちが》いなくキレるから、しかも俺《おれ》に」

「ふふ、善処します」

悪戯《いたずら》っぽくはにかむ朝日《あさひ》さんを見て、俺《おれ》は心の底からほっとした。

あんなことがあったものだから、どうなっているかとずっと心の片隅《かたすみ》で心配していたのだが、どうやら彼女《かのじょ》は墨田《すみだ》さんとうまくやっているらしい。

「……鍵《かぎ》は見つかった？」

「いえ……警察からの連絡《れんらく》はまだありません。鍵《かぎ》の方は無事取《と》り替《か》えられましたが、墨田《すみだ》さんはもうしばらくウチにいるようにと」

「そうした方が良《い》いよ」

結局、朝日《あさひ》さんの鍵《かぎ》を盗《と》った犯人は見つかっていないのだ。それならほとぼりが冷めるまで墨田《すみだ》さんに匿《かくま》ってもらい、最悪の場合は引《ひ》っ越《こ》しも視野に入れるべきだ。

なんにせよ、墨田《すみだ》さんには頭が上がらない……と思ったところで、少し足がふらついた。

「おっと……」

「だ、大丈夫《だいじょうぶ》ですか筆塚《ふでづか》さん⁉」

「あ、ああ大丈夫《だいじょうぶ》、ちょっと疲《つか》れてるのかな……最近、貧血《ひんけつ》気味なんだよね」

「無理もないですよ……筆塚《ふでづか》さんも、あれから色々あったみたいですしね」

「墨田《すみだ》さんからなにか聞いた？」

「いえ、聞かなくても分かりますよ。この売り場を見れば」

そう言って、朝日《あさひ》さんはあたりを見渡《みわた》した。俺《おれ》も彼女《かのじょ》に倣《なら》って売り場を見回す。

手前味噌《てまえみそ》になるが、改めて見てみれば1か月前からの変化が一目瞭然《いちもくりょうぜん》だ。

「……前よりもずっと、いいところになりました。これも筆塚《ふでづか》さんと文具の皆《みな》さんの努力の賜物《たまもの》ですね」

「いや、俺《おれ》よりパートの皆《みんな》が……」

「いいえ、筆塚《ふでづか》さんと皆《みな》さんのおかげです」

反射的に否定しようとしたところを朝日《あさひ》さんに制される。

そして朝日《あさひ》さんは、大輪の花にも似た笑顔《えがお》を咲《さ》かせて、言った。

「そんなに他人行儀《たにんぎょうぎ》なことばかり言っていると、皆《みな》さんが悲しみますよ？」

「……そうだね」

ああ、本当に彼女《かのじょ》からは教わることばかりだ。

彼女《かのじょ》は俺《おれ》にいつも恩返しがしたいと言っていたが、きっと返さなければならないのは、俺《おれ》の方だろう。

なにか俺《おれ》にできる恩返しはないものか……そう考えた時、俺《おれ》ははたと思い出した。

「ああ！　そういえば俺《おれ》、2冊とも読んだんだよ！　朝日《あさひ》さんの……」

そこまで言いかけたところで、ふいに、ポケットの中でスマホが震《ふる》えた。

当然、私用のものではない。マネージャークラスが会社から支給される、社用のスマートフォンだ。

「……？　ごめん、朝日《あさひ》さん話の途中《とちゅう》で」

俺《おれ》は彼女《かのじょ》に一言断って、スマートフォンを手に取る。

画面には……どういうわけか、「文具　固定電話」と表示されていた。

「？」

不思議に思って、レジの方へ振《ふ》り返《かえ》る。

すると……本当にどういうことだ？　墨田《すみだ》さんが固定電話を耳に当て、他の文具部門のメンバーが慌《あわ》てた様子で俺《おれ》になにかを伝えようとしている。文月《ふづき》さんに至ってはジェスチャーまでしている始末だ。

なんだあのジェスチャー……？　小指と親指を立て、頬《ほお》に押《お》し当《あ》てて……電話に出ろということか？　これだけ近いのだから声をあげるなり、直接伝えに来るなりすればいいのに……

彼女《かのじょ》らの行動は未《いま》だ腑《ふ》に落ちなかったが、ひとまずは電話に出た。

「もしもし墨田《すみだ》さん？　どうしまし……」

『──棚《たな》二つ後ろ！　児童用文具コーナーの合間に、不審者《ふしんしゃ》がいる！』

押《お》し殺《ころ》した声で言われてぴくりと肩《かた》が跳《は》ねる。振《ふ》り返《かえ》りはしない。

「……万引きですか？　なんにせよ警備に連絡《れんらく》を……」

『ソイツ、ずっとアンタらの跡《あと》を尾《つ》けてるの！』

「だとしても……」

『それに、鍵《かぎ》を持ってる！』

電話口でその言葉を聞くのと同時に、俺《おれ》は弾《はじ》かれたように振《ふ》り返《かえ》った。

棚《たな》二つ後ろ、児童用文具コーナー。そこには確かに頭からフードをかぶった妙《みょう》な風体《ふうてい》の男の姿がある。

そしてその手には到底彼《とうていかれ》には似つかわしくない、可愛《かわい》らしいキーホルダーのぶら下がった1本の鍵《かぎ》が握《にぎ》りしめられていた。

あれは確か、兎《うさぎ》のバニちゃんキーホルダー──男と目が合った。

「っ！」

こちらと目が合うなり、フードの男は脱兎《だっと》のように逃《に》げ出《だ》す。──確定だ！

俺《おれ》はすかさずスタートダッシュを切り、逃《に》げる男の背中を追った。

「筆塚《ふでづか》さん!?」

遥《はる》か後方から朝日《あさひ》さんの声が聞こえてきたが、無視して俺《おれ》は売り場を駆《か》け抜《ぬ》けた。

全力疾走《しっそう》である。

静かな店内で買い物を続けていたお客さまたちが、驚《おどろ》いたようにこちらを振《ふ》り向《む》いていたが、構うものか！

「お客さま‼　なにかお探しのものでもございましたかっ‼」

鬼《おに》の形相で追いかけながら、俺《おれ》は男の背中へ叫《さけ》びかけた。一応まだ客と店員という立場は保っている。これで立ち止まってくれれば……！　そう思ったのだが。

「っ！」

とうとう文具売り場を抜《ぬ》け、おもちゃ売り場へ差《さ》し掛《か》かったあたりで、フードの男がなにかのカゴをひっくり返した。ガシャン！　と嫌《いや》な音がして、通路一面に小さななにかがぶちまけられる。

まさか……⁉　と思った時にはもう遅《おそ》かった。

「うわっ⁉」

俺《おれ》は足元に転がったそれらに足を取られ、凄《すさ》まじい勢いで滑《すべ》る。そしてそのまま、その先にある家具売り場の特設「こたつ布団《ふとん》コーナー」へ頭から突《つ》っ込《こ》んでしまった。あまりにも派手なクラッシュに、どこからか悲鳴があがる。

視界が明滅《めいめつ》し、きゅっと心臓が縮んだ。

あ、あの野郎《やろう》……っ⁉

「ゴムボールぶちまけやがった……！」

今が冬で助かった！　突《つ》っ込《こ》んだ先が「こたつ布団《ふとん》コーナー」でなく「扇風機《せんぷうき》コーナー」なら確実に死んでいたぞ⁉

「っ……このっ……お客さまぁっっ‼」

こんなに怒気《どき》のこもった「お客さま」を発したのは生まれて初めての経験だった。

俺《おれ》は再びスタートダッシュを切って、男の背中を追いかける。

フードの男も死《し》に物狂《ものぐる》いで売り場を逃《に》げ回《まわ》るが——舐《な》めんな！　こっちは売り場の構造は全部把握《はあく》してるんだ！

俺《おれ》はこの1か月間、売り場での立ち仕事で鍛《きた》えた健脚《けんきゃく》をもって、徐々《じょじょ》にフード男との距離《きょり》を詰《つ》めていく。男は売り場を走《はし》り抜《ぬ》け、あろうことか「従業員以外立ち入り禁止」と書かれたバックドアを蹴《け》り飛ばして、バックルームへと逃《に》げ込《こ》んだ。

「お客さま‼」

もちろん逃《に》がさない。俺《おれ》もバックドアを抜けて、売り場と比べれば狭《せま》くて暗い、従業員用通路でのチェイスを始める。

どこまで逃《に》げる気だあの野郎《やろう》！

「お客さま待てコラ‼」

背中から怒声《どせい》を浴びせながら追いかけるも、フードの男は一向に観念する気配がない。

それどころか棚《たな》に積まれたオムツの在庫やらなにやらを手当《てあ》たり次第《しだい》に通路へぶちまけながら逃《に》げ続けている！

チクショウ！　ベビーマネージャーの児子《にご》さんがどれだけ時間をかけて積み上げたと思ってんだこの野郎《やろう》‼

俺《おれ》はオムツを極力踏《ふ》まないように避《よ》けながら、更《さら》にフードの男を追跡《ついせき》する。

──しめた！　この先は行き止まりだ！　そこで確実に取《と》り押《お》さえる！

俺《おれ》は内心勝《か》ち誇《ほこ》ったが、しかし誤算だった。

「……エビコォ、テメーいい加減なぁ、発注ミスどうにかしろよ、どーすんだよあの在庫……」

「ウッス！　違《ちが》います！　鮫島《さめじま》センパイが周年祭だから景気良く頼《たの》めって言ってたんで、景気良く頼《たの》んだんす！　ミスじゃないっす！」

「元気に言ってんじゃねェ、ミスの方がまだ良かったわ。どォーすんだよしじみ100パックなんて……あれのせいで筆塚《ふでづか》に周年祭負けたらコブラツイストな」

「ウッス！　嫌《いや》っす！」

フードの男の進路上に人影《ひとかげ》があった。

あれは……水産マネージャーの鮫島《さめじま》と舎弟《しゃてい》のエビコちゃん⁉

「まずいっ……！」

俺《おれ》は咄嗟《とっさ》にスピードを上げる。しかし、間に合わない。男は今まさに彼女《かのじょ》らと接触《せっしょく》しようとしていて……

「……あん？」

鮫島《さめじま》がこちらに気付いて、眉《まゆ》をひそめる。

今まさに彼女《かのじょ》らとフードの男がぶつかろうとする時、俺《おれ》は——咄嗟《とっさ》に叫《さけ》んだ。

「——鮫島《さめじま》ぁっ‼　やっちまえっ‼」

以前にも説明したと思うが、彼女《かのじょ》のリングネームはシャーク鮫島《さめじま》。

そしてシャーク鮫島《さめじま》の名は伊達《だて》じゃない。

鮫《さめ》が血の臭《にお》いを嗅《か》いで獰猛《どうもう》な狩人《かりゅうど》に変貌《へんぼう》するのと同じく、「名前を呼ばれたこと」で彼女《かのじょ》のスイッチが入った。

「へっ？」

フードの男がマヌケな声をあげた時にはもうなにもかも手遅《ておく》れだった。

鮫島《さめじま》は大きく踏《ふ》み込《こ》み、その剛腕《ごうわん》をまるでサメの胸鰭《むなびれ》さながらに突《つ》き出《だ》し、引《ひ》き絞《しぼ》る。

円盤投《えんばんな》げの選手にも似た、全身の筋肉の硬直《こうちょく》があり、そして——炸裂《さくれつ》した。

「ツシャオラァっ‼」

——シャークボンバー。

高校時代、数多《あまた》のレスラーをリングの海へ沈《しず》めてきたことからつけられた、鮫島《さめじま》専用のラリアットである。

「エッ⁉」

フードの男は、たっぷりと助走をつけたところをラリアットで刈《か》り取《と》られ、一瞬《いっしゅん》宙に浮《う》いた。

そして派手な音を立て、積み上げられた段ボールの山へ突《つ》っ込《こ》む。

カウントは……必要なさそうだな……

鮫島《さめじま》は腕《うで》を高らかに掲《かか》げ、完全に伸《の》びきってしまった青年へ言う。

「――従業員以外立ち入り禁止って書いてあっただろうがボケェっ‼」

「パネエっす鮫島《さめじま》センパイ！」

エビコちゃんは、この状況《じょうきょう》が分かっているのかいないのか、目をキラキラと輝《かがや》かせながら、鮫島《さめじま》へ拍手《はくしゅ》を送っていた。……なんだかんだ仲いいだろ、お前ら。

息を切らせた文具部門メンバーと朝日《あさひ》さんが追いついてきたのは、それからすぐ後のことだった。


「ふざけんじゃねえ！　俺《おれ》は客だぞ⁉」

フード男が目を覚ますなり、そんなことを喚《わめ》き出したもので、俺《おれ》たち一同は苦虫を噛《か》み潰《つぶ》したような表情になってしまった。小売業従事者が客に言われたくない台詞《せりふ》ナンバーワンが、まさかこの場面で飛び出してくるとは。

「……鮫島《さめじま》、お前のラリアットが強すぎてアホになったんじゃねえのか？」

「元から馬鹿なだけだろ」

鮫島《さめじま》がフード男をぎろりとにらみつける。するとフード男はひっと情けない悲鳴をあげた。

一応、シャークボンバーの記憶《きおく》は飛んでいないらしい。

「オマエよォ、外の扉《とびら》になんて書いてあったか、知ってるか？」

「あ……え……」

「従業員以外立ち入り禁止だよマヌケ。つまりここにいるテメーはお客さまじゃねえってことだ、分かるか？」

「そ、そんな詭弁《きべん》が……」

「あ？　なんだよキベンって、もう二度と難しいこと喋《しゃべ》れねえようにしてやろうか？」

「ヒッ！」

「とりあえず人と喋《しゃべ》る時はフード取れやボケナス！」

鮫島《さめじま》がばしん！　と男の頭を叩《たた》いた。勢いよくフードが外れて、そこで初めて男の顔が明らかになった。

声質から想像はできていたが……フード男の正体は若者だった。

歳《とし》はちょうどハタチぐらいだろうか？

髪《かみ》を似合わない金髪《きんぱつ》に染めた、異様に歯並びの悪い青年である。肌《はだ》は白く小太りで、いかにもボンボンのおぼっちゃまといった感じだ。

なんだかどこかで似たような顔を見た覚えがあるが……

「……朝日《あさひ》さん、コイツ見覚えある？」

「ええと……どこかで見たような……」

後ろに控《ひか》えていた朝日《あさひ》さんが、目を凝《こ》らす。

そしてしばらく経《た》ってから「あっ！」と朝日《あさひ》さんが声をあげた。

「そうです！　この人1か月前の合コンではす向かいの席に座《すわ》っていた人！」

「へぇー、じゃあキミ、その時にこれ盗《と》ったわけだ」

そう言って、俺《おれ》はヤツから回収したバニちゃんキーホルダー付きの鍵《かぎ》を突《つ》きつける。

すると彼《かれ》は「と、盗《と》ったなんて人聞きの悪い」なんて抜《ぬ》かす。

「オレはただ、カンナちゃんにこれを届けようとしただけで……ちょうど好みのタイプで、お近づきになりたかったし……」

どんな言い訳が飛び出してくるのかといっそワクワクしていたら、予想の斜《なな》め上の答えが返ってきた。あと絶対お前「カンナちゃん呼び」できる関係性じゃないだろ。朝日《あさひ》さんが今まで見たことないぐらいのしかめっ面《つら》になってるんだよ。

「なるほど、じゃあ話をまとめるとキミは、朝日《あさひ》さんが落とした鍵《かぎ》を拾ってあげて」

「そう」

「彼女《かのじょ》へ直接届けてあげようと、彼女《かのじょ》の跡《あと》を尾《つ》けて」

「そうそう」

「部屋の鍵《かぎ》を開けたのか？　部屋にいたら鍵《かぎ》を渡《わた》そうと思って？」

「そうだよ！　分かってんじゃん」

「鮫島《さめじま》、コイツ殺そう」

「オッケー、かまぼこにしてやんよ」

「なんでだよ!?　正直に言っただろ!?」

逆になんで気付かないんだよ。さっきから女性陣《じん》がお前のことゴミを見る目で見てるんだよ。

ともかく、これで解決か……

「朝日《あさひ》さん、どうする？」

「……これからその可愛《かわい》らしいバニちゃんキーホルダーを焼却《しょうきゃく》処分することを考えると、心苦しくなりますね」

「分かった、それは代わりにやっとくけど、このストーカーの処遇《しょぐう》は？」

「警察ですね」

真面目な彼女《かのじょ》らしい、端的《たんてき》な答えだった。当然、俺《おれ》も同意見。しかしフード男は不服なようで「ちょ、ちょっと待てよ！」なんて口角泡《こうかくあわ》を飛ばしながら言った。

「オレはただ親切心から鍵《かぎ》を届けようとしただけだぜ!?　そ、それを警察に!?」

「警察で女心の講習とかしてもらえるといいな」

「ふっ……ふざけんな！　なんでこの女の肩《かた》を持つんだよ!?」

男が、朝日《あさひ》さんを指差した。朝日《あさひ》さんがびくりと肩《かた》を震《ふる》わす。

「コイツは合コンに来るような女だぞ!?　男に飢《う》えてんだよ！」

「……おい」

俺《おれ》は小さく、唸《うな》るように言う。しかし男のよく回る舌は止まる気配がない。

「それがちょっと強めのアプローチされたぐらいで警察に!?　ちょっと顔がよくて胸がデカいぐらいで調子に乗るのも大概《たいがい》にしろよ！」

「おい」

「大体、今回の件だってコイツから誘《さそ》ってきたようなもんじゃゃ……」

「おい!!」

「ひぃっ」

聞くに堪《た》えなかった。これ以上コイツの吐《は》く汚《きたな》い言葉を朝日《あさひ》さんに聞かせてはいけないと──気がつくと、俺《おれ》はヤツの胸倉《むなぐら》を掴《つか》んで引き寄せていた。

「お前がどんな恋愛観《れんあいかん》を持ってるかはどうでもいいよ！　でも邪魔《じゃま》してんじゃねえよ！」

「な、なにが……！」

「──普通《ふつう》に頑張《がんば》って生きてるヤツのことをだよ！」

俺《おれ》は拳《こぶし》を振《ふ》り上《あ》げ、男は悲鳴をあげる。

許してはおけなかった。彼女《かのじょ》の代わりに、俺《おれ》がヤツを殴《なぐ》り倒《たお》さなければならないという使命感さえあった。

しかし──

「──なにをやっているんだキミたち！」

狭《せま》くて暗い従業員用通路に、よく通る声が響《ひび》き渡《わた》った。

何事かと思い振《ふ》り返《かえ》ると、ツカツカとこちらへ歩み寄ってくる一人の男の姿がある。

──柴田《しばた》課長であった。

「報告を受けて来てみれば……」

柴田《しばた》課長が、ちらと男の顔を見る。

「キミたちはお客さまになんてことをしているんだ!?」

柴田《しばた》課長の言葉で急激に頭へ血が上った。

「なっ……コイツは……！」

コイツは客なんかじゃない！　そう抗議《こうぎ》しようと勢いよく立ち上がったところで、突然《とつぜん》、強い眩暈《めまい》が俺《おれ》を襲《おそ》った。視界が揺《ゆ》らいで、音も上手《うま》く聞こえなくなる。自分の身体《からだ》が自分の身体《からだ》でなくなるような感覚だ。

なんだ、なにが起こって……⁉

「柴《しば》……課長っ！　こい……トーカーで……警察……！」

「仮に……しても……大事に……」

「……んなこと……通る……」

「いいから……たちは……に戻……」

柴田《しばた》課長と文具の皆《みんな》が激しくなにかを口論している。

でも、その内容は俺《おれ》の耳に届かない。それどころか世界の歪《ゆが》みはどんどん深刻になっていって、俺《おれ》はまっすぐ立っていることさえままならなくなる。

ぐわんぐわんと波打つ世界。そこになんとか留まろうとしていると——俺《おれ》は見た。

事務所の方向から、興奮した様子で駆《か》けてくる、ナモちゃんの姿を。

そしてナモちゃんは俺《おれ》に向かって——叫《さけ》んだ。

「——筆塚《ふでづか》君！　文具の昨年対比が140％突破《とっぱ》したよ！　なんと全部門で1位だって！　すごいね！　……ってあれ？　なんかお取《と》り込《こ》み中？」

ナモちゃんのその言葉を最後に、俺《おれ》の中の最後の糸がぷつんと切れた。

ぐらりと傾《かたむ》く世界の中、ナモちゃんの台詞《せりふ》だけが何度も繰《く》り返《かえ》し、繰《く》り返《かえ》し反響《はんきょう》していた。

文具、昨年対比、140％、全部門1位……1位？　それって、つまり……

「優勝……じゃん……」

俺《おれ》はその言葉を最後に、完全に意識を手放した。

㊎

次に目を覚ました時、俺《おれ》はベッドの上にいた。

……身体《からだ》が鉛《なまり》のように重い。視界も霞《かす》むし、意識も判然としていない。まだ夢の中にでもいるような気分だ。しかし、かろうじてここが俺《おれ》の部屋であることだけは分かった。

「俺《おれ》は……なにを……」

「──目が覚めましたか、筆塚《ふでづか》さん」

枕元《まくらもと》から声がする。死ぬほど億劫《おっくう》だったが、俺《おれ》はゆっくりと首から上だけを動かして、そちらを見た。

……俺《おれ》はまだ夢を見ているのだろうか。

そこには優《やさ》しげに微笑《ほほえ》む、彼女《かのじょ》の姿があった。

「朝日《あさひ》……さん……？」

「はい、朝日《あさひ》です」

「なんで、俺《おれ》の部屋に……」

靄《もや》のかかったような思考を懸命《けんめい》に働かせて、なんとか今までのことを思い出そうとする。

そうだ、確か俺《おれ》は周年祭で昨対《さくたい》を取って……皆《みんな》で喜んで……それから朝日《あさひ》さんのストーカーを追いかけて……？

「夢……？」

「現実ですよ。周年祭は筆塚《ふでづか》さんの優勝です」

「だったら、こんなとこにいられない……周年祭は、終わったら報告会があって……」

俺《おれ》はなんとかベッドから起き上がろうとする。しかしいざ起き上がろうとしたところで、腕《うで》に力が入らず、再びベッドへ身体《からだ》を沈《しず》めてしまう。

「……無理しないでください。筆塚《ふでづか》さん、あの後、倒《たお》れちゃったんですよ」

「倒《たお》れた……？　俺《おれ》が……？」

「お医者さんが言うには、単なる過労らしいです。筆塚《ふでづか》さん、周年祭までロクに休まないで頑《がん》張《ば》ってたんでしょう？」

……なんてことだ。まさか周年祭当日にぶっ倒《たお》れるなんて……

あまりの情けなさに、笑えてくる。

「でも、報告会が……」

「大丈夫《だいじょうぶ》です」朝日《あさひ》さんは、変わらず慈《いつく》しむような口調で言う。「筆塚《ふでづか》さんは、大丈夫《だいじょうぶ》です」

……大丈夫《だいじょうぶ》、大丈夫《だいじょうぶ》か。

途端《とたん》に身体《からだ》中から余分な力が抜《ぬ》けていって、緩《ゆる》やかな気怠《けだる》さだけが残る。

知らなんだ。まさか他人からかけられる「大丈夫《だいじょうぶ》」が、こんなにも心地《ここち》のいいものだった

なんて……

「少し待っていてください」

朝日《あさひ》さんがそれだけ言い残して、ベッドを離《はな》れた。

それからどれぐらいの時間が経《た》ったのだろう。意識が朦朧《もうろう》としているせいか、数秒にも数十

分にも感じられる。ともかく、朝日《あさひ》さんが再び戻《もど》ってきた。

湯気の立つ、小さな器《うつわ》を手に持って。

「それは……？」

「お粥《かゆ》です。調理器具は借りました」

朝日《あさひ》さんは粥《かゆ》をひとさじ掬《すく》いとって、ふぅふぅと冷ます。

そして、ゆっくりと俺《おれ》の口元まで運んできた。どうしていいか分からずに戸惑《とまど》っていると、

朝日《あさひ》さんは「あーん、ですよ筆塚《ふでづか》さん」なんて言っている。

もしや、自分は今とんでもなく恥《は》ずかしいことをしているのではないか？　そういう考えが

一瞬《いっしゅん》頭をよぎったが、匙《さじ》から香る、なんとも言えない匂《にお》いを嗅《か》いでいたら、そんな気持ちが

失《う》せてしまった。

俺《おれ》は小さく口を開け、朝日《あさひ》さんはそこへ匙《さじ》を差《さ》し込《こ》んでくる。

そういえば朝日《あさひ》さんは自炊《じすい》をしないと言っていた。お世辞にも見映《みば》えは良くないのだけれどそれよりも別の部分が気になった。

……想像していた粥《かゆ》とは違《ちが》う、不思議な味だった。その粥《かゆ》はほんのり甘《あま》いのだ。

俺《おれ》はたっぷりと時間をかけてそれを嚥下《えんか》し、一息つく。口の中に残った、砂糖とも違《ちが》う優《やさ》しい甘味《あまみ》が、じんわりと体の中へ沁《し》み込《こ》んでいくのを感じた。

「これは……？」

「龍眼肉《りゅうがんにく》の粥《かゆ》です。干したロンガンを水で戻《もど》してお粥《かゆ》に入れる、中国の薬膳《やくぜん》料理です。筆塚《ふでづか》さん食べたがってたでしょう？」

「ロンガン……」

朝日《あさひ》さんがくすりと笑う。

ああ、これがロンガンか……そうか、ロンガンは果物なのだ。これなら案外、ジャロワナも捨てたもんじゃないかもな……

口の中に残るロンガンの甘味《あまみ》を噛《か》み締《し》める。やっぱり美味《おい》しいとは言い難《がた》いんだけれど、不慣れな彼女《かのじょ》なりに頑張《がんば》って作ったのだろう。優《やさ》しい味がした。

そんな様子を彼女《かのじょ》はただ静かに見守り、そしてぼそりと呟《つぶや》いた。

「……ようやく、恩返しができました」

恩返し？　その台詞《せりふ》に俺《おれ》は思わず笑ってしまう。

本当に、律儀《りちぎ》な子だ。まさかまだそんなことを気にしていたなんて……

「返す恩なんてないよ……俺《おれ》は、朝日《あさひ》さんからなにものにも代え難《がた》い助言をもらったんだから……」

周年祭で昨対《さくたい》を取れたのも、文具部門の皆《みんな》と打ち解けられたのもなにもかも、全部朝日《あさひ》さんのおかげなのだ。朝日《あさひ》さんがいなければ俺《おれ》はなにもできなかった。なにも成《な》し遂《と》げることができずに消えるだけだった。

しかし朝日《あさひ》さんは、そんな俺《おれ》の主張を「……いいえ」と優《やさ》しく否定する。

「筆塚《ふでづか》さんは、私を過大評価しすぎですよ……私はただ筆塚《ふでづか》さんと楽しくお酒を呑《の》んで、楽しくお喋《しゃべ》りをしていただけ。全部、筆塚《ふでづか》さんの努力です、頑張《がんば》ったのはぜんぶ筆塚《ふでづか》さんです」

「そんな……」

そんなことはないと否定したかった。そうしないと、俺《おれ》と朝日《あさひ》さんの関係がそこで終わってしまうような、そんな予感があったからだ。

でも言えなかった。優《やさ》しく笑う彼女《かのじょ》を見ていたら、そんな台詞《せりふ》までどこかへ溶《と》けていって、代わりにまどろみがやってきた。

「……朝日《あさひ》さん」

「なんですか？」

まどろみが意識を覆《おお》い始める。また意識を失う前に、これだけは伝えなくてはならないと、俺《おれ》は懸命《けんめい》に意識を繋《つな》ぎ止《と》めながら言葉を紡《つむ》ぐ。

「朝日《あさひ》さんの……本、読んだよ……2冊とも」

「……そうですか」

少しだけ、朝日《あさひ》さんの笑顔《えがお》に翳《かげ》りが見えた。

「どっちが、面白《おもしろ》かったですか」

「面白《おもしろ》かったよ、どっちも……しいて言うなら……『静かな夜を往《ゆ》く』の方が面白《おもしろ》かったな」

「……そうですか、ありがとうござい」

「——でも俺《おれ》が好きなのは『明日の放課後、昨日の君に恋文を』だよ」

その瞬間《しゅんかん》、朝日《あさひ》さんの両目が大きく見開いた。俺《おれ》は更《さら》に続ける。

「朝日《あさひ》カンナの最高傑作《けっさく》はデビュー作の『静かな夜を往《ゆ》く』……それが世間の一般認識《いっぱんにんしき》だって、読書好きの友だちから聞いたよ……でも、多分だけど……売れたのは『明日の放課後、昨日の君に恋文《こいぶみ》を』の方でしょ……？」

「……ええ、そうです」

朝日《あさひ》さんがこれを肯定《こうてい》する。

俺《おれ》に出版業界の細かい数字のことは分からないが、なんとなく予想はついていた。

「『静かな夜を往《ゆ》く』は確かに傑作《けっさく》だけど……あまりに尖《とが》りすぎていた。あの路線は、突《つ》き詰《つ》めれば必ず才能の壁《かべ》に阻《はば》まれ、先細りする……朝日《あさひ》さんはデビュー作で枯《か》れたんじゃなく、これから枯《か》れることを予想していた……」

「……ええ」

「だからこそ朝日《あさひ》さんはあえて大衆受けしそうな『明日の放課後、昨日の君に恋文《こいぶみ》を』を書いたんだ……これからも生き残るために、これからも戦うために……」

「……ええ」

「──そして『朝の世界』で戦うために……」

結局のところ、全部が全部繋《つな》がっていたのだ。

『静かな夜を往《ゆ》く』の主人公、サキとは朝日《あさひ》さん自身のことだ。

天才女子高生作家という肩書《かたが》き、そして持って生まれた才能で「夜の世界」を生きていた彼《かの》女《じょ》は──自らのために「夜の世界」を捨て、「朝の世界」で生きることを決意した。わざと自らを辛《つら》く厳しい戦場へ放《ほう》り込《こ》んだのだ。

そうしてできたのが、『明日の放課後、昨日の君に恋文《こいぶみ》を』。

どちらの小説も彼女《かのじょ》であり、二つ合わせて彼女《かのじょ》の生きざまそのものとなる。そしてそのように「朝の世界」で生きることを決意した彼女《かのじょ》はまぎれもなく──プロの小説家であった。

だから、どうして俺《おれ》に小説を読んでほしがったのかも分かった。

「……俺《おれ》に小説を読ませたのも、俺《おれ》がプロだったからでしょ……小売業のだけど」

「バレちゃいましたか」

そう言って、彼女《かのじょ》は悪戯《いたずら》っぽく笑う。その目には、涙《なみだ》が滲《にじ》んでいた。

――結局のところ、彼女《かのじょ》はただ一人にでも気付いてほしかっただけなのだ。

天才女子高生作家なんていう大層な肩書《かたが》きを、あえて捨ててまで選んだ彼女《かのじょ》の生きざまに。

だからこそ……だからこそ、俺《おれ》は彼女《かのじょ》にこのセリフを伝える。

「静かな夜を往《ゆ》くのは貴方《あなた》だけではない……」

眠気《ねむけ》が限界に達し、徐々《じょじょ》に意識が遠ざかっていく。

俺《おれ》は最後、うわごとのように呟《つぶや》いた。

「俺《おれ》も、いるから……」

その言葉を最後に、意識が薄《うす》れていく。

意識を手放す直前、俺《おれ》の手が、いつか触《ふ》れた覚えのある、柔《やわ》らかくて温かいなにかに触《ふ》れた気がしたが、きっと、それは俺《おれ》の作り出した都合のいい幻覚《げんかく》で……

「……お疲《つか》れさまでした、筆塚《ふでづか》さん」

これもきっと、ロンガンの見せた甘《あま》い夢なのだ。

エピローグ

ゆう　しょう［イウ］―［0］【優勝】

（名）スル

①競争・試合などで勝って第一位となること。「―者」

②すぐれたものが他に勝つこと。

③（うまい酒と肴《さかな》で）気分が高揚《こうよう》すること。

大切な人と一緒に食卓を囲い

「――おい！　オマエのところの新人スゲーな筆塚《ふでづか》ァ!?」

快気して初めての出勤日のこと。事務所前で鮫島《さめじま》から開口一番、バカでかい声を浴びせかけられて、病《や》み上《あ》がりの頭にガンガン響《ひび》いた。

「うるせえな……どうしたんだよ朝っぱらから？　新人？　文月《ふづき》さんがどうした？」

「聞いてねえのかよ！　すごかったんだぞオマエがぶっ倒《たお》れた後の報告会！」

報告会……話だけは聞いている。俺《おれ》がぶっ倒《たお》れてしまったことで、文具マネージャー代理として文月《ふづき》さんが出席したのだ。報告会には柴田《しばた》課長も出席するわけで、あの嫌味《いやみ》な課長にネチネチとつつかれたりしないか、それだけが心配だったのだが……

「いや、案の定柴田《しばた》課長にメチャクチャつつかれてたんだけどよ――全然効かねえの！　どんなメチャクチャなこと聞かれてもスラスラ答えるし、もう無双《むそう》だよ無双《むそう》！　イヤミ課長もすっかり青ざめちまうし！　メチャクチャスカッとしたわ！」

「へぇ……それは確かにスカッとするな」

「だろ！　オマエにも見せてやりたかったぜ！」

鮫島《さめじま》が豪快《ごうかい》に笑いながら言う。

……文月《ふづき》さん、どうやら本当にちゃんと勉強してたみたいだな。

「しっかし、なにはともあれ周年祭はオレの完敗だ！　さっすが筆塚《ふでづか》！　やっぱりオレの惚《ほ》れた男なだけあるなぁ」

「はいはい、ありがとうありがとう」

「……なんだよ、ちょっとぐらい本気にしてくれたっていいじゃねえかよ……」

なにやら鮫島《さめじま》がぶつぶつ言っていたが……どうせそれも冗談《じょうだん》なのだろう？　その手には乗らない。いつまでも「惚《ほ》れた腫《は》れた」でドギマギする俺《おれ》だと思うな。

「次は勝つからなーーっ！」

「次も負けねえよ」

俺《おれ》は鮫島《さめじま》にひらひらと手を振《ふ》って、売り場へ向かう。

すると通路の途中《とちゅう》に、腕《うで》を組んで俺《おれ》を待つ男の姿があった。

――噂《うわさ》をすればなんとやら。顔面真っ青でおなじみ、イヤミ課長こと柴田《しばた》課長ではないか。

「やぁお疲《つか》れ様《さま》、筆塚《ふでづか》マネージャー、身体《からだ》はもう大丈夫《だいじょうぶ》かい？」

彼《かれ》はいつも通り胡散臭《うさんくさ》い笑《え》みを作って、白い歯を覗《のぞ》かせながらそんなことを聞いてくる。

あれ？　てっきり歯茎《はぐき》から血が出るぐらい悔《くや》しがっているものだと思っていたのだが……

「……ええおかげさまで」

「気をつけたまえよ、キミは文具の功労者なんだ、その身体《からだ》は大事にした方がいい。それにしても周年祭での文具は素晴《すば》らしかったね！　ボクも上司として鼻が高いよ！　ハッハッハ……」

「はぁ……？」

……なんだ？　気持ちが悪いな。

なんせ彼《かれ》は普段《ふだん》の行いが悪いせいで、こういう露骨《ろこつ》な優《やさ》しさを見せる時、そこに裏があるのではないかと勘繰《かんぐ》らせてしまうわけで……

「せいぜい、その辣腕《らつわん》をジャロワナ支店でも振《ふ》るってくれ」

ほら、もう正体現しやがった。

「……俺《おれ》の聞き間違《まちが》いですかね、確か周年祭で昨対《さくたい》を取れればジャロワナ支店行きはナシって話じゃあ……」

「うん、それはキミの聞き間違《まちが》いだねぇ。だってボク、考えるとは言ったけど、約束するとは言ってないもん」

おいおいおいおい、とうとうドラマの悪役みたいなこと言い出したぞこのインプラント野郎《やろう》。

まぁ、ぶっちゃけ薄々《うすうす》感づいてはいたんだ。この根性《こんじよう》ねじくれ課長が、俺《おれ》との約束を素直《すなお》に守る気なんて、初めからさらさらないことに。

結局はただ、俺《おれ》が憎《にく》いだけなのである。

「ま、そんなわけだから、向こうでも頑張《がんば》ってよ。多分今月中に辞令出るから、荷物は早めにまとめておくといい」

柴田《しばた》課長がぽんぽんと俺《おれ》の肩《かた》を叩《たた》いて「アッハッハ」といかにも悪役じみた高笑いをあげる。

しかし、ここまで悪役らしい動きをしてくれると、正直助かる。

これで俺《おれ》も、容赦《ようしゃ》なく切り札を出せるというものだ。

「――大学生の息子《むすこ》さんはお元気ですか」

その瞬間《しゅんかん》、柴田《しばた》課長の顔から胡散臭《うさんくさ》い笑《え》みが消えた。

「……どうしたんだい、急に」

「いえ？　別にただ気になっただけです。ああ、そうそう、そういえばこの前売り場で暴れてたあの金髪《きんぱつ》の子、どうなりました？　聞いた話では課長が預かって、その後のことは誰《だれ》も知らないみたいですが……」

「……やだな、勿論《もちろん》警察に任せたに決まってるじゃないか」

「そうですか、それなら良かったです。じゃあ柴田《しばた》課長は当然彼《かれ》の連絡《れんらく》先を知っているはずですよね」

「……そうなるね」

「じゃあこれ返しておいてください、あの日、偶然《ぐうぜん》あの場に居合わせた女子大生が拾ったものです」

俺《おれ》はそう言って、懐《ふところ》からある物を取り出し、課長へ手渡《てわた》す。

それを見た途端《とたん》、課長の顔が面白《おもしろ》いぐらいに青ざめ、俺《おれ》は「ははぁ、鮫島《さめじま》はこの顔を見せたかったのか、確かに結構いいものだ」なんてしみじみ思った。

ちなみに俺《おれ》が柴田《しばた》課長に渡《わた》したのは――学生証。

あの日、鮫島《さめじま》のラリアットを食らって吹《ふ》っ飛《と》んだ彼《かれ》の懐《ふところ》からこぼれ出たものらしく、ひとまず朝日《あさひ》さんが回収して、そのまま渡《わた》しそびれて俺《おれ》に託《たく》してきたのだ。

「……そういえば彼《かれ》の名字、柴田《しばた》っていうらしいですね」

「え、ああ……そうだったかな？　まぁよくある名字だからね……」

「まだなにも言ってませんよ」

「……」

「たとえ話なんですけど、もしも課長の息子《むすこ》があんな事件を起こして、それを隠蔽《いんぺい》したとなれば、これは一大事ですよね。俺《おれ》のことを飛ばすとか言ってる場合じゃなくなりますよね、自分の首が飛びかねませんもんね……」

「………でもこれで証拠《しょうこ》は」

「コピー取ってあるんで」

詰《つ》みだ。柴田《しばた》課長はこの世の終わりみたいな顔でこちらを振《ふ》り向《む》き。そしていつもに比べるとずっと弱々しい笑《え》みを浮《う》かべながら……

「……これからも文具をよろしくね筆塚《ふでづか》マネージャー」

「こちらこそ！」

俺《おれ》はにっこりと100点の笑顔《えがお》を浮《う》かべて、その場を立ち去った。

ご存知の通り小売業は笑顔《えがお》が命なのだ。こんなに気持ちのいい笑顔《えがお》、なかなかできないだろうから早く売り場に出たいなぁ！

そんなことを考えながら、バックドアの前までやってくると……

「あれ、文月《ふづき》さん？」

「……筆塚《ふでづか》マネージャー」

がいた。どうやらちょうど彼女《かのじょ》も売り場へ出るところだったらしい。バックドアの前に文月《ふづき》さんの姿
があった。どうやら最後に身だしなみの最終チェックをしているようだ。

俺《おれ》も彼女《かのじょ》に倣《なら》って、身だしなみを整える。

「もう身体《からだ》の具合はいいんですか？」

「うん、ただの過労だってさ」

「体調管理ができないのは社会人失格ですよ。……ネクタイ曲がってます」

「どうも、手厳しいね。俺《おれ》一応病《や》み上《あ》がりなんだけど……社員証裏返しだよ」

「ありがとうございます。……というかさっき見てましたよ」

「なにが？」

「課長を脅《おど》してたじゃないですか」

「失敬な、ちょっとお喋《しゃべ》りしてただけだよ」

「あの根性《こんじょう》のねじくれた課長のことだから、きっとまた邪魔《じゃま》してきますよ」

「かもね、というか絶対してくると思う」

「大丈夫《だいじょうぶ》なんですか？」

「大丈夫《だいじょうぶ》だよ、俺《おれ》たちは」

……よし、身だしなみ完了《かんりょう》。

笑顔《えがお》、笑顔《えがお》、小売業は笑顔《えがお》が命。発声はしっかりと、いらっしゃいませ、ありがとうございます、かしこまりました、少々お待ちください……よし。

俺《おれ》はバックドアに手をかけて、そして彼女《かのじょ》と同時にその台詞《せりふ》を口にする。

「いらっしゃいませ！」

今日がまた、始まった。

寿

「今日も疲《つか》れたなぁ〜〜〜」

1日の終わり、俺《おれ》はソファにだらしなくもたれかかって、寿《ことぶき》びいるを開栓《かいせん》した。

このカシュっという音を聞くのもいつぶりか。

周年祭前は忙《いそが》しくて酒を控《ひか》えていたし、その後もすぐにぶっ倒《たお》れてしまったわけで……要するに約1か月ぶりのビールだ。

ちなみに今日の優勝ごはんはシンプルに煮卵《にたまご》。濃《こ》い目《め》の味付けの卵をかじり、すかさずビールで流《なが》し込《こ》む！　沁《し》みた……まさしく奇跡《きせき》の液体だ！　やっぱり仕事終わりのビールが一番美《う》味《ま》い！

一番、美味《うま》い……のは確かなのだが。

「寂《さび》しいな……」

少し前まで一人酒なんて当たり前のことだったのに、慣れというのは本当に怖《こわ》い。

引《ひ》っ越《こ》して3年目になるワンルームがいつもより広く感じるのだから不思議だ。

「……そういえば鮫島《さめじま》が遊びに来たいって言ってたな……いっそアイツを呼んで……いや、アイツ酔《よ》っぱらうとウザさ3倍だからな……嫌《いや》だな……」

鮫島《さめじま》の酒癖《さけぐせ》の悪さは、食品時代に嫌《いや》というほど思い知らされている。

……やっぱり本格的に彼女《かのじょ》作るべきかな、マッチングアプリとかやってみるか。などと良からぬ考えも浮《う》かんできた頃《ころ》——ふいに、ドアがノックされた。俺《おれ》は首を傾《かし》げる。

こんな時間に、誰《だれ》だ……？

俺《おれ》は訝《いぶか》しみながらも、ドアへ近付いていって、開ける。

すると、そこには……

「こ、こんばんは……」

どこか恥《は》ずかしそうな、朝日《あさひ》さんの姿があった。

意外な人物の訪問に、俺《おれ》は目を丸くする。

「えっ、なにしに来たの？」

「なんですかその言い方！」

朝日《あさひ》さんが玄関《げんかん》先でぷりぷりと怒《おこ》り出してしまった。

いや、確かに今のは俺《おれ》の言い方が悪かったけど、本当にどうしてだ？

朝日《あさひ》さんは例のストーカー事件も解決し、とっくに俺《おれ》への恩返しを終えて、もうここに来る理由はないはずだが……

そう思いながら見つめていると、朝日《あさひ》さんはこちらの胸の内を見透《みす》かしたように「……理由がなきゃ来ちゃいけないんですか」なんて言ってくる。これには返答に困った。

「1か月も、墨田《すみだ》さんの家にお邪魔《じゃま》になっていたら、一人で部屋にいるのが寂《さび》しくてたまらなくなったんです！　これでいいですか⁉」

「あ、いや、いいと思うけど……」

随分《ずいぶん》と正直だな。

「じゃあ……」

朝日《あさひ》さんが、上目遣《うわめづか》いにこちらを見上げてくる。なにかと思えば、彼女《かのじょ》は言った。

「……これからは、呑《の》み友だちとして、よろしくお願いします」

「いいけど、次からはちゃんと自分の部屋に帰れよ」

「バカにしてるんですか⁉」

またぷりぷり怒《おこ》り出してしまった。乙女《おとめ》心は難しい。

「心配されずとも、ホラ！　ちゃんとありますよ鍵《かぎ》！」

そう言って、朝日《あさひ》さんが鍵《かぎ》を見せびらかしてくる。新品の鍵《かぎ》には、これまた新品のバニちゃんキーホルダーがぶら下がっていた。

彼女《かのじょ》はドヤ顔だが、そもそも論として深夜に男の家に上《あ》がり込《こ》んで酒を呑《の》むこと自体誇《ほこ》れたことではないのだが……ま、いいか。ちょうど俺《おれ》も呑《の》み友だちが欲《ほ》しかったのだ。

「じゃあ、改めてよろしく朝日《あさひ》さん」

「こちらこそ、よろしくお願いしますね筆塚《ふでづか》さん」

お互《たが》い、改めて挨拶《あいさつ》をして、ひとまず朝日《あさひ》さんを部屋に上げた。彼女《かのじょ》を部屋に上げるのはこれで4度目だというのに、なんだかこそばゆいようなむずかゆいような、不思議な感覚があって……あっ。

「……ごめん、朝日《あさひ》さんの分の料理ないかも、すぐ作るよ」

「人をいつも腹ペコみたいに言わないでください！」

朝日《あさひ》さんがいつも通りツッコミを入れた――その時のことである。

ドン!!

壁《かべ》が鳴った。俺《おれ》と朝日《あさひ》さんは同時にびくんと身体《からだ》を震《ふる》わせる。

また出てしまった。集合住宅におけるもっともポピュラーな抗議《こうぎ》方法――1か月ぶり二度目、隣室《りんしつ》からの壁《かべ》ドンである。

気まずい沈黙《ちんもく》の中、俺《おれ》と朝日《あさひ》さんは顔を見合わせた。

「また怒《おこ》られちゃったよ……思えば今までずいぶんとうるさくしちゃったなぁ……今度謝《あやま》りに行かないと」

「わ、私もついていきます……さすがに申し訳ないですから……」

朝日《あさひ》さんは、相変わらず律儀《りちぎ》だなぁ……

でもちょうどいい、次の休日にでも日が高いうちに謝《あやま》りに行こう。

朝日《あさひ》さんと二人で、隣《となり》の部屋の住人に……

「……ん？」

「？　どうかしましたか？」

「おかしくない……？」

強烈《きょうれつ》な違和感《いわかん》が頭をもたげてきて、俺《おれ》は音が鳴った壁《かべ》の方を見つめる。

朝日《あさひ》さんは未《いま》だこの正体に気付かず、小首を傾《かし》げていた。

「おかしい、とは？」

「この部屋角部屋なんだけど……誰《だれ》が壁叩《かべたた》いてるんだ？」

「はい？　だから隣《となり》の部屋の人に決まって……」

そこまで言って、朝日《あさひ》さんもその違和感《いわかん》の正体に気付き、顔面がさああっと青ざめた。

お分かりいただけただろうか。

俺《おれ》の部屋は角部屋なので、この部屋の左隣《ひだりどなり》に部屋は存在しない。では必然的に右隣《みぎどなり》の部屋の住人が壁《かべ》ドンで抗議《こうぎ》をしていることになるのだが……困ったことに、右隣《みぎどなり》の部屋の住人は、今、俺《おれ》の目の間で顔面を蒼白《そうはく》させているのだ。

――このアパート、出るらしいから気をつけてな。

――夜中にものを食べると蛇《ジャ》が出るんですよ！

「邪《ジャ》が出とる……」

「……ふ、ふふふ、筆塚《ふでづか》さん、今日泊《と》まっていってもいいですか」

「いいよ……」

――その夜、俺《おれ》と朝日《あさひ》さんは、少しでも恐怖《きょうふ》を紛《まぎ》らわすために肩《かた》を寄せ合い、震《ふる》えながらビールを呑《の》んだ。

最後の一口はやっぱり鉛《なまり》のような味がした。

了

あとがき

はじめましての方ははじめまして、猿渡《さわたり》かざみです。さるわたりではございません、さわたりです。

最近お気に入りのVTuber（メッチャカワイイ）に「さるわたりかざみさん」と呼ばれ、一瞬《いっしゅん》本気で改名を考えましたが、すんでのところで踏《ふ》みとどまりました。

さわたり、ぼくの名前はさわたりかざみです。

早いもので、この名前でデビューしてから2年とちょっとが経《た》ちました。

今でこそ文章を書く片手間ゆるーく働いて、夜はお酒を呑《の》み、酒の勢いから好きなVTuberに投げ銭をしてTwitterではしゃぐという綿菓子《わたがし》のごときふんわりオタクライフを満喫《まんきつ》しているぼくですが、なにも最初からこうだったわけではありません。

それというのも、デビュー当初のぼくは作家業と並行《へいこう》してサラリーマンなんぞをやっていたためであります。

そう！　ほんの短い期間ではありますが、信じ難《がた》いことにぼくはサラリーマンだったのです。

社用車でお客様の家へ頭を下げに行き、始末書を何枚も書き直し、アルハラ上司から泥酔《でいすい》するまで呑《の》み屋を連れ回され、余興としてYouTuberのモノマネをさせられる……なんかそういう、絵に描《か》いたようなサラリーマンだったのです！

そして本作は「強気な女子大生を美味《おい》しいお酒とオツマミで堕落《だらく》させちゃおう」というコンセプトがある一方「お仕事もの」という側面もあるわけで、必然、この小説の執筆中《しっぴつちゅう》はしきりに当時のことを思い返しておりました。

先に言っておきますが、この物語はフィクションであり、実在の人物や団体などとは一切《いっさい》関係がありません。

アルバイトの女子高生にプロレス技《わざ》を極《き》める職場も、不審者《ふしんしゃ》へ殺人ラリアットをかます職場も、日本のどこを探してもたぶん存在しないので悪《あ》しからず。

閑話《かんわ》休題《きゅうだい》。

そのようにサラリーマン時代の記憶《きおく》を掘《ほ》り起《お》こし、あわよくば「ネタになりそうなら使っちゃお～」という腹積もりだったぼくですが、しかし人間というのは結局のところ動物なので、得てしてストレスを感じた記憶《きおく》の方が主張は強めです。

かつての記憶《きおく》を物色しようと大脳皮質へ足を踏《ふ》み入《い》れると、当時の嫌《いや》な記憶《きおく》ばかりがアパレル店員のごとく高速ですり寄ってくるので、たまったものではありません。

「お客様何かお探しですか？　こちらなどぴったりだと思いますよ」

なんてにこやかに言いながら、理不尽《りふじん》なクレーマーに怒鳴《どな》られた時の記憶《きおく》とか会議で上司に鬼詰《おにづ》めされた時の記憶《きおく》とか余興でやらされたYouTuberのモノマネがド滑《すべ》りした時の記憶《きおく》なんかを持ってきやがるので、そのたびにぼくは「ギィ」だの「グゥ」だの唸《うな》る羽目になります。

これが普段《ふだん》なら適当に愛想笑《あいそわら》いを浮《う》かべながら、

「ヤ、ぼくはちょっと立ち寄っただけなので……」

と、そそくさ退散するところですが、小説家とは因果な商売で、ネタ一つ見つけず手ぶらで帰ることはまかりならないのです。

そんな風にしてせっせこと大脳皮質へ通い、その都度奥歯《おくば》を噛《か》み締《し》め、豚《ぶた》みたいな悲鳴をあげ続けた結果、できあがったのがこの小説なわけですが……書き上げてみて、一つだけ気付いたことがあります。

「アレ？　ぼく意外と会社好きだったんかな」

街中で弊社《へいしゃ》のロゴを見かけただけで渋面《じゅうめん》を作り、テレビで不意に御社《おんしゃ》のＣＭが流れれば咄《とっ》嗟《さ》に奇声《きせい》をあげて相殺《そうさい》していた、ぼくの口から出たものとは思えない言葉です。

でもまぁ、確かに。

当時は忙《いそが》しさに振《ふ》り回《まわ》されるばかりで、辞《や》めてからも嫌《いや》な記憶《きおく》に邪魔《じゃま》をされていましたが、よく考えてみると、なんだかあの頃《ころ》の自分はそれなりに仕事を楽しんでいたような気がするのです。

とはいえサラリーマン時代の記憶《きおく》のほとんどはすでに忘却《ぼうきゃく》の彼方《かなた》──つまり、その頃《ころ》のなんとなく楽しげな残り香を詰《つ》め込《こ》んだのが本作なのだと思います。

常に葛藤《かっとう》や挫折《ざせつ》の影《かげ》に付きまとわれながらも、どこか滑稽《こっけい》で、底抜《そこぬ》けに賑《にぎ》やかな彼《かれ》らの二度目の青春の物語……是非《ぜひ》ともこれからもお付き合いください。

さて、いい感じにまとまったところで謝辞をば。

まずはイラストを担当してくださったクロがねや先生。好きです（速攻《そっこう》）。Twitter いつも見てます（オタク）。

はじめにキャラデザを拝見させていただいた時、あまりに練り込《こ》まれたキャラ造形に驚嘆《きょうたん》し、4mほど吹《ふ》っ飛《と》びました。先生が描《えが》いてくれたキャラを動かせるというだけでわたくしモチベ爆《ばく》上がりでございます。

今度またゆっくりVTuberの話でもしましょうね……

次に、担当編集の田端《たばた》さん。

ガのつく文庫で確実に仕留めたつもりだったのですが、どうやらこんなところに落ち延びていたようですね。ぼくたちは戦い続ける運命《さだめ》のようです。

しかし再生怪人《さいせいかいじん》は往々にしてザコなので、今度こそぼくの爆笑《ばくしょう》オモシロラノベで確実に仕留めてみせましょう。

最後に、この本の出版に携《たずさ》わってくれた皆《みな》さま、そしてこの本を手に取ってくれた皆《みな》さまへも多大なる感謝を。

本日はありがとうございました。またのお越《こ》しを、心よりお待ちしております。

肉巻きアスパラの1本揚げ

材料（2人分）	
グリーンアスパラガス	6本
豚バラ肉（薄切り）	6枚
小麦粉	適量
卵	1つ
パン粉	適量
レモン（くし切り）	お好みで
塩コショウ	少々
揚げ油	適量

1. はじめにグリーンアスパラガスの根元の硬い部分1cmほど切り落としたのち、緑色が鮮やかになるまで塩茹でし、冷水に晒す。

2. 豚バラ肉を広げ、塩コショウで軽く味付けをする。

3. アスパラ1本に対して、豚バラ肉1枚を巻き付けていく。この時、アスパラを完全に覆うよう、斜めに巻きつける。

4. 完成した豚肉巻きのアスパラへ、小麦粉・溶き卵・パン粉の順で衣をつけていく。

5. 中温180度に熱した揚げ油で、キツネ色になるまで揚げる。

6. 油をきったら盛りつけ、くし切りのレモンも添えて完成。塩とソースはお好みで。

朝日のワンポイントアドバイス

アスパラの根元近くは
硬く口当たりが悪いので、
ピーラーで皮を剝くと
いいらしいです!

海老と牡蠣のアヒージョ

1. 牡蠣を塩水で洗い流してぬめりを取り、
キッチンペーパーで水気を取る。
海老は皮を剝き、背わたを取り除く。

2. にんにくをみじん切りにする。

3. スキレット（フライパンでも可）に
オリーブオイルとみじん切りにした
にんにくを投入し、火にかける。
にんにくの香りが立ってきたら
鷹の爪も加える。

4. 牡蠣と海老を加えて、
中火で３分ほど加熱する。
牡蠣に火が通りすぎないよう注意する。

5. 塩で味を調えたら完成。

朝日のワンポイントアドバイス

イカやタコ、マッシュルームに
砂肝等を入れてみても
美味しくなりますね！

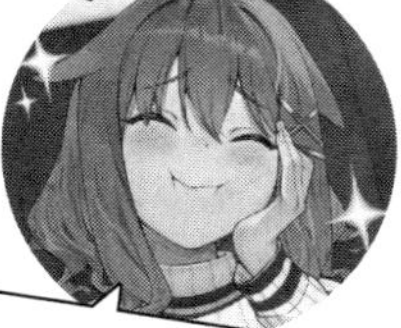

お好みでバゲットを用意して、
魚介の旨味が溶け出した
オリーブオイルへ浸すと
……じゅる。

材料（２人分）	
海老	5尾程度
牡蠣	5個程度
にんにく	3片
鷹の爪	1本
オリーブオイル	100ml
塩	適量（やや多め）

煮豚の山椒風味

材料（4人分）

豚バラブロック	600g	胡椒	少々
水	200ml	しょうがチューブ	大さじ1杯
醤油	25ml	にんにくチューブ	大さじ1杯
みりん	25ml	ウスターソース	25ml
料理酒	25ml	山椒	適量
砂糖	大さじ1杯		

1. フライパンで豚バラブロックの表面を焼く。
出てきた脂はその都度
キッチンペーパーで拭き取り、
全体に焼き色がついたら火を止める。

2. 焼き色のついた豚バラブロックを
一分ほど熱湯を入れたボウルに浸け、脂を落とす。
終わったらキッチンペーパーで水気を取る。

3. 鍋へ水・醤油・みりん・料理酒・
砂糖・胡椒・しょうが・にんにくを
入れてタレを作り、火にかける。

4. 沸騰したら豚バラブロックを投入。
ひと煮立ちしたらウスターソースを回しかける。

5. 煮詰まってタレにとろみがつき、
全体に照り出てきたら山椒を振りかけ
5分ほど休ませる。

6. お好みの大きさに切り分けて完成。

朝日のワンポイントアドバイス

しっかりと脂を落とすのが
おいしさの秘訣だと
筆塚さんが
おっしゃっていました！

余裕があれば
付け合わせも
作ってみましょう！

龍眼肉の粥

1. 研いだ米を鍋に移し、
乾燥ロンガンと水を注ぐ。

2. 鍋を中火にかけ、
白く煮立ち始めたら
鍋の中を軽くかきまぜる。

3. 沸騰したら弱火にして、鍋のフタを閉める
（フタを少しだけずらして隙間を空けること）。

4. 40分ほど火にかけ、米が好みの
柔らかさになっていれば火を止める。

5. 器へ盛りつけて完成。

朝日のワンポイントアドバイス

龍眼は中国において
「神果」と呼ばれるほど
薬効の高い漢方薬の一種です。

疲労回復や精神安定
などを始めとした
さまざまな効能がありますよ。
お疲れ様です筆塚さん。

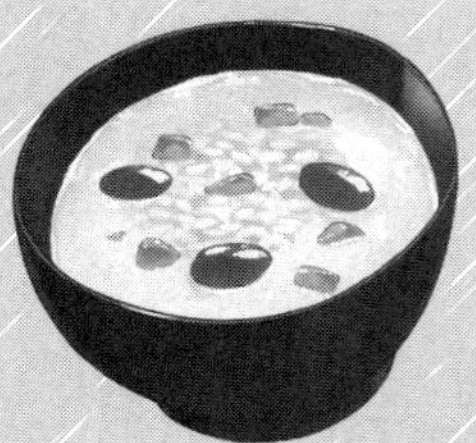

材料（2人分）	
白米	1/2合
水	600ml
乾燥ロンガン	6個

次回予告

「これくらい一人でできます。
実は私、負けず嫌いなんです」

「マネジャー、これからは
勉強とか仕事とか関係なく
一緒に……」

「筆塚さんっ！
私と一緒にいる時は、
ほかの女の子の話、
しないで
ください……！」

ツンドラ後輩女子・文月リンコも
深夜の食卓に参戦!?

「夜ふかしごはん」おかわりどうぞ！

◉猿渡かざみ著作リスト

「となりの彼女と夜ふかしごはん
～腹ペコJDとお疲れサラリーマンの半同棲生活～」（電撃文庫）

本書に対するご意見、ご感想をお寄せください。

ファンレターあて先
〒 102-8177　東京都千代田区富士見 2-13-3
電撃文庫編集部
「猿渡かざみ先生」係
「クロがねや先生」係

本書は書き下ろしです。

電撃文庫

となりの彼女《かのじょ》と夜《よ》ふかしごはん
～腹《はら》ペコJDとお疲《つか》れサラリーマンの半同棲生活《はんどうせいせいかつ》～

猿渡《さわたり》かざみ

2020年11月10日　初版発行

発行者	青柳昌行
発行	株式会社KADOKAWA 〒102-8177　東京都千代田区富士見2-13-3 0570-002-301（ナビダイヤル）
装丁者	荻窪裕司（META＋MANIERA）
印刷	株式会社暁印刷
製本	株式会社暁印刷

●お問い合わせ
https://www.kadokawa.co.jp/（「お問い合わせ」へお進みください）
※内容によっては、お答えできない場合があります。
※サポートは日本国内のみとさせていただきます。
※ Japanese text only

※定価はカバーに表示してあります。

ISBN978-4-04-913315-8　C0193　Printed in Japan

電撃文庫　https://dengekibunko.jp/

電撃文庫創刊に際して

文庫は、我が国にとどまらず、世界の書籍の流れのなかで〝小さな巨人〟としての地位を築いてきた。古今東西の名著を、廉価で手に入りやすい形で提供してきたからこそ、人は文庫を自分の師として、また青春の想い出として、語りついできたのである。

その源を、文化的にはドイツのレクラム文庫に求めるにせよ、規模の上でイギリスのペンギンブックスに求めるにせよ、いま文庫は知識人の層の多様化に従って、ますますその意義を大きくしていると言ってよい。

文庫出版の意味するものは、激動の現代のみならず将来にわたって、大きくなることはあっても、小さくなることはないだろう。

「電撃文庫」は、そのように多様化した対象に応え、歴史に耐えうる作品を収録するのはもちろん、新しい世紀を迎えるにあたって、既成の枠をこえる新鮮で強烈なアイ・オープナーたりたい。

その特異さ故に、この存在は、かつて文庫がはじめて出版世界に登場したときと、同じ戸惑いを読書人に与えるかもしれない。

しかし、〈Changing Times,Changing Publishing〉時代は変わって、出版も変わる。時を重ねるなかで、精神の糧として、心の一隅を占めるものとして、次なる文化の担い手の若者たちに確かな評価を得られると信じて、ここに「電撃文庫」を出版する。

1993年6月10日
角川歴彦

電撃文庫DIGEST　11月の新刊

発売日2020年11月10日

創約 とある魔術の禁書目録《インデックス》③
【著】鎌池和馬　【イラスト】はいむらきよたか

愛しのお姉様・御坂美琴と二人で過ごす魅惑のクリスマスが黒子の手に！　と思いきや、なぜか隣には髪型がバーコードのおじさんが!?　聖なる夜、風紀委員の黒子に課されたのは『暗部』の一掃。それは闇への入り口でもあり……。

キノの旅XXIII the Beautiful World
【著】時雨沢恵一　【イラスト】黒星紅白

「あの箱ですか？　私達の永遠の命を守ってくれるものですよ！　あそこには、たくさんの国民達が眠っています！」「つまりまさか――」エルメスの言葉を入国審査官は笑顔で遮りました。（「眠る国」）他全11話収録。

三角の距離は限りないゼロ6
【著】岬 鷺宮　【イラスト】Hiten

少しずつ短くなっていく、秋玻と春珂の入れ替わりの時間。二重人格の終わり……その最後の思い出となるクラス会で、彼女たちは自分たちの秘密を明かして――ゼロへと収束していく恋の中、彼が見つけた「彼女」は。

日和ちゃんのお願いは絶対2
【著】岬 鷺宮　【イラスト】堀泉インコ

「ねえ、わたし――邪魔かな？」どんな「お願い」でも叶えられる葉群日和。けれども、恋はそんなに簡単じゃない。幼なじみの美少女に放った言葉は、何より日和自身を傷つけて――壊れたまま終われないセカイの、もしかして、最後の恋物語。

声優ラジオのウラオモテ #03 夕陽とやすみは突き抜けたい？
【著】二月 公　【イラスト】さばみぞれ

声優生命の危機も一段落。でも相変わらず崖っぷちなやすみに舞い込んだ仕事は……夕陽の宿敵役!?　できない、苦しい、まだ足りない。それでも――「あんたにだけは」「あなたにだけは」「「負けられない!!」」

ちっちゃくてかわいい先輩が大好きなので一日三回照れさせたい2
【著】五十嵐雄策　【イラスト】はねこと

通学途中に名前を連呼されたり、ハート型の卵焼きを食べる所を凝視されたりと、相変わらず龍之介に照れさせられている花梨。来たる文化祭で放送部はニャンメイドカフェをやる事になり、メイド花梨は照れて爆死寸前に!?

吸血鬼に天国はない④
【著】周藤 蓮　【イラスト】ニリツ

「死神」との戦いも乗り越えて、より一層の愛を深めたシーモアとルーミー。傍目にも仲睦まじい様子だったのだが、突如「シーモアの娘」を名乗る少女が現れたことで、落ち着いたはずの同棲生活に再び亀裂が入り……？

少女願うに、この世界は壊すべき2 ～輪廻転生の神髄～
【著】小林湖底　【イラスト】ろるあ

桃源郷を解放し地上に降り立った彩紀とかがりは、仲間を増やすため彩皇が住まう寺院へ向かう。しかしそこは、殺人、妄語など悪逆が功徳とされる聖域で――？　最強の聖仙が悲劇を打ち砕くバトルファンタジー第2弾！

新作　桃瀬さん家の百鬼目録《フェイクロア》
【著】日日日、ゆずはらとしゆき、SOW、森崎亮人
【イラスト】吠L

桃太郎の魂を継ぐ桃瀬姉弟を中心に、21世紀の浅草に顕現した御伽噺の英雄達。その使命は、悪しき怨念と共に顕現した魔物「夷狄」の討伐。これは「昔々」から続く現代の御伽噺――鬼退治は桃瀬さん家にお任せあれ!!

新作　となりの彼女と夜ふかしごはん ～腹ペコJDとお疲れサラリーマンの半同棲生活～
【著】猿渡かざみ　【イラスト】クロがねや

「深夜に揚げ物は犯罪なんですよ！」→「こんなに美味しいなんて優勝ですぅ…」即堕ちしまくり腹ペコJDとの半同棲生活。食卓を囲うだけだった二人の距離は、少しずつ近づいて？深夜の食卓ラブコメ、召し上がれ！

新作　百合に挟まれてる女って、罪ですか？
【著】みかみてれん　【イラスト】べにしゃけ

異性を籠絡する技術を教え込まれたはずの美少女、楓と火凜。しかし初ミッションの相手は、なぜかの女性で……!?　どちらが先にターゲットを落とすかの勝負なのに、この子もう最初から落ちてません!?

新作　白百合さんかく語りき。
【著】今田ひよこ　【イラスト】raemz

高2の永遠（とわ）とリリには秘密がある。それはカプ厨なこと。放課後、空き教室で様々なカップリングへの愛と妄想を語り合うのが2人の日課。そしてもう一つ。リリは永遠が好きなこと。最近、大好きな永遠を独占したいリリは――。

新作　妹の好きなVtuberが実は俺だなんて言えない
【著】芦屋六月　【イラスト】うらたあさお

妹が恋をしたようだ。顔を紅潮させながら、その男がどれだけ魅力的か力説してくる。恋をすることはいいことだ。だが問題は、その相手だ。Vtuberの爽坂いづる、だって？　おい、その中身は俺なんだが――！

新作　エージェントが甘えたそうに君を見ている。
【著】殻半ひよこ　【イラスト】美和野らぐ

ある日を境に、父親の遺産を欲する組織に命を狙われることになった高校生の幸村隼人。彼を守るためにやってきた男装の一流エージェントは、二人きりになると甘えん坊になる美少女だった！　究極のギャップ萌えラブコメ開幕！